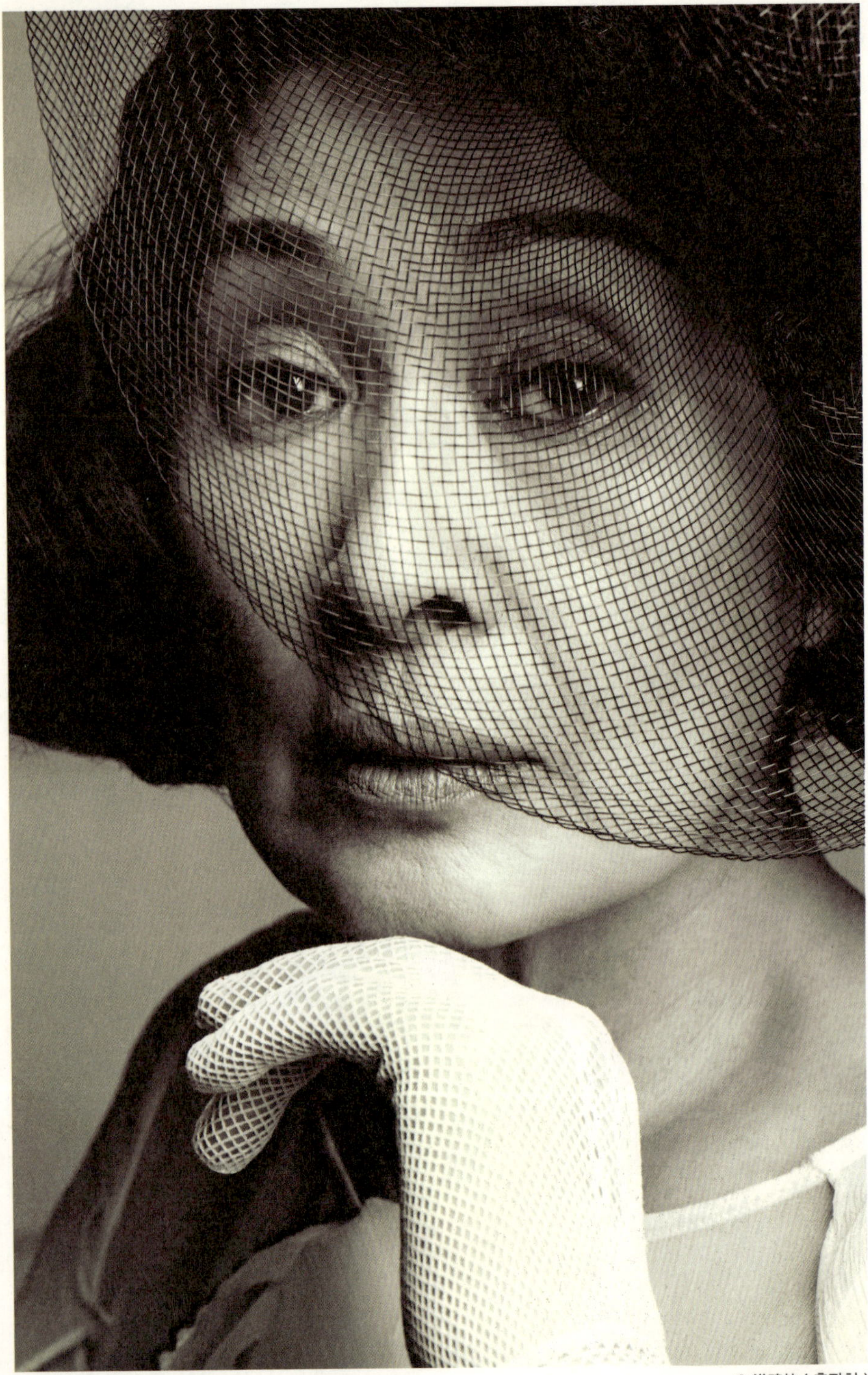

© 曹世鉉 (조세현)

電影《非常母親》© 洪埛杓 (영화「마더」© 홍경표)

電影《非常母親》© 洪垌杓 (영화 「마더」 © 홍경표)

電影《非常母親》© 洪坰杓 (영화 「마더」 © 홍경표)

電影《非常母親》海報 (영화 「마더」 포스터)

© 趙南龍 | KOLON SPORT 提供 (조남룡 | 코오롱스포츠 제공)

© 朴之爀 (박지혁)

© 金玄成 (김현성)

© 金重晩 (김중만)

電影《晚秋》(영화「만추」)

© 洪璋炫（홍장현），右頁同

© 曹世鉉（조세현），右頁同

© 趙南龍｜KOLON SPORT 提供（조남룡｜코오롱스포츠 제공）

© 洪璋炫 (홍장현)

© 金重晚 (김중만)

© 洪璋炫 (홍장현)

感謝人生

생에 감사해

金惠子（김혜자）著

簡郁璇 譯

推薦語

一想到金惠子這個名字，就會想起某種泉水。去瑪雅遺址時，導遊說附近有口知名的井，詢問要不要去看看。處女之泉，或稱為黃金之泉，乍看之下彷彿只是座平凡無奇的蓮花池，但定睛細瞧，水光中帶有奧妙。我像被水光迷惑似的凝望它，從墨藍色澤、猶如某種貴重之物，或深深的悲傷沉澱於池底的水光中想起了她……金惠子。

眼睛漂亮的女演員很多，但能與金惠子媲美的美麗眼眸卻很罕見。不只是因為漂亮才美，那雙眼眸中蘊含了對人濃烈的愛意、憐憫、體諒。我無法忘記四十年前，在導演介紹我是撰寫《田園日記》的新人編劇的場合上，金惠子望著我的眼神。「這齣電視劇由年輕人來寫會很辛苦呢。」說著這話時看著我的眼眸中蘊含了憂慮與對人的禮遇。沒有因為我是無名編劇而無視我，而是帶著「一定要寫好喔」的激勵與助陣的溫暖眼神，是它鼓舞了我，讓我認真投入劇本創作。坦白說，我是金惠子的瘋狂粉絲，還有些許小心機。我刻意不把她飾演的角色的台詞或表演說明寫詳盡，因為我想看她、她的雙眼看到劇本後自行創造。

我們也一起合作了《冬霧》這齣電視劇。當時我還在寫《田園日記》，覺得再寫新作品會超出負荷，原本推辭了。可是一聽到主角是金惠子，我便熬夜寫劇本。用那雙深沉濃烈的眼眸詮釋悲傷？《冬霧》是讓我忘不了的作品，不是因為收視率如何，引起了什麼樣的熱潮，而是能透過我想看的金惠子的雙眼，盡情地欣賞世上的傷痛與美好。金惠子是令創作劇本之人幸福的演員。

我和她有個約定。「請您別忘了與我之間的約定。您說過告別作要由我來寫吧？」我想在她深邃如井的眼中投下汲水木桶，將蔚藍的海水、玲瓏的珍珠滿滿地打撈起來。因為她的井是往下再往下，沿著深沉的地層流淌，最終與浩瀚大海相遇的神祕之泉。

——金貞秀（《田園日記》、《媽媽的海》編劇）

認識金惠子老師是在八〇年代中期，因此已有近四十年的光陰，多虧了令人敬仰的時尚設計師李善宇老師與金惠子老師是大學同窗的緣分。老師太美了，我替老師拍了照，也畫了肖像畫。拍攝老師本身就是一種喜悅。

老師是個讓人似懂非懂的人，偶爾會向我吐露內心。人們說金惠子老師是位優雅的王妃，但像她那樣瀟灑的王妃是哪兒都見不到的。

同行去非洲時，在內戰中的蘇丹國境擔任志工，當時走進某個帳篷，看到桌上放著咖啡和砂糖，打開砂糖罐發現裡頭全是螞蟻。不只是女性工作人員，就連男人們也嚇得連連倒退，金惠子老師卻說：「這有多珍貴啊……」用手指把螞蟻全數挑掉後，將砂糖放進咖啡裡，若無其事地喝了起來。

當地環境惡劣，孩子們的衛生條件自然不可能好，老師卻總當成自己的孩子般摟抱、磨蹭並親吻他們。這不是任何人都做得來的。此外，令人印象深刻的是，老師即便在非洲也以穿戴端莊的模樣走動。有次我問老師為什麼，老師說這樣自己才會心情愉快，看到她的工作人員不也會心情愉快嗎？她已經透過無數次演技證明了自己的完美，我期盼無論何時都能親近她那迷人的眼神與純真的性情。

——曹世鉉（攝影師）

我從演員金惠子身上見到求道者的姿態。以演戲為職志活了一輩子的她，不知道是否一開始便看清了人生如戲的本質，在每部作品中都為了成為那個角色，拿出求道者修行的熱情與努力。她是個想透過演技表現人生喜怒哀樂，在所有傷痛背後常有希望相隨的真正而美麗的修行者。

她看待世界的目光比任何人都坦率、不加修飾，時而顯露出毫不留情的坦率反而能溫暖人心。以演技洞悉世界的大演員，把世上各種人物活得精采的演員。

美國小說家伊迪絲．華頓（Edith Wharton）曾說，能夠發光發熱的兩種方法——成為蠟燭，或者能映照出對方的鏡子。我認為她的人生是蠟燭，她的演技是鏡子。令所有人大受感動，彷彿能滲透人心般，是金惠子無法比擬的專屬魅力與力量。能與她合作是我的榮幸，想到往後還能合作，不由得心潮澎拜。

——金鉐潤（《住在清潭洞》、《如此耀眼》導演）

某個早晨，從老師那兒收到一張既平凡又特別的照片，拍的是老師家陽台的風景，小巧的鳥兒正認真地啄著什麼的祥和照片。每天從為晨間飛來的鳥兒撒米餵水開始一天的老師，目光所及之處，總有愛與真心相隨。

老師是演戲與人生的前輩，也是與我分享花兒、天空、風景及狗兒照片的益友。每每見到日常細微卻惹人憐愛的事物就會先想起老師，因為老師是懷著比任何人更真摯的感謝看待那份美麗的人。

對話的最後，老師總不忘補上一句：「我非常感謝。」在連一件小事也不馬虎的心態中，彷彿蘊含著老師看待世界的視角。那份心意明亮無瑕，令我時常不自覺地淚水盈眶。多虧於此，我總是透過老師的存在，體會到世界更加溫暖的瞬間。

我獲得了能夠飾演老師年輕時期的珍貴機會。多虧了能短暫以「金惠子」的身分活著，很榮幸地，老師稱呼我為「我的青春」。就像電視劇《如此耀眼》中惠子的心願，與老師一同觀賞極光也成了我的願望清單。

「唯有愛是希望。With Love.」如同老師傳來的訊息，我願能效法老師生活中時時有愛的身影。遇見老師，是我一生的禮物。

——韓志旼（演員）

本書是以二〇二一至二〇二二年與演員金惠子長時間面對面及電話採訪、口述，將從未向任何人吐露的一生寫成日記形式的文章、新聞報導、廣播等各種媒體的訪談為基礎，由編輯製作初稿，再由作者重新修正、增添記憶與事實，以此方式完成原稿。就讓我們好好期待，從燈光耀眼的電視劇與四方形的螢幕中走出來的「人類金惠子」吧。

目次

目次

在神的劇本中，你我皆演員

我說要當演員時，親朋好友都說我瘋了，所有人一致反對，但父親（金惠子的父親金龍澤曾於美國西北大學取得學位，是大韓民國第二位經濟學博士，在美軍政時期[1]曾擔任財務部長）對我說過這番話：

「知名演員的一句話，具有不亞於任何政治人物或學者的影響力。看看查理·卓別林，雖然表面上看起來在搞笑，但妳知道那人有多大的影響力嗎？妳要成為好演員。成為好演員，就能如同托爾斯泰或莎士比亞為世界帶來深具意義的影響，為此妳得大量學習，也要大量閱讀。」

我出生前，父親曾夢見自己站在高高的講台上得到廣大群眾的掌聲。父親身旁擺了個魚缸，裡面有一條「漂亮的紅色鯽魚」悠游其中，眾人的掌聲是向著魚缸。

1 譯註：一九四五年八月十五日，隨著日本投降，美軍進駐北緯三十八度以南的南韓後實施軍事統治的時期，直至一九四八年八月十五日大韓民國政府成立為止。

所以父親說：「我們的惠子會成為為許多人帶來歡笑、獲得掌聲的人。」又說：「鯽魚只有一條，肯定很孤單。」

但小學時期，我是個只擅長在國文課朗讀的平凡學生。我是五個兄弟姊妹中的老三，不懂父母的愛或干涉為何物，從小泰半事情都是獨自思考、獨力解決，即使現在也並無二致。我沒有長得特別標緻，也不是才華洋溢，父母和師長並未對我寄予厚望。

高中時，光是我們這一屆就有四個金惠子，由此可知這個名字隨處可見。同學們用不同稱呼來區別四個人，在名字前加上每個人的特徵，分成個子高的金惠子、很會彈鋼琴的金惠子、很會讀書的金惠子、像演員的金惠子；而我，就是那個像演員的金惠子，原因在於我擔任話劇班的主角。我並不討厭別人這麼喊我，似乎也因為這樣，始終抱著將來要成為演員的想法。

當年的同學每次看到我的臉出現在電視上時，說不定會對自己的神準預言嘖嘖稱奇。當時的孩子們為什麼會覺得我像演員呢？成為演員之初，我照鏡子不覺得有特別像演員的地方，也鮮少聽人誇我漂亮或說我是美人。我知道自己的臉蛋絕對不是屬於漂亮的，也不期待別人如此誇我，只擔心不符合常人對女演員就得是美人的期待，令大家失望。

我從高中就愛電影愛得癡狂，幾乎沒有一天不看電影。上課怎麼會那麼無聊乏味呢？放學鐘聲一響，我就抱著彷彿階下囚重見天日的心情，迫不及待地飛奔出去。我上電影院，也觀賞電視上AFKN（從一九五七年到一九九六年播出的駐韓美軍廣播電視台）播放的黑白電影，要是聽不懂英語台詞，就自己看圖說話。

伊麗莎白・泰勒（Elizabeth Taylor）、愛娃・嘉德納（Ava Gardner）、拉娜・特納（Lana Turner）、奧黛麗・赫本（Audrey Hepburn）、簡・皮特斯（Jean Peters）、瑪麗蓮・夢露（Marilyn Monroe）、安妮・巴克斯特（Anne Baxter）、英格麗・褒曼（Ingrid Bergman）、寇兒（Deborah Kerr）、珍・西蒙絲（Jean Simmons）……這些女演員的表情變化到腳尖動作徹底占據了我的腦海。令我小小的胸口悸動的男演員有羅伯特・泰勒（Robert Taylor）、約瑟夫・考登（Joseph Cotton）、詹姆士・梅遜（James Mason）、賈利・古柏（Gary Cooper）、勞倫斯・奧立佛（Laurence Olivier）、泰隆・鮑華（Tyrone Power）、克拉克・蓋博（Clark Gable）。

猶記得在海明威的電影《戰地鐘聲》（*For Whom the Bell Tolls*）最後一幕中，英格麗・褒曼被馬兒載走，哀切地對著中槍的賈利・古柏吶喊的餘韻在耳畔縈繞不去，以致我在深夜回味著那一幕，內心充滿椎心刺骨的哀傷。

《雨中怪客》（*Rider on the Rain*，一九七〇年勒內．克萊芒〔René Clément〕執導的法國電影，由查理士．布朗遜（Charles Bronson）與瑪琳．喬伯特（Marlène Jobert）主演，訴說一名年輕美麗女人在下雨的街頭遭蒙面男子襲擊，基於正當防衛失手殺人的故事）中的大鼻子查理士．布朗遜與瑪琳．喬伯特也帥勁十足。喬伯特一臉雀斑，身材瘦削嬌小，但每個表情都具有擄獲觀眾的魅力。她在火車站悄悄偷走紅色旅行袋，卻被查理士．布朗遜逮個正著時，隨即撇嘴一笑的機靈模樣，要比說好幾句台詞都來得帥氣。喬伯特不是典型的美人，我隱約對她產生了好感。

觀賞《戰地鐘聲》時，我搖身變成英格麗．褒曼，觀看「聖處女」（上映電影名稱為《聖女之歌》〔*The Song of Bernadette*〕）時，我又化身為在奧斯卡最佳女主角獎項上發光發熱的珍妮佛．瓊絲（Jennifer Jones）。拉娜．特納主演的《紐西蘭地震記》（*Green Dolphin Street*）與皮耶爾．安傑利（Pier Angeli）演出的《明日，為時已晚》（*Tomorrow Is Too Late*）也都是我喜愛的電影。

觀看這些電影孕育了我當演員的夢想。當時拚命蒐集的演員照片與電影節目單，至今還有一部分留著，學業成績也曾因此吊了幾次車尾。我就讀京畿女高時，要是學生上電影院被發現，是不問理由直接停學的。有一回我去看電影《紐西蘭地震記》（一九四七年由維克多・薩維爾〔Victor Saville〕執導的美國電影，由拉娜・特納、唐娜・瑞德〔Donna Reed〕與理查・哈特〔Richard Hart〕主演，以英國與紐西蘭為背景，是一部探討錯綜複雜的愛情、命運、緣分與人生的大敘事詩），被擔任訓育主任的生物老師逮到；我穿著便服去中央劇場（位於首爾中區苧洞，是風靡一時的電影院。一九二三年由日本人建立的「中央館」，於一九三四年變更為「中央劇場」，從二〇〇七年開始又改為「中央影城」）時也與老師撞個正著。所幸生物老師非常疼愛我，見我低頭不語，老師說：

「我不會讓妳停學，但妳要秉持良心自動自發去打掃廁所，知道嗎？」

所以我沒被停學，驚險萬分地領到了畢業證書。表面上我是個乖巧安靜的學生，既不多話，言行舉止也算安分。即便成為演員後，我的打扮仍相當平凡，甚至周遭的人紛紛對我提出忠告。儘管經常聽到別人要我拿出演員的風範，但我大概是天性懶惰，很討厭在外貌上裝模作樣。我也知道名人應該與各界人士往來、習慣社交，但我討厭繁瑣和嘈雜，總是錄影完就直接回家。其他人不知道，我內心的世界、空想的世界是極為絢麗燦爛、天馬行空的。

無論是就讀女中時或現在，我都沒有朋友；曾經獨一無二的好友已移民去了美國。我的性格如此內向，在眾人面前連話也說不好，這樣的人怎麼會想成為演員呢？

連我丈夫也很納悶。若說是「彷彿被神靈附身」或許有人會覺得太誇大，但周遭的人確實大感訝異。

安東尼．昆（Anthony Quinn）與朱麗葉塔．瑪西娜（Giulietta Masina）主演的《大路》（*La Strada*，一九五七年由費里尼執導的義大利電影，描寫一名純樸少女被賣去當雜耍藝人的助手後經歷的險惡人生逆境）、羅伯特．泰勒與費雯．麗（Vivien Leigh）主演的《魂斷藍橋》（*Waterloo Bridge*，一九四〇年由茂文．李洛埃〔Mervyn LeRoy〕執導的美國電影，描寫一見鍾情的男女淒美的愛情故事，是戰爭愛情電影的經典之作）是我的人生啟蒙電影。

看完《大路》，我便迷上了那部電影的女演員。看似傻裡傻氣，心地卻如天使般善良的潔索米娜，被猶如禽獸般的雜耍藝人贊帕諾使喚來去，又是敲鼓又是跳舞的，各種工作都做，這樣的角色我一直都想演上一回。看到擁有哲學博士學位的演員朱麗葉塔．瑪西娜將傻子演得維妙維肖，我實在無法不為之傾心。

大二寒假時，我獲選為KBS電視演員公開徵選的第一期學員，成了演員，但我徒有滿腔熱血，一點基本功也沒有，就連動根手指頭也害怕，所以我遵照父親的囑咐，沒有拍攝行程時就努力讀書。我把整套世界文學著名全部搬到房裡，一本接著一本讀，我認為每天要讀一本小說名著或推理小說才算是盡了職責，讀完後的幸福感難以言喻。這段時期我把托爾斯泰（Лев Николаевич Толстой）的《復活》（*Воскресение*）、《戰爭與和平》（*Войнá и миръ*）、《安娜・卡列尼娜》（*Анна Каренина*）都讀完了。不久前專門研究托爾斯泰的大學教授說，鮮少有人把那些作品全部讀完，我不由得大吃一驚。雖然艱澀，我還是盡力讀到最後。我抱著不讀的書就不擺上書櫃的念頭，曾經一邊讀一邊想：「為什麼會這樣寫呢？」也曾經完全不明白作者在說什麼，但仍書不離手。

湯瑪士・哈代（Thomas Hardy）的長篇小說《黛絲姑娘》（*Tess*）的主角黛絲也以閱讀為樂，讀到她崎嶇多舛的命運與遭受死刑的結局時，我不知道哭得有多傷心。不久前我看了改編成電影的《黛絲姑娘》，再次感受到心如刀割之痛，想起青春少女時期徹夜閱讀那本小說的自己。人生彷若海市蜃樓，轉眼即逝。

我熬夜讀完《黛絲姑娘》後去上學，結果第一堂課有生物考試，我只在試卷上寫了班級、座號及姓名就趴在桌上睡著了。聽到鐘聲時，我嚇得驚醒過來，而試卷已經從後頭收過來了，我卻連一行都沒寫。令人感激涕零的是，去電影院時逮到我、很疼愛我的那位生物老師讓我免於留級。雖然老師已仙逝，我至今仍不忘恩師的名字。

平時的我文靜靦腆，大概就只有國文課遇到文章佳作時，會被老師點名「金惠子，妳來唸唸看」而已。午餐時間，我就到廣播室去，透過麥克風朗讀隨筆或詩等作品。雖然不記得作家是誰，但記得朗讀的作品中有〈白路〉這篇短篇小說（小說家兼兒童文學家申智植就讀梨花女高時，參加全國女學生文藝大賽獲選的作品，優美細膩地描繪出編織許多夢想的少女感性，登上當代暢銷排行榜。申智植將蒙哥馬利〔Lucy Maud Montgomery〕的《清秀佳人》〔*Anne of Green Gables*〕首度譯介入韓國的事蹟也很知名）。同學們都很喜歡，所以我朗讀了好幾遍。我是戲劇班的，曾在同年級大型戲劇節拿到主角獎，劇名是《柿樹》。也不曉得我為什麼這種小事都還記得。

雷馬克（Erich Maria Remarque）的小說《凱旋門》（*Arc de Triomphe*）也令我印象深刻，講述一名巴黎後巷無照婦產科醫生的故事。雖然現在記不起全部的內容，但記得我在閱讀時曾有過他與流浪女歌手的邂逅猶如電影場面的想像。

讀完杜斯妥也夫斯基（Фёдор Михайлович Достоевский）的《罪與罰》（*Преступление и наказание*）後，我好幾天夜不成眠。罪是何物？罰又為何？以我看來罪是什麼？以神的基準，罰又是什麼？文學作品成了刺激我思考的材料。

還有，收到腳本後，看著故事大綱的我率先想到的是：我接下這個角色，能為世界帶來什麼影響？這是父親帶給我的教誨。

即便我接下的是飽受人生束縛、受盡折磨的角色，但是否能看見一絲希望的曙光，便是我挑選作品的基準。就算主角在人生底層徘徊，但在那個地方是否存有希望？有辦法以演技展現那份希望嗎？能看見明天或是下一步嗎？在不見盡頭的絕望中，這名女人就這麼尋死了嗎？如果不是，是否在痛苦萬分的情況中，某處仍存有一絲光芒？我會努力尋找並把它演出來。

我偶爾會思索死亡。不久前聽到演員姜受延驟逝的消息，我在心中暗自說了句：「一路好走。」我曾讀過姜受延生前受訪的報導，她說想成為像金惠子、尹靜姬一樣的演員，老了之後想嘗試《有你真好》中奶奶的角色。她是從小就在韓國發光發熱的演員，在那之後應該要碰上能大放異彩的好角色才是……

演員就應該演戲，那對演員來說是唯一的光芒與希望，也是演員能帶給世界的希望之光。就這層意義來看，對姜受延來說一切都來得太早也逝去得太快了。剛過二十歲的年紀就在世界級舞台上（威尼斯影展與莫斯科影展）摘下影后桂冠，太早成了世界巨星，因此什麼都不能做，也不能什麼都不做。

要有作品，才能以演員的身分去思考：「要試試這樣好呢，還是那樣好呢？」

為作品心潮澎湃，為某一幕練習上百次……這樣的過程賦予演員生命，這時演員會感覺到自己活著，是恩寵的剎那。有了讓人思考與為之心潮澎湃的東西，人生就更可能因恩寵而發光。若非如此，對演員來說就形同死去，人生也變得輕如鴻毛，不值一提。哪怕人生天翻地覆，生命頭也不回地流逝，演員都不能忘了自己是為演戲而生。這件事沒有選擇的餘地。若非如此，人生何以為樂？

我做了一輩子演員，卻很難說明如何成為成功的演員。我倒是能告訴你如何做個悲傷的演員，那就是不以演員的身分活著，用非演員的面貌度過每一天。

聽到演員姜受延突如其來的訃告，我再次思索死亡，思考關於我這個人，思考是什麼令演員活著。人生，是無法回到過去重新開始的，因此活著就有尊嚴。

不管是誰，死亡都是哀傷的。倘若年輕時沒有在影展得獎，而是位平凡的主婦；倘若沒有成為世界級演員，當個平凡女性，這樣說不定更好。年輕時的姜受延達到過於輝煌的成就了，實在太讓人惋惜、沉痛，她曾說想成為金惠子、尹靜姬一樣的演員，想扮演《有你真好》中奶奶那樣的角色啊……

但還是很帥氣，姜受延像個演員般地離開了。我們就在彼岸相見吧。

我重讀了多年前讀過的托爾斯泰小說《安娜·卡列尼娜》，那是描述男女之間被欲望蒙蔽雙眼，不斷出軌與背叛，夫妻關係走向破裂的故事。若是改編成這年頭的電視劇，八成會是齣狗血劇，但讀完後我明白了托爾斯泰是在諷刺當時偽善的貴族社會，訴說人與人之間的真實關係為何物。

「幸福的家庭大同小異，不幸的家庭卻各有不幸。」小說中家喻戶曉的第一句話令人印象深刻。我很想在電影或電視劇中當成台詞來說，還試著背誦了好幾遍。

印象最深刻的部分，莫過於名叫列文的男人在自家農場割草的畫面。書名雖然是《安娜．卡列尼娜》，但在我看來真正的主角其實是這男人。我不禁心想，托爾斯泰是否透過此人來訴說自己對世界及社會的看法。

列文被心愛的女人拒絕而受情傷後，前往繼承的領地和農夫們一起工作，但農夫們不喜歡這位富家子弟。無論列文怎麼努力，都無法消除與農夫之間的隔閡。他想與農夫們一起幹活，於是親自割草。

剛開始雖然動作笨拙，但割著割著，在某一刻便完全投入了。列文以為自己只割了半小時的草，實則早已過了好幾小時，可見他有多專注（「列文割的草愈多，愈能感覺到渾然忘我的境界。他的手並沒有揮動鐮刀，而是鐮刀自己在割草。這是他最幸福的瞬間。」）全然沉浸的同時，他忘了自己猶如被詛咒的身分，也徹底忘卻內心的創傷。看他工作這麼賣力，農夫們不再排斥他。這份投入，使男人與農夫們成了一條心。

人生中最令我感激的，莫過於身為演員的我擁有許多投入的瞬間。神深知我對任何事都漫不經心，猶如半個夢遊症患者般靠角色扮演而活著，因此不斷把能讓我投入的作品送到我面前。如此一來，猶如朦朧昏暗的火苗般存在的我，就能化為熾熱的火焰燃燒。

要是小說的男主角想著自己正在割草，那麼草就會割得歪歪斜斜，工作也不上手；同樣的，想著「此時我在扮演某個角色」，我也會演不好。渾然忘我時，演技反而是最出色的，那一刻也最讓人幸福。讓我能持續體驗到那種投入與幸福的瞬間，對人生、對神，我心中的感謝難以言喻。

神還給予我能背下眾多台詞的記憶力，讓我能投入演戲，對此我心中也有說不出的感謝。我是個連昨天吃了什麼、前天與誰說了什麼，對世事的記憶力非常差的人。說不定是因為我在那些事情上感覺不到太多意義吧，我總是把「我想不起來」、「我不怎麼想記得」掛在嘴上。儘管如此，背劇本的腦袋卻是神賜予的，我在其他部分的腦袋非常差，多虧了這樣的記憶力，我才能演出許多作品，我對此心懷無盡的感謝。就算韶光荏苒，我說過的那些台詞，依然在我這顆差勁的腦袋裡活蹦亂跳。

日本演員樹木希林（曾在日本電影學院獎奪下最佳女主角獎，並演出《東京鐵塔：老媽和我，有時還有老爸》、《奇蹟》、《我的意外爸爸》、《海街日記》、《戀戀銅鑼燒》、《仙人畫家：熊谷守》、《小偷家族》、《日日是好日》等無數名作）生前演出超過兩百八十齣電視劇與電影。因為喜歡我演出的電影《非常母親》，曾熱情地向日本導演分享自己的觀影心得。她曾看著我的演出，想像自己會怎麼演那個角色，也聽說她希望有機會與執導那部電影的奉俊昊導演合作。

「現在該息影了吧？」不只是我，任何人都會這樣想，但樹木希林在六十歲時失去了左眼視力，癌細胞擴散到全身，死前卻依然持續演戲。我是在光化門的Cine Cube電影院觀看幾乎等於她遺作的《日日是好日》，觀影時不禁流下了淚水。儘管經歷不幸的婚姻與身體病痛的試煉，神仍賦予那位演員能入戲的瞬間及背台詞的記憶力，直至最後一刻。

樹木希林如此，我亦不例外，入戲的瞬間讓我們把人生的虛無、痛苦、悲傷、衝突、無謂的想法全數遺忘。在那一瞬間，我是脱俗純粹的，比任何時候都幸福。

關於人生的一切，我只有感謝；因我是如此不足，神卻將我打造成演員。倘若真的到了必須停止我最鍾愛的演戲生涯時，想必那會是我人生的終點。我將會把《安娜·卡列尼娜》的最後一句當成台詞吟誦：
「無論我發生什麼事，都無所謂，我人生的每分每秒，都不會毫無意義。」

致惠子

這話或許有些狂妄，但我的演戲生涯確實始於幼兒園時期。初次站上舞台應該是在我六歲的時候，在幼兒園老師的推薦下，我在延世大世福蘭斯醫學專門學校（今日的醫科大學）學生的舞台劇公演中飾演兒童角色。他們似乎為了尋找能演那個角色的孩子而跑遍幼兒園。他們也來到我就讀的幼兒園，不知道是不是覺得我臉蛋漂亮、喊「媽媽！」時聽起來有些不同，最後我被選上。我至今都沒忘記那是名為《生之祭壇》的舞台劇，我飾演的是被狗咬了後染上狂犬病而夭折的孩子。舞台劇在市公館劇場（今日的國立劇場）演出，由當時相差十七歲的姊姊帶我去。

劇中孩子的名字也叫「惠子」。據說觀眾看到我飾演的孩子在臨死前口渴得直喊「水，給我水」的生動演技後，紛紛喊：「別讓惠子死！」姊姊說，就是從那時知道我會成為演員。

那齣舞台劇結束後我得了胸膜炎。固然是因為我在幼兒園玩溜滑梯時墜地，更多的是小小年紀用心付出的舞台劇結束所留下的後遺症。送走進入體內、讓我的四肢有了生命的劇中人物後，我失去了生氣，整個人就像丟了魂。

那件事在無形中成了下意識的習慣。每當一部作品收工，我就會有氣無力地倒下，直到下部作品開演才重新活起來。久而久之，回想過去每部作品，總是以「接到演出邀約時，我本來身體非常不適……」為開頭。新作品成了神讓我每次必須活下去的理由。

十七歲時，我的腰際積水，痛得受不了，最後住進醫院動了大手術，取出右側一根肋骨。就當時的醫學技術來說，這似乎是救活我的最佳選擇。我也因此比別人晚了一年入學。

少了根肋骨，到現在右側腰際仍有些塌陷。演戲時我會意識到少了根肋骨造成的空隙，努力挺直身軀，讓體態優美。

我喜歡我的名字「惠子」，雖然很常見，但它是展現我這個人的名字。惠子的惠，是恩惠的「惠」。金鈺潤導演在執導電視劇《住在清潭洞》時，主角的名字是「惠子」，《如此耀眼》時也是「惠子」。奉俊昊導演在電影《非常母親》中雖然沒有為主角命名，後來也用了「惠子」。有人說，對導演和劇作家來說，「金惠子」的存在本身就是探索的對象。或許是因為愈是深入窺探平凡的名字「惠子」，就愈容易看到不可思議的一面，因為在「國民母親」金惠子的內心裡，出現了《非常母親》中擁有野獸般母性的女人。

那是拍攝電視劇《甘南》（高錫晚導演，李在宇編劇，一九八三年ＭＢＣ播映的一百七十一集電視劇，由金惠子、鄭惠先、金容建、吉用祐、金容琳、朴圭彩、金樹羊、金秀勇主演，透過在戰爭時期成為孤兒的少女甘南，描繪韓國經歷六二五戰爭的時代面貌）時我飾演甘南養母的事情了。當年大韓航空客機遭到蘇聯戰鬥機的飛彈攻擊，發生了乘客和空服員全數罹難的悲劇。全斗煥總統巡訪緬甸時，在翁山墓地遭受北韓炸彈的恐怖攻擊，導致一票國家頂尖菁英不幸喪命。此外，ＫＢＳ的特別直播節目「尋找離散家屬」（從一九八三年六月三十日起至十一月十四日止，由ＫＢＳ現場直播的尋找離散家屬運動，收到十萬零九百五十二件申請，有一萬零一百八十多名離散家屬重逢）讓全國上下哭成一片淚海。

在歲月的巨浪中製作的《甘南》創下百分之六十的高收視率。飾演甘南奶奶的鄭惠先演員展現了高超的名演技，我則是飾演甘南的養母。有一天我去借電視劇要穿的服裝，卻在結冰的路面上摔了一跤。因為有人說手邊保有昔日母親穿的衣物，要我過去挑選，摔跤時我正在前往的路上。那是一條有路燈的巷子，我穿著靴子，聽見啪、啪、啪骨頭斷裂的聲音，那一刻我心想：「哦，我的腿斷了。」

整條路黑漆漆的，沒有半個人，我的腿斷了，想動也動不了。當時還沒有手機，正好有個男學生經過，我出聲喊他：

「同學，你過來一下。你看看我的臉，認得出我是誰嗎？」

學生走了過來，可能是路燈把我的臉照得很清楚，他一下子就認出我來。

「我好像摔斷腿了，你能不能幫幫我？那邊有間藥局，你扶我到那邊就好。」

學生嚇了一跳，趕緊將我攙扶到藥局。藥局的人替我剪開靴子，替馬上就腫脹起來的腿做緊急處理。後來，我被送去醫院。至今我的右小腿中間仍留有疤痕。

最後，我因為摔斷腿，在《甘南》第一部播映時就被賜死，《田園日記》則是在劇中演了實際受傷後去醫院的角色。我對其他演員和導演萬分抱歉，在我的演員生涯中，那是唯一中途退出的一次。

當時在巷子裡幫助我的同學後來投稿到報社，寫了這件事的來龍去脈：

「我還是高中生的時候，有次走在巷子裡，金惠子小姐正好在結冰的路面上摔了跤，她喊住我，說：『同學，你幫我一下。』我送她到藥局後，附近的醫生來到藥局，將金惠子小姐帶去醫院治療。後來，我考上了醫學院。」

兒子看到那篇文章後告訴了我。要是哪天偶然遇見，如果能跟我說：「我就是當時那位學生。」我一定會高興得眉開眼笑。當時的我自顧不暇，連學生的臉都沒來得及看清楚。

摔跤的當下，我依然說：「上帝，謝謝祢。」雖然摔了跤，我還是這麼說。我也不曉得為什麼，我總是心存感謝。仔細想想，無論發生了什麼事，我都不曾說過：「上帝，祢為何這樣待我？」

舞台劇《十九與八十》（科林．希金斯〔Colin Higgins〕編劇，是描寫十多歲青少年與八旬老奶奶之間的友情與愛的喜劇，由金惠子、金周承擔綱主角，一九八七年登上舞台，創下連日門票售罄的紀錄）原本的劇名叫做《哈洛與茂德》（*Harold and Maude*），當時就讀高中的女兒林高恩說：

「大家可能不熟悉英文名稱，改叫《十七與八十》怎麼樣？」

我把這件事告訴導演，導演深有同感。考量到語感，因此用十九取代，最後成了《十九與八十》。

當時現代百貨有個地下劇場，是由演員崔佛岩經營的小劇場。女主角茂德很喜歡向日葵，觀眾進場看劇時，每個人手裡都會拿著一朵向日葵，等到謝幕時就往舞台拋，所以整個舞台的地板上滿滿都是向日葵。我忘不了那齣劇。每個人都該有一、兩件想要再次回顧的往事，因此必須認真過日子。

茂德雖然年屆八旬，但是個擅長倒立的女人，因而我不知道在家裡對著衣櫥練習倒立了多少次。我沒辦法靠自己的力量平穩倒立，只好要求在舞台上豎起一棵穩固的樹。當我靠著那棵樹俐落地做出倒立動作時，觀眾會猛力鼓掌，老女人竟然會倒立呢。

茂德是個非常可愛的女人。她是在動物園之類的地方看見海豹，就會情不自禁地說出「我們把牠偷走，放回大海去吧」的女人。非常了解我的人說：「茂德就和平時的金惠子一模一樣。」我演過憂鬱的角色，演過少女般的角色，也演過一派開朗的角色。劇團「自由劇場」的代表李秉福老師曾說「這個角色非金惠子來演不可」，要我就算老了也一定要演。哈洛是多次企圖自殺的孩子，在遇見奶奶之後得到救贖。這個故事美極了，我靠著這齣舞台劇拿下東亞演劇賞的演技獎。偶爾還會因為懷念這齣劇，在家裡翻箱倒櫃一陣，把劇本找出來重溫。

我演戲，是因為我只會演戲。因為演戲是我的最愛，它讓我悸動不已，也促使我一再思考。比方說演舞台劇時，昨日的公演結束後，今天早上重讀劇本時，我會彷彿醍醐灌頂似的大叫一聲：「啊！」每當這種時候，我總會覺得：「對昨天的觀眾真是抱歉。」

對那些人真是太抱歉了，昨天演戲時我沒感受到這點……真希望昨天的觀眾能再走進劇場看一次。

就是這樣，每天都會有新發現。起初雖然感受不到，但演戲的歷練多了就會開竅，靈光乍見，所以我不斷鑽研劇本。就算劇作家創作時不帶有那樣的意圖，我也會自我提升，一步步頓悟，喊著：「啊，是這樣！」電視劇是拍完後播映，別無他法，但舞台劇是每天重來一次，所以經常會想叫昨天或前天來過的人再來看一次。想必舞台劇或音樂劇的演員們對此都有同感。

當然也會有想都沒想就直接演的人，因為表面上看來不會有太大差異。可是眼光銳利之人就能明白，昨天在那名演員的演技中感受到的，跟今天感受到的有哪裡不同。訊息相同，但訊息的深度不同。因為是同一名演員站在舞台上說著相同的台詞，觀眾可能會覺得沒太大改變，但表演變得更有深度了，明眼人一看就明白。

畢竟是用自己這張臉、用自己的身體來表演，沒道理不用心。愈鑽研劇作家寫的台詞，我的眼神會變得愈深邃，手指也會多動上一根。這件事只能親力親為，誰也無法代勞。昨天表演時沒發覺，今天卻有了頓悟，那比發現什麼金銀財寶都讓人喜悅，我沒理由將那份喜悅拒於門外。也因此，我老是想再次品嘗那份喜悅。那份喜悅是誰也奪不走的。

我會把腳本讀超過百遍，直到領悟為止，因為剛才讀的和現在讀的不一樣；因為讀七十七遍時不明白的，會在讀一百遍時有所體悟。愈讀愈有味，就想繼續讀劇本；寫得好的劇本是愈讀愈深刻。就像我們在閱讀莎士比亞的作品，若是讀時漫不經心，就無法理解。

演舞台劇時就更明顯了。舞台劇會事先給劇本，甚至一年前就給，我會反覆閱讀。觀眾或許並未發覺，但我知道情感上有多麼不同，因此每天劇本都不離手。當我持續找到新體悟，就會努力想再找到其他，也一定會找到；並不是一開始就一目了然的。

劇作家在創作時沒感受到的，演員也必須感受到，這不就是請知名演員來演的原因嗎？因為期待演員能為劇作家的創作多帶來些什麼。

想必會有人覺得明明日子過得好好的，何必自討苦吃，現在還費這麼大的工夫？那是因為那些人不懂得這份喜悅，對自己的人生坦率、性格真實的人就能懂這種感受。有人可能會想「做到這樣就夠了」並就此打住，認為台詞背完了，彩排也結束了，自己該做的就都做完了，但這樣絕對無法孕育出傑作。

電視劇播出後，我會懷著緊張的心情，好奇大家怎麼看，那是身為演員的光榮時刻。「大家怎麼想都無所謂。」這句話是謊話，我認為用寫作及演戲來展現自己，是人類的本能。

大家是怎麼看我的？

就算看似超脫，但每一回仍會忍不住思考，忍不住為此心跳加速。

我很用心地去讀每一句台詞。我會對著「走了嗎？」這句台詞想，為什麼劇作家偏偏是寫「走了嗎？」明明還有「原來走了啊」、「走了」可以寫，但劇作家寫「走了嗎？」的理由是什麼？這位劇作家想在這一幕追求什麼？我會不斷苦惱這些。

過去經常會給演員當日劇本（被時間追趕的電視劇劇作家匆忙提供，且馬上就要開拍的那幾場劇本）。我說：「就算是由托爾斯泰來寫，我也不拍當日劇本。」演員也要有消化劇本的時間，因為演員並不是傀儡木偶。如果只是背台詞，那誰都可以辦到。走了嗎？走了。原來走了啊……努力了解箇中差異是演員的職責。

至今我都秉持這種態度，因此拍完一部作品後，我會疲累得成天癱在床上。我的腦袋沒什麼想法，說不定始終都空空的，猶如蟬褪下的殼。大概是演戲時耗了太多腦力和心力，所以拍完後什麼都做不了，也不參加談話等類型節目。我已經憑藉演技做完該做的事了，因而多次以「那齣電視劇、那齣舞台劇就等於我」推辭訪談。

讀朴婉緒老師寫抹布的文章時，真的能聞到抹布的氣味。我在讀了她為我的著作《雨啊，請你到非洲》[2]（二〇〇四年，久遠的未來出版）所寫的推薦文後大吃一驚。

「看金惠子演戲時，我會覺得自己別無選擇，甚至好像我附身……不，是所有女人都附身在她身上，不由得毛骨悚然。那種演技的深度是打哪來的呢？我經常好奇，電視劇之外的她是不是因為氣力耗盡，成天都有氣無力？」

真教人起雞皮疙瘩，她似乎徹底看穿了我。她是怎麼知道平時我都是成天癱在床上的呢？大概她也是如此吧，完成一篇小說後也是那種狀態吧？我猜想我們是同一掛的人，所以能心領神會。

後來碰面時，我吃驚地問她：「您是怎麼知道我的心境的呢？」她笑著回答：「因為我也這樣。」

我突然憶起去拜訪朴婉緒老師家的日子。那是個下雪天，天寒地凍的嚴冬，院子裡卻有黃花綻放。老師指著花說：

「金惠子小姐，這是名叫復仇草的花，它會破雪而出。」

吃驚之餘，我仍笑著說：

「名字叫『復仇』，感覺很不搭呢。」

後來我查了資料才知道，它不是「復仇草」，而是「增福添壽」的「福壽草」。會讓我花上力氣的，就只有演戲與在非洲擁抱孩子們的時候。不演戲的我，有時看起來病懨懨的，就連我也會忍不住自問：「妳不演戲時這樣無所事事、成天癱在床上的好嗎？」但唯有如此養精蓄銳，我才能在下部作品傾注全力。如同花朵綻放之前樹木會藉由無數細根蒐集樹液，神讓我活下去必有祂的道理，因此我經常告訴自己，不要虛度人生。

看到別的演員上綜藝節目時我覺得有趣，但若是要我參加，我就會說：「抱歉，我沒那本事。」劇本上有寫台詞，我得不斷反芻才能有靈感。雖然多年前我曾上過幾次節目，但我認為自己不適合，就再也沒去過了。

我唯有對待演戲時是個完美主義者，其他事都十分笨拙，什麼都做不好。我不

2 譯註：中譯版由天下雜誌出版，已絕版。

擅長做家事，所以拍《田園日記》時為了拍切蔥的場面，請教了高斗心演員切蔥的方法，還買了好幾把蔥在家裡練習。拿著搗衣棒敲打，把嘴巴內的水「噗！」地噴出來的動作也不知道練習了多少次，練到像真正的專家一樣。

其他人在拍電視劇時，午餐時間都會想著要出去吃什麼好，但對我來說「錄影猶如打仗」，如果無法完美揣摩我就不拍，飯也食不下嚥。因為肚子吃飽了，腦袋就犯睏了，唯有肚子是空的，腦袋才能順利運轉。

我會四處尋找電視台最安靜的角落。我走來走去，發現新聞室是最安靜的，因為不播放新聞時，那裡的空間狹小又黑漆，所以如果我真的累壞了，就會一個人進去睡二十分鐘左右。一覺醒來，要比睡上一整夜更讓人神清氣爽，腦子也更清明。誰也不知道我在那裡，這是屬於我的方式。所以《田園日記》中我的樣子很美；我經常打完盹後，以整張臉白皙透亮的狀態去上戲。

上了年紀後，人中逐漸拉長，鼻孔也撐大了，不管什麼時候都一覽無遺，什麼也藏不住。既然無法隱藏，索性放鬆心情。拍攝《如此耀眼》時，攝影機由下往上拍臉，我的鼻孔大得跟隧道似的。剛開始我不斷嘀咕：「太過分了，我的醜態都給人看光了！」但另一方面又覺得那有什麼好在意的？就連觀眾留言攻擊「鼻孔好大」，之後也會有人反擊「等你年紀大了，皮膚也會變薄，鼻孔也會變大」。看兩方人馬你來我往，我想著：「真是一種米養百種人啊。」

如今我已經到了能笑談傷心事的年紀了。剛開始我哭得很慘，碰到嚴肅的場面就會從頭到尾使力。過去是用那種方式演戲，但我在持續演戲的過程中學到的，是不用力時才能展現絕佳演技。事實上，不用力更難。

《如此耀眼》中有一幕是在談論「等價交換」，是我在英洙（孫浩俊飾）睡著時跟進入網路廣播聊天室的年輕人們聊天。演這一幕時，我不能板著臉說話，必須把「你們這樣下去會變得跟我一樣」像玩笑話一樣隨口丟出去，讓處於無防備狀態的人能聽懂，因為他們在打盹時可能會在半睡半醒之間聽到。那句台詞我練習了一百次左右。

天底下沒有白吃的午餐；不經一番寒徹骨，哪得梅花撲鼻香？這是等價交換的法則。即便運氣好，不努力，好運也會消失。我是個就連理解力也不足的人，所以不能不用心，不然怎麼會連夢中也老是出現劇本呢？

有一天我拿抹布擦拭家裡時，兀自想像今天是我從前心儀之人結婚的日子。現在應該開始了吧？差不多要走進會場了吧？我想著想著，淚水撲簌簌地滑落。在這同時，我還觀察自己的淚水是怎麼滴下來的，露出了什麼表情。就算不刻意去記，這些細節也會自動留在腦海裡。

我希望在死前扮演像是讓偷燭台的尚萬強悔改的神父般的角色。我非常想演一次讓壞人洗心革面的奶奶。有個無論逃到天涯海角都無法生存的重大要犯，在逃亡過程中聽見了從只剩斷壁殘垣的房子——原本是間體面的房子，因年久失修逐漸成了廢墟——傳出的鋼琴聲而感到平靜。我想飾演用老舊風琴或鋼琴彈出動人曲子的老奶奶。這全是我的想像，但因為想演那樣的角色，我在學鋼琴。

最近我經常觀看九十九歲的老奶奶自學鋼琴的 YouTube 影片。這個老奶奶沒人教她，是自學的，而我有鋼琴老師，坐擁一切，卻沒辦法彈好琴。我總是幹勁十足，很想把鋼琴彈好，可是除了演戲之外都是說比做容易。我經常懊悔，要是早十年開始，學到現在至少能有模有樣地彈上一曲，我後悔自己當年只接觸皮毛、半途而廢。

看到有人在職業欄上寫「演員」時，我會漫不經心地訝異道：「啊，那個人認為演員是種職業啊。」大概是因為我自小演戲，所以從來沒把演戲當成職業。如果說它是職業，反而會覺得傷及自尊。「你就等於我。」如同《非常母親》的媽媽對兒子斗俊（元斌飾）說的話，演戲也等於我，猶如呼吸般自然。

活著，靠妳的力量活著

我生來就有著憂鬱氣質，自小就不是意志力強的人。積極地挑戰人生或與他人交際對我來說很累。高中時在放學回家的路上，我經常會想：「這樣活著有什麼意義？」

大約是從那時開始思索死亡的。我討厭活著，不管做什麼，都覺得腦袋愈來愈異常，所以我一直思考死的方法，想著該怎麼做才能死？因為死不了，就更討厭活著。那時的我是如此迫切，沒有什麼理由，但就是有那種想法。那是一種病。當時盛行的存在主義哲學家說，存在就是擁抱不安與恐懼，而我正是處於那種狀態。

為了蒐集安眠藥，我就近跑了超過十家藥局。那時我住在首爾的會賢洞，大概跑遍了那個社區的所有藥局吧。但自殺最後以失敗告終。我雖討厭活著，卻也害怕死亡，所以我事先對在家工作的姊姊說：「好好守著我。」最後，我服藥後立即被送到醫院，經過洗胃才撿回一命。據說試圖自殺的人會向身邊的人傳遞訊息——想死的那份心，就等於想活的心。那是在我十七、八歲的時候，青春期就在滿腦子想著死亡中流逝。

從京畿女高稀里糊塗地畢業後，沒有明確目標的我考進了梨花女大美術系，因為美術課時金昌億老師將我的畫作掛在黑板上稱讚了我。當時多虧擔任高級公務員的父親，讀大學時我從未感受過經濟拮据之苦。要賺錢或成為知名畫家的野心對我來說很遙遠，我在和煦的陽光下很享受地嗅聞草香，也依然一個人上電影院。我的性格很安靜，就算一天不去上學也不太會引人注意。

大二寒假時，我聽到KBS電視台開播的同時也在招募演員，於是不由分說地跑去參加考試，幸運獲選為KBS電視演員公開徵選的第一期學員，但全家上下與親朋好友沒人知道。當時和我一起獲選的人有鄭惠先、金蘭暎、太賢實、朴珠雅、崔正薰、崔吉鎬等，個個雄心萬丈、滿腔熱血。

雖然我在新人培訓的成果發表作品中飾演主角，但演技差得觀眾看了也捏把冷汗，可以說是徹底搞砸了，我再次陷入自卑感與自我懷疑中裹足不前。後來被分配到的角色始終不怎麼樣，念頭就這樣來來回回，最後索性放棄了。

我帶著想成為演員的渴望成了演員，但我有的只有渴望。因為基本功太差，我對自己大失所望。我只想著要成為演員，卻毫無準備。「我真是個傻子。」我覺得自己是個沒出息的人。能通過演員選拔考試簡直像是奇蹟，不過我得到的只有不必陷入自卑的勇氣。

自尊心受創後，我不再演戲，學校也不想再去了，於是我就逃去結婚。有一天母親介紹了一位客人給我，不知道是不是因為他穿了一身筆挺的空軍制服，一種值得信賴的男人印象強烈地觸動了我。那是在我認為大學生活不怎麼有趣，每天過得百無聊賴，期待生活能有萬丈波瀾般的變化之際。二十一歲，原本該是學習熱情高漲、滿懷未來夢想的年紀，我卻丟下課業，結婚去了。

母親邀請來我們家作客的那位空軍叔叔正是我的新郎。我當時完全沒意識到婚後我的身分會產生什麼樣的變化，也沒想到自己必須馬上成為孩子的媽。後來我生下老大（兒子），在公婆底下扮演起媳婦角色。

我將所有心力傾注在寶寶身上。要說有多狂熱呢？我甚至在生產前拿著娃娃練習怎麼替它洗澡。剛出生的寶寶太可愛了，我每天總會情不自禁地撫摸他額頭上的細毛，餵他吃母奶。我只要投入一件事就能做得很出色。我討厭公婆替我照顧寶寶，我想要一手包辦，生活的重心都放在孩子身上。

大概是在孩子四、五歲的時候，我聽見朋友在外頭喊我，就趕緊放下喝母奶的孩子跑出去，那一刻我感到無比空虛。虛無感與死的念頭只是暫時躲起來罷了，它們哪兒也沒去。把孩子養到某個年齡後，症狀更嚴重了，我討厭自己已婚，討厭丈夫，也討厭生了孩子。那樣的我，感覺像一齣荒謬的劇。

就連我也覺得自己不正常。我好像在哪本書上讀過，碰到這種時候最好去精神科諮商，於是在朋友的介紹下見了神經精神科醫生，開始接受諮商。那位醫生名聲非常響亮，可是他跟我談話時卻不時瞄著我的背後、跟我的臉等高的置物櫃上的時鐘，讓我很受傷。

我對自己說：

「就這樣活著吧，靠妳的力量活著，盡妳最大的力量，別死。」

我帶著這樣的念頭，再也沒有去諮商，反而在那之後逐漸堅強起來。並不是非得要有人在我的後腦杓敲上一記，才能茅塞頓開。

虛無感逐漸加重之際，我在路上遇見了高中時期的學長，學長問我：

「惠子，妳以前不是喜歡舞台劇嗎？聽說妳嫁人了？」

其實我放棄演員之路後，因為覺得太丟人了，結婚時沒對任何人說，就只告訴替我彈鋼琴伴奏的朋友。

沒想到那位學長說：

「妳不想演舞台劇嗎？」

那位權永周學長當時是在電視劇中心（位於南山山麓的舞台劇專門小劇場。一九六二年身為劇作家兼導演的柳致真在美國洛克菲勒基金會的贊助下成立，由李海浪擔任首任劇場長，孕育出多名舞台劇演員）演舞台劇，那是個許多知性的舞台劇演員雲集的地方。

「妳，要不要去那裡演舞台劇？」

儘管偶爾也有開心的時候，但那幾年我只在家裡度過無聊平凡的日子。我一邊想著這樣的生活不該是我的全部，就在我心生自己該不會只能當個家庭主婦度過人生的不安感時，權永周學長拯救了我。那位學長說只要演舞台劇就能學習演戲的基本功，多虧了他，我才踏入電視劇中心。

那時演出莎士比亞的作品，我分配到的角色是伯爵夫人。我當然演得不好，但穿上伯爵夫人的蓬鬆衣裙，就算演技不純熟，演起來仍趣味十足。我每天都到電視劇中心報到。

當時有個叫做實驗劇場（金義卿、李順載、許圭等人於一九六〇年成立的劇團，第一場演出是將尤金・尤內斯庫〔Eugene Ionesco〕的《上課》（*La Lecon*）搬上舞台。該劇團不是演出既有的現實主義劇，而是透過演出荒謬劇，表現出有別於其他劇團的實驗精神，後來成為韓國具代表性的劇團）的劇團，吳賢慶、金尚元、金東勳、金東園、羅榮世等知名舞台劇演員都是那個地方出身的。

人已仙逝的導演許圭老師看到我在電視劇中心演的舞台劇後，或許是看出了我當演員的潛力，就帶我去實驗劇場。透過老師，我才知道原來在不同指揮下，樂團的演奏會千變萬化。老師是引領廣場劇[3]的先驅，他會敲著長鼓，用「敲一下是跌跤，再敲一下是爬起」的方式來做演戲練習。我覺得那樣的演員課程實在太有意思了。當他敲鼓時，我的心臟會撲通撲通跳個不停。我遇見了伯樂，之後就在老師底下學習怎麼演戲。

慢慢地，我對演技有了自信。我在權永周前輩創立的民眾劇場（以李根三、金正鈺、梁廣南等海外留學派為中心的劇團，將實驗性強的翻譯劇與創作劇搬上舞台）中，以創團公演作品，費利西安・馬索（Felicien Marceau）的原作《蛋》（*L'Oeuf*）中和秋松雄一起出道。儘管演技生疏得可以，但我在舞台上獲得成就感，有了活著的感覺。百無聊賴的生活一點一點有了活力，演戲也開始有了樂趣。之後我成了在民眾劇場的公演中從未缺席的狂熱派演員之一，為某件事癡狂是讓人無比興奮與帥氣的事。

實驗劇場、自由劇場（秉持「繼承與發展始於希臘舞台劇的西歐舞台劇，打造真正的韓國現代劇」的抱負，以導演金正鈺為主軸，民眾劇場的部分團員、羅玉珠、崔相鉉、朴祚烈、金惠子、崔佛岩、文五長、朴正子、金容琳、金茂生等為團員，於一九六六年創立）都來洽談。這些作品是每個人都恨不得能演的，因此我把時間分成好幾塊來用，跑得非常勤快。

我在民眾劇場演了《有湯》、《兔子與獵人》與《盜賊們的舞會》等作品，轉移到自由劇場後又演出了《小人物的盛宴》、《野餐作戰》、《神的代理人》、《海女上岸》等。

我還擔任實驗劇場舞台劇的主角。《猶大！在雞鳴之前》、《象牙之家》、《南薩哈林斯克的天與地》、《費加洛的結婚》等作品我幾乎都是飾演主角，獲得「舞台劇出現了繼承白星姬、羅玉珠老師血統的演員」的評價。我本來是塊未被發掘的璞玉，正式接受訓練後嶄露了頭角。

演《南薩哈林斯克的天與地》（許圭導演，李載賢編劇，一九六七年實驗劇場的公演，

3 譯註：一九七〇年代之後，以創意性的方式繼承及發展假面舞、盤索里等傳統民俗宴會的實驗性露天劇，主要內容為批判社會及揭發現實。

由金尚元、金惠子、李正吉、朴珠雅、吳賢慶、白一燮主演。透過被蘇聯南薩哈林斯克強制徵用的東秀、東進兩兄弟，把對祖國的渴望與鄉愁、民族的悲劇昇華為手足之愛與夫妻之情。此作品獲得韓國戲劇電影賞大賞、作品獎、戲劇獎）時，我傾注了全部的熱情。要說我有多認真呢，最後一場演出落幕後，感到虛脫的我卻不想離開舞台。我好像在舞台劇中把整個人生都過完了。我憑這部作品獲得韓國戲劇電影賞的女子演技獎，也拿到文化大賞的女子演技獎。

《猶大！在雞鳴之前》中（許圭導演，吳泰錫編劇，一九六九年實驗劇場的公演，由金惠子、金東勳、羅榮世、朴珠雅主演，描繪兩名男人互相出賣一名女人的深層心理真相，榮獲首爾新聞文化大賞）的女主角是最令我滿意的角色。不知道為什麼，我很喜歡演被男人背叛後，因染上毒癮而逐漸崩潰的女人。

我把女主角說過的台詞重新找出來看。

> 決定占有我了嗎？真是幸好，我還以為永遠無法擺脫這裡了呢。也給我一杯吧，我和你分手之後人就變得不正常了。不，我想全部忘了，所以在醫院說要把整個腦袋撕開……我很害怕，差點就永遠走不出醫院了。膠囊，像甲蟲一樣的三粒安眠藥

老是挖著我的手掌吃。等到它們鑽進我的手掌，看不見了，就又給我三顆膠囊，接著它們就會繼續挖著吃。那玩意會讓我入睡，然後又有三顆膠囊爬到我的頭上，把我的腦袋挖來吃。我醒來一看，那些紅色的玩意肚子鼓鼓的，在我的手掌上打滾玩耍。是啊，當我的手掌發麻，我就會又睡著了。然後它們就會爬進我的腦袋，繼續挖著吃，直到我整顆腦袋像是螞蟻窩一樣被打通。那些紅色的甲蟲……你，要不是你，我早就被它們吃個精光了。我很害怕。你不會拋棄我吧？我的意思是……這裡也一樣，我在這裡也吃那個。我每天吃三顆紅色甲蟲，這樣我就會想睡，等到睡著了……

重讀我過去很認真背誦、在舞台上說過的台詞，就會咻地回到當時的我及當時的情緒。演出《猶大！在雞鳴之前》時，我不是按照至今的任何固定觀念去演，例如像「絕望」之類的，我不是靠台詞去表現，而是透過腳踝關節的彎曲或向後倒下等動作來表現，因此我費盡苦心。舞台劇培養出我內在的演技。我在演戲時能感覺到幸福是什麼，看見幸福的真面目。

那時我時隔六年再次有了身孕。因為孕吐的關係，我沒辦法吃其他食物，每天只吃草莓。導演老師在後台打鼓，當布幕升起，我整個人就來勁了，化身為在丈夫與愛人之間徬徨的女人又哭又笑，彷彿那是我的親身經歷般深陷其中，被愛人與丈夫聯手謀害的我……布幕隨著如雷貫耳的掌聲落下後，全身大汗的我猶如一隻落湯雞，拿起幾顆草莓來吃，接著再為晚上的公演努力上妝。

一起通過KBS電視演員公開徵選的演員們紛紛在電視上嶄露頭角，之後隨著連續劇蓬勃，舞台劇演員們接二連三地轉往電視圈發展。我也在經歷四年舞台劇生涯後重返KBS電視台，看著已經走在顛峰之路的同期演員，不禁大感挫敗。一想到相較於在華麗鎂光燈下逐漸成長的他們，自己卻成不了話題人物，內心不知道有多焦躁。每當這時，我都會以「內在演技更重要」來安慰逐漸變得渺小的自己。

演出由金東炫擔任編劇、朴宰民執導的《無罪》時，開始有些人會談論我，我那原本憔悴的臉龐逐漸有了色彩。那時雖然開始和人聊天，也能放心地笑，但在眾人面前時我依然很不自在，連雙手都不知道該往哪兒擺才好。

MBC電視台開播時我被挖角，正式演出電視劇。當時我的肚子懷著女兒，開始拍攝電視劇《青蛙丈夫》（表在淳導演，金東炫編劇，一九六九年至一九七〇年MBC開播紀念的一百集電視劇，由金惠子、崔佛岩、朴根瀅、都琴峯、白一燮主演，描寫身為有婦之夫的科長與新進女職員墜入愛河的故事，曾因遭到青瓦台指責為「助長不倫」而刪除了部分內容）。為了聘請我去演出，將劇中人物也設定為有身孕，包括肚子逐漸隆起的過程和從醫院出院的樣子都拍了下來。記得當時婆婆看到我分娩後不到三天就到冰天雪地拍戲，很憂心我的身體狀況。

儘管嚴重孕吐與疲勞導致我的身體變得虛弱，但內心卻快活得就像飛上了天，彷彿我的身體很享受逐漸變得虛弱的狀態。

令我愧疚的是，偶爾我會將自己是兩個孩子的母親、妻子與媳婦的角色忘得一乾二淨，只想做為演員金惠子。要是兩個哭鬧的孩子妨礙我獨處，我就會從孩子身邊逃跑，跑進後屋徹底躲起來。我確實經常想要一個人待著，就媽媽與妻子而言，我是全然不及格的。

第一齣電視劇《青蛙丈夫》在眾多話題中畫下句點。在劇中飾演臨盆孕婦的我，直到生下孩子為止，還有生完孩子之後，不到一週就得在觀眾面前露出浮腫的臉。有人對這樣的我表示同情，也有人稱讚我拖著不適的身子，帶著滿腔熱情上戲；還有人則是批評，就算再怎麼喜歡演戲，這也太過了。事實上我並不希望演出時還得曝光私生活，但當時劇組的氣氛讓我無法拒絕，因為收到觀眾的熱烈迴響後，演員及工作人員都非常努力，上下一條心。

有些人誤以為《青蛙丈夫》中飾演崔佛岩妻子的我等於實際上的我，覺得我是個不折不扣的賢妻良母。生完孩子、沒好好調理身體就去戶外拍戲的我，回家後一看到躺著的寶寶，淚水就嘩啦嘩啦掉了下來。我覺得自己的全部好像一絲不掛地暴露在大眾面前，所以很害怕走到人前。

跟別人聊天才知道，原來不是只有我會思考死亡，或是沒來由地感到憂鬱、絕望；我也透過書本，知道了有很多像我這樣的人。大家都是演員，演著或多或少有些荒謬的舞台劇。我們只是裝作若無其事，即便置身絕望、深受憂鬱症所苦，仍靠自己拿出力量活下去。這就是人生，這就是人。

就演員來說，內在經歷各種情緒後再演戲，和演的時候完全不懂那種情緒是不同的；不管怎麼樣都會有哪裡不同。我認為經歷不合理的意識世界，內心感受到許多情緒後再演出來，跟沒有這個過程就去演，結果不會一樣。連眼神都會有差異，後者的眼神彷彿會在哪裡露出破綻。

神絕對不會把我經歷的人生一筆勾銷變不見。我曾經有過的無論是十分憂鬱、過於悲傷、拙劣或羞愧的念頭，這一切都會在我扮演角色時或多或少帶來幫助，我經歷過的每件事、每種情緒都會反映在演技上。

沒人知道我的內心波濤洶湧。我雖然是富裕家庭出身，就讀名門大學，活得看似一帆風順，但內心卻有龍捲風狂亂吹舞。錯綜複雜的心理狀態，對演戲助益良多。對演員來說，沒有什麼經驗是不好的，當然這是指如果能戰勝它的話，即便活得潦倒悲慘，那也是好的；就算遇人不淑，只要能克服，以演員來說就都是好的經驗。

前往非洲去看孩子們不是什麼辛苦事，反而給了我力量。我心想，我必須為這些孩子們做點什麼。去看非洲的孩子拯救了我。大家雖然對我說辛苦了，但我一點也不苦。我經常看著那些孩子，下定決心：

「我要活著，要努力活著。」

大家老是對我說辛苦了，如果我一再說「沒有啦」也不好意思，所以就沒多說什麼，但我看到孩子們的那一刻所感覺到的，是我必須活下去，感覺到我要照顧的孩子實在太多了。

神說，人有原罪，說我們是罪人，我心想，我們為什麼是罪人？犯了什麼罪？但我走訪非洲時明白了。

啊，我是罪人，竟然不知道有人這樣生活著，不知道世界上有孩子把飢餓當飯吃度日。假如這不是罪，什麼是罪？只有殺人才是罪行嗎？

我看著那裡猶如天使般的孩子們，明白了這些。

我們一無所知，不知道有多少人的生活本身就等於辛苦。去了一趟非洲回來，我並不覺得疲累。大家問我累不累，我反而活力充沛，因為那裡讓我煥然一新。

與生俱來的特質不會消失。我天生是個虛無主義者，不是精神上多強大的人。我常想，要是上天真的疼愛我，就該在此時帶走我；甚至在聽到舒伯特每天都帶著「希望明天早上別醒來」的盼望入睡而喜歡上他。下戲或結束一件事後，每次我都會想：

「這種事到底有什麼意義呢？」

死亡總是在生命的另一端。神將我打造成這樣的人。在陷入更深的虛無感之前，我將全副心力投入下部作品。讓我毫無懸念地投入演戲生涯的原動力，或許並不是金錢和名譽，而是那份天生的虛無。我想著死亡，人們卻想從我的演技中獲得慰藉。

「就這樣活著吧，靠妳的力量活著，盡妳最大的力量，別死。」

是這份決心，讓我活著。

每次，都是初次體驗的人生

《非常母親》（奉俊昊導演的電影，二〇〇九年上映，由金惠子、元斌主演，講述一名母親為了拯救被當成殺人犯的兒子而四處奔波，悽慘而極端的母愛的話題之作）是繼《美乃滋》之後，睽違十年才演出的電影。

《非常母親》中的媽媽是個生活不穩定的女人。她在鄉下市區經營一家小藥材店，偶爾會無照替人進行針灸治療，以此維持生計。她有個相依為命的兒子斗俊（元彬飾），都二十八歲了生活還無法自主。這個兒子極度痛恨「傻瓜」這兩個字，雖然智力有些不足，卻是媽媽全部的世界。媽媽總是惴惴不安，無法把眼神從經常闖禍的斗俊身上移開。劇本打從一開始就出現「失了魂的臉」的表演說明。讀到這一句，我的眼神立即變得焦慮不安，會在拍攝現場東張西望，尋找飾演斗俊的元斌，電影中也能看到，直到斗俊走進家門為止。媽媽連睡覺時也穿著襪子，以不動的姿勢躺著。這是為了一旦聽見一丁點斗俊製造的聲響，就能立即跑出去。

有一天，一名女高中生被人用石子砸頭，遭到殺害，整個村子雞飛狗跳，大家不分青紅皂白地指稱斗俊是犯人。斗俊有短期記憶喪失症，不記得那天晚上發生了哪些事。警察把傻呼呼、話都說不好的斗俊當成嫌犯逮捕後，半強迫地取得了自白供詞。

因為沒錢，好不容易才請到律師，律師卻見錢眼開，收走藥材當作報酬後只想草草了事。媽媽完全無法接受這件事，無比善良、不懂人情世故的斗俊不可能犯下殺人這種滔天大罪。她為了洗清兒子的罪名，憑藉動物般的本能發揮了扭曲的母愛。在沒有任何人值得信任的情況下，她與整個世界抗爭，尋找真正的犯人。眼見斗俊的嫌疑逐漸成為定局，媽媽開始展現出令人毛骨悚然的瘋狂；最後，她打造出另一名犧牲者。這是無限的愛所造就的瘋狂。緊張與不安逐漸堆疊，從開場用鍘刀喀嚓喀嚓切藥材的場面就流露出讓人神經緊繃的氛圍。

《非常母親》是奉俊昊導演親自撰寫腳本並執導的作品，他曾在訪談時表示，是以我為模型寫了腳本。

「這是為了特定演員而構思的故事，在故事之前先有演員。我想與自己從小看到大的金惠子演員一起拍電影，我想著：『假如跟她一起拍電影，能不能拍出非典型母親形象的故事？』那個瞬間故事就跑了出來。若是金惠子演員拒絕不拍，大概這部電影就無以為繼。我並沒有B計畫、C計畫。」

他好奇金惠子在「國民母親」形象的背後是什麼，說想跟我一起拍出「感覺胸口被揍得瘀青」的電影，這與我想要打破過去累積的形象的渴望不謀而合。

一九九五年MBC曾播出迷你劇《女》，這是一齣收到放送委員會多次警告的劇。在這齣電視劇中，我飾演主角的中年女人將誘拐來的嬰兒當成親生女兒撫養，最後被得知真相的女兒拋棄，發了瘋。她固執地用謊言掩蓋謊言，一遇到威脅，就脫下平時慈愛的面孔，猶如護衛幼犬的母狗般露出尖牙。奉俊昊導演說，觀看這齣電視劇時，突然從我歇斯底里的臉上感受到了瘋狂。

我則是在看過他執導的《殺人回憶》後，心想電影拍得真好，剛好那時白智娟主播打來電話，問我知不知道奉俊昊導演。我提及《殺人回憶》並大力稱讚了他，結果白智娟主播告訴我：「那位導演說想跟老師您合作。」我與奉俊昊導演的緣分就這樣開始了。眾所矚目的導演，還是我欣賞的電影導演特地為我企劃的電影，這對演員來說是極為幸福的事。

某位法國學者曾說：「新人演員展現身材，明星展現靈魂。」演員想要發揮展現靈魂的演技，就需要能引領主題的好劇本與厲害的導演。就算演員想嘗試什麼，只要缺少了這兩項就不可能辦到。

具備這兩項才能的天才導演奉俊昊走向了我，讓我表現出體內尚未釋放出、身為演員的其他面貌。假如不是奉導演，那些火苗或許會直接冷卻，徹底被埋沒。

厲害的導演不會只用演員的既有形象，這樣無法成就新作品。身為演員的我，討厭並拒絕那種劇本或導演。

厲害的導演會拿著名為演員的原料或材料，創造出煥然一新的形象。我認為那即是電影藝術。不只是《非常母親》，奉俊昊導演在其他作品上，也是讓演員戴上新面孔，不，是穿上新靈魂的導演。

初次聯繫之後，每當快忘記的時候，奉俊昊導演就會打電話給我。他會問候我近況，會在我演舞台劇時來拜訪，花了五年時間將《非常母親》中「惠子」的模子印在我身上。奉俊昊導演是將我體內沉睡的情緒喚醒的人。嚴格來說，電影中媽媽這個角色是沒有名字的，她就只是媽媽。這是導演想將「媽媽就是金惠子」的感覺帶給觀眾而刻意這樣做。

最早聽到故事大綱，我就深受吸引，心想：「關於母親，有非常不一樣的事要發生了。」奉俊昊導演曾針對《非常母親》表示：「即便不得不承受道德上的兩難，我也想呈現母性的極限究竟能到什麼程度，一旦母親開始發狂，能狂到什麼程度？」

拍電影時，我對奉俊昊導演提出了一項要求。

「請盡量折磨我，把我推向極端。」

拍攝《非常母親》時，我把這輩子當演員沒碰過的遭遇全都經歷了一次。被摑巴掌、殺人放火，各種事都做了，也受盡嘲弄與侮辱，將自己丟進非常特殊的情境。

《非常母親》是從陽光照射下閃閃發光的原野紫芒草叢間，一名年邁女人走來，顫悠悠地跳起舞的場面開始。她的表情複雜微妙，看似哀傷，又像在笑。彷彿失去一切的失落舞姿，盡可能抬高手臂、擺動臀部，露出一被碰觸就會放聲大哭的表情，讓觀眾感受到她有著坎坷的故事。這一幕被評為韓國電影史上最令人印象深刻的開場。

我必須跳那支舞，但一開始實在太難為情了。雖然練習了，等到真的得獨自上場時，心中卻有說不出的尷尬。那時，奉俊昊導演為了我，讓周圍的工作人員全都在原野上一起跳舞。鏡頭只拍我，其實鏡頭後方所有人都在跳那支舞，導演與工作人員全都一起跳。然而當導演喊「Cue !」，那些人就再也進不到我的眼底，我只是將身體交給大自然並跳起舞來。那稱不上是跳舞，我就像草葉或樹木般搖曳身體，我想表現出猶如樹葉或風的存在。有一幕是我邊跳舞邊用手遮眼，奉俊昊導演要求我，就算眼眶泛出淚水也要笑。

電影的最後也有和村裡的女人們去郊遊，在觀光巴士上跳舞的場面。導演說我即興跳就行，但就算看起來是隨興地跳，也要好好分配體力才能連跳幾小時而不疲累。聽到我說沒看過大家經常在觀光巴士上跳的舞步，導演甚至讓我親自坐上觀光巴士，見識舞步怎麼跳。無論是身為觀眾或演員，我都忘不了最後一幕。

奉俊昊導演有一件出名的事情是，他從配角到老么工作人員的名字都能熟記，就像他另外將名字抄寫下來默背過一樣。他在現場過度講究每個細節，所以有「奉細節」這個封號。事實上跟這種導演合作對任何人來說都不容易。看到工作人員在現場喊導演為「奉細節」，我心想：「假如這個人說要這樣拍，我就得照做才行。」人如其封號，他是個滴水不漏、找不出破綻的人，宛如觸角準確地伸展到每個位置上，就連少了小小的道具都能察覺到，讓我大開眼界。

電影後半部有一幕是惠子從斗俊手中接過針盒的場面，是惠子掉在另一個殺人現場（目擊斗俊是女高中生殺人案真凶的老村民遭到殺害的事件）的針盒。「怎麼能把這個到處亂丟呢？」斗俊一邊說一邊將針盒遞給母親。接過針盒的那一幕，劇本上寫的表演指示為「無法形容的表情」，我怎麼樣也無法詮釋出那個「無法形容的表情」。

這樣也不行，那樣也不好，我不滿意自己的演技，哭了很多次。即便導演說「ＯＫ」了，我也不覺得自己有入戲，甚至暗自心想「因為我沒辦法表現得更好了，導演才喊ＯＫ」，內心更加失落。於是我大喊：「那導演親自演一次啊！」喊完就衝出去，還叫導演如果有話要說就傳手機簡訊給我。其實我直到那時都沒有使用手機，是《非常母親》的劇組看不下去，買了支手機給我。後來，手機馬上跳出奉導演傳來的訊息：「雖然您不滿意，但當世界歡呼叫好時就得接受。」後來我回去，整理好心情繼續「無法形容的表情」的拍攝。那是餘韻最為悠長的一幕。

他是個非常體諒演員的導演，對演技卻絕不放水，要是不滿意，他會說：「都很好，但請您再來一次。」相反的，如果拍出了導演想要的場面，就算演員想再多拍幾次，他也會二話不說停下來。他曾指責我：「老師，不要只有眼睛瞪得那麼大。」我只是要演出吃驚的樣子，卻不知道該怎麼做。我難過得掉眼淚時，導演則說：「請您別哭了。」撞上龐大的演技之牆，讓我好不鬱悶。

奉俊昊導演也記得那次的情況，後來曾在某個場合說：

「老師因為不滿意自己的演技而哭了，就跟梅西不滿意自己踢足球的實力而哭差不多。我就像看到托爾斯泰不滿意自己寫的文句而哭泣的模樣。」

奉俊昊導演說我跟新人演員一樣，老是惴惴不安，就算導演喊了OK，我也會不停反問：「真的OK嗎？」說真的，我始終都是個新人，因為我是第一次扮演那個角色，每次扮演的角色都是我初次體驗的人生。

奉俊昊導演打破了我沉浸於慣性的演技。我們曾拍攝某一幕超過三十遍以上，但我們並沒有意見相左，反倒是心有靈犀。奉導演希望我能嘗試各種版本的演法，他把原本可能落於俗套的設定做各種調整，讓我演起來更有意思。拍攝電影的五個月，他不斷帶我去群山、南原、谷城、巨濟、江原道等地，讓我體會到極端的情緒。第一次拍攝時，相同的場面就拍了十八次，到後來我甚至想：

「看來我是真的不會演戲吧。要是我毀了電影怎麼辦？」

導演是超群拔類的天才，他會不斷打造出情境，讓我展現出連我自己也不知道的表情。所以相較於其他作品，《非常母親》對我的意義非凡。

我尊敬奉俊昊導演，他是聰明絕頂的人。雖然至今我與許多導演、劇作家合作過，但他的腦袋已經鉅細靡遺地掌握了自己想要的一切，沒有任何拿不定主意的部分。每次拍戲時他的指示都是正確的，讓我忍不住邊拍攝邊讚嘆。

剛開始收到奉俊昊導演的演出邀請時，我沒有對身邊的親朋好友提起，就只告訴多年知己金秀賢劇作家。之前碰到其他電影邀約時，金秀賢劇作家會以「電影沒有電視那樣單純」來要我三思，但聽到這次是跟奉俊昊導演合作時，她說：「感覺他是個好導演，這次應該合作。」並未勸阻。

當時我有些厭倦過去電視劇中日常的媽媽形象，甚至覺得人生真無趣。我演了無數次那種隨處可見的媽媽角色，這對演員來說是很令人疲乏的。

我也常想：「現在我在做什麼？我不想再說同樣的媽媽的故事了。」

雖然有許多人邀我拍電影，但角色都跟我在電視劇中演的差不多，我不感興趣。我一直想演描繪人類多重面貌的作品。人類是多麼複雜的生物啊……假如我是觀眾，也不想花錢去電影院看電視上就能看到的演員表現。

《非常母親》是喚醒我體內死去細胞的電影。奉俊昊導演經常會提出我沒想到的部分，即使想法一致，他仍會點出我的表現哪裡不足。我很高興他點醒了我，把自己的想法告訴我。

拍攝過程中，過去僵固、定型的想法或墨守成規的一切都煥然一新。就像開墾土地般，我重新開墾自己，撤下了全新的肥料。我原以為自己對工作的熱情消失了，但透過拍攝走遍全國，我的慢性頭痛沒了，新的熱情與喜悅湧現，令我嘖嘖稱奇。非常感謝奉俊昊導演，讓我原本只剩餘燼的熱情再度熾烈燃燒。

看過電影的人說，比起母親，媽媽「惠子」更適合「母獸」這個稱呼，但在我看來那個媽媽不是「母獸」，而是「野獸」。要是有人想加害自己的孩子，她會露出灼灼目光、怒吼咆哮，看起來像頭野獸。在遭到殺害的少女的火葬場上，圍著一條花紋圍巾跑去，喊著：「我兒子才沒那麼做！」的場面中，我的眼神就像發了狂似的，我後來看到自己的樣子也嚇壞了，心想我的眼神怎麼會變得那麼凶惡。拍完那一幕，奉俊昊導演要我過去看螢幕，我看著自己發狂的眼神，不由自主地提出請求：

「天啊，這女人怎麼這樣？請把這一幕刪掉，太恐怖了。」

就連我也嚇得不敢再看螢幕，導演卻說那一幕太棒了。

《非常母親》這部電影，是帶著對子女的保護本能足以與野獸媲美的想法拍成的。當媽的人不覺得深有同感嗎？子女不會明白媽媽的生活有那麼激烈。我生下老大後，不知道有多少次擔心孩子的脖子上撲通撲通跳動的脈搏會在睡夢中停止，害怕萬一兒子在我睡著時死掉怎麼辦，怕到不敢移開目光。為了子女而變了個人，是只有媽媽才做得出來的事；只要子女面臨危險，媽媽就什麼都看不見。

人在呱呱落地後第一個學到的詞彙是「媽媽」。有人認為這部電影和至今看到的媽媽形象不同，但我認為媽媽的本質是相同的。為了表現出動物般的母愛，相較於理性，我必須展現出更多本能的面貌，體力的消耗不在話下。我必須把歇斯底里又具爆發性的能量融入演技才行，所以拍《非常母親》時身體上比任何電影都辛苦，精神上卻很清明。

一開始拿到劇本在讀時，我覺得它像一齣希臘悲劇，甚至覺得電影中有許多隱藏的意象及潛在意涵。奉俊昊導演曾說：「兒子是懷胎十月才分離的第一個異性，不是嗎？」我認為那是我在這部電影中必須解開的課題，但實際進入拍攝，我的想法變得單純起來。我告訴自己，只要把劇本上有的東西表現出來。那與不帶任何想法去演截然不同。《非常母親》是讓人想把複雜的事物單純地表現出來的電影，我向來都渴望展現那種演技——反過來把複雜的人類心理演得簡單，《非常母親》在這點滿足了我。

我提議邀請元斌來飾演兒子斗俊一角，奉俊昊導演也有此意。我在拍攝現場把元斌當成「斗俊」對待，如此喊他。看著他時，我覺得他和我有許多相似之處。不喜歡到人多的地方這一點很像。他跟我一樣有雙大眼睛，眼眸也差不多，看起來更像母子。他也跟電影中的斗俊一樣，是個「單純到教人鬱悶」的人。

看著斗俊，我的心就好痛。打從讀劇本時，斗俊這個人物就令我心痛，而且還是由我欣賞的演員元斌來演，感受更深。斗俊是個智能不足的孩子，讓人不忍，對他產生感情。斗俊只有一個朋友，是村裡的流氓鎮泰（晉久飾），所以雖然不滿意，另一方面又感激他願意當兒子唯一的朋友。元斌與晉久都是非常善良正直的演員，他們飾演的雖然是智能不足、儼然流氓的角色，但每一刻都展現了出色的演技。

一同前往法國坎城時，元斌說：

「雖然要去參加的是國際影展，但我比較希望去旅行。」

所以我說：

「那我們要不要逃跑？」

我們就是如此相似。

這是我和長期活躍於舞台劇、演技精湛的演員李姃垠首度一同演出的作品，她飾演死去少女的朋友的母親。在火葬場時有一幕必須有人揪住我的衣領跟我打架，找來一票實力堅強、不被我的氣勢壓倒的舞台劇演員。揪住我衣領的場面足足拍了四天三夜，一開始李姃垠演員演得過於強勢而中斷了拍攝，我甚至說：「我還是第一次見到這樣口無遮攔、出口成『髒』的人。」李姃垠在這部電影中是配角，但留給我強烈鮮明的印象。李姃垠演員之後在奉俊昊導演的電影《寄生上流》中有讓人拍案叫絕的演出，也和我一起拍攝了《如此耀眼》、《我們的藍調時光》。

黃英熙演員飾演死去少女另一名朋友的母親，在火葬場有一幕是要摑我巴掌。反覆拍了四天下來，雖然電影中只被打了一次，但實際上被打了十二次。有打歪而重拍的，也有打得好卻因為其他人NG，結果又重拍的。因為必須用長鏡頭一次拍好，所以拍了這麼多次。

被問到覺得會有多少萬人次去看《非常母親》時，我說自己對數字沒概念，就問了周圍的人最多的觀眾人數，他們說是一千萬人次，於是我就回答說會不會是一萬五千人次，讓大家嚇了一跳（雖然《非常母親》被列為青少年不宜觀看的級別，當時觀影人次仍超過三百萬）。

相較於觀影人次，更常聽到的是，就算說它是韓國史上最佳電影也不為過的評論；某篇影評甚至說「在韓國電影界，它將會是一個時代的顛峰」。與以電影《殺人回憶》、《駭人怪物》、《寄生上流》成為世界級巨匠的天才導演攜手合作後，電影大放異彩，我的人生也跟著閃耀。演員是導演造就、再創造的存在；好演員因好的導演而重生。

《非常母親》正式受邀參加二〇〇九年坎城影展「一種注目」單元，因此我與奉俊昊導演、元斌一起踏上坎城的紅毯。不瞞大家說，這比拍攝電影更辛苦。外國記者好奇的問題都差不多，相同的話得一說再說，讓人疲乏，不過很高興他們並未帶著成見來看我。因為在我們國家，人們只當我是「韓國母親的典型形象」。印象深刻的問題包括「就連年輕演員拍攝特寫都很有壓力，您是怎麼消化的呢？」他們以為我五十幾歲，所以我很開心。當時還接受了法國知名日報《世界報》、電影專門雜誌《Le Film Français》的採訪。

當地媒體寫了許多對《非常母親》讚不絕口的報導。坎城影展的官方日報《Screen Daily》在媒體試映會之後如此寫道：

「她的表情演技無限豐富，充滿了痛苦與憤怒，是這部電影最核心的魅力。」

我很滿意這篇報導。事實上，在國內站在記者面前時，我都會隱約感覺自己是個罪人，但在那裡大家不僅不吝於給予掌聲，表情也五花八門，讓我的心情抒解不少。走紅毯的時間控制在十五分鐘以內，主持人的引導行雲流水，讓演員們不必太拘謹，讓人印象深刻。上車時，某位記者豎起兩根大拇指，敲了敲車窗喊道：「Two thumbs up !」（最棒、強力推薦之意），那帶給我興奮感，也為我帶來許多歡笑。

踏上紅毯，走進影展主要活動場地的德布西廳之前我都很緊張，進場時觀眾起立鼓掌的事，也是事後才聽說，我一心只想著別在階梯上摔跤。我穿著李信宇設計師的女兒朴允靜設計師替我打造的女神風格禮服，所以花了很多心思想要走得優雅。我和元斌牽著手一起上台。在試映會上雖然大家出於禮貌鼓掌，但《非常母親》播畢後，觀眾的掌聲不絕於耳，讓我感覺到這不只是禮貌的掌聲，一切都要歸功於奉俊昊這位頂尖導演。

因為是非競賽單元，所以內心沒有太大壓力。事實上，如果是主競賽單元，可能會成為某人的箭靶或招來指責。平時我就不好競爭，所以即便是非競賽單元我也盡量不參加影展，但如果我不去，後輩們就都說不去。這終究是我個人的想法，所以才在那把年紀大老遠去了坎城。聽說，被邀請參加「一種注目」單元的電影走上紅毯，這情況很罕見。

不管是電視劇還是電影，拍攝結束後播出時，劇組都會聚在一起觀看，但我的個性做不到。《我們的藍調時光》最後一集播出那天，我接到聯繫說演員們租借了劇場要一起去看，但我沒辦法。要是有人在我身旁，我就沒辦法監控自己的演技；就連有人在我旁邊呼吸也會讓我分神。我必須一個人專心看，在大型劇場和大家一起看是我無法想像的。《田園日記》我也是每次都鎖上房門自己看。

就這點而言，我是有些與眾不同。如果我把自己的演技看了十來遍，熟悉了之後，旁邊有人是無妨，但若是第一次看自己的演技，旁邊有人一起看，光是想像那場面就令我窒息。我能成為演員可真是神奇，明明這麼沒膽量。

《非常母親》也是我獨自看了幾次之後，有一天奉俊昊導演說：「老師，那就趁沒人的上午和我一起去看吧。」我才跟導演一起去電影院，趁燈光暗下來時偷偷進場。

若是死後我的靈魂能回顧我的一生，說不定我會獨自一個人，待在某個陰暗的小劇場角落，逐一回顧在銀幕上播映的每一部作品。

（電影《非常母親》獲得亞洲電影大獎最佳電影、最佳女主角、最佳編劇，亞洲太平洋電影獎最佳女主角，慕尼黑電影節 Arri-Zeiss 獎，聖塔芭芭拉國際電影節最佳東西方電影獎，美國堪薩斯影評人協會最佳外語片，美國俄亥俄中部影評人協會最佳外語片，美國線上影評人協會最佳外語片，美國女性影評人協會獎最佳外語片，中國金雞百花電影節最佳外語片、最佳女主角，日本日刊體育電影大獎最佳外語片，第六屆杜拜國際電影節亞洲暨非洲長篇劇電影部門編劇獎，曾代表韓國角逐第八十二屆奧斯卡金像獎最佳外語片，也曾入圍美國金球獎最佳外語片，可惜最後沒能抱回大獎。這也是韓國電影史上首度入圍美國獨立精神獎的最佳外國電影。美國波士頓、舊金山等多數電影影評人協會中，這是韓國電影首度獲得最佳外語片殊榮，在洛杉磯影評人協會中，不僅是韓國，更是東方演員首度奪下最佳女主角獎。

在國內，該片獲得了青龍電影獎最優秀作品獎、最佳男配角獎、最佳攝影獎，釜山影評人協會最佳影片獎、最佳女主角獎、最佳攝影獎、最佳音樂獎。此外還獲得韓國影評人協會獎最優秀作品獎、最佳劇本獎、最佳女主角獎，韓國女性電影人慶典年度最佳女性電影人演技獎，Max Movie「最佳電影獎」最佳女演員獎，被韓國電影專門記者評選為「年度電影獎」最佳女主角獎，並受邀於美國、英國、加拿大、日本、德國、中國、紐西蘭、澳洲、土耳其、巴西、瑞典、西班牙等地的電影節播映。）

帶著愛與被愛的記憶活著

《如此耀眼》（金鉐潤導演，李南圭、金秀珍編劇，二〇一九年JTBC播出的十二集電視劇，由金惠子、韓志旼、安內相、李姃垠、南柱赫、孫浩俊主演，是一齣描寫兩名女性在同個時空，卻有著不同「時間」的穿越劇）對我來說是人生之劇。

金鉐潤導演是我兒子林賢錫的小學朋友，我在他兒時見過幾次，多年過去，二〇一一年他首次跟我聯繫。

「我是賢錫的朋友，小時候到老師府上拜訪過。」

聽到這句話，我突然感覺他不像外人，於是見了面。他說自己打算拍什麼樣的電視劇，邀請我演出。那是我和他初次合作的情境喜劇《住在清潭洞》（二〇一一年至二〇一二年），《如此耀眼》是在那幾年後的作品。

初見面時，鉐潤說兒時來我們家，我只給兒子零用錢，他說小時候的自己心想：「為什麼不給我呢……」我難為情地笑著說：

「給他錢，當然是要他去買好吃的一起吃呀，抱歉啦，抱歉。」

說完後，我想起他小時候的模樣。他是個額頭長得很好看的孩子，那額頭閃閃發亮，讓我印象深刻，長大之後打造了《如此耀眼》這齣電視劇，說是要獻給我的。我怎能不心存感激呢？不太懂得跟人交際，也不在外面拋頭露面的我，卻總會適時遇到作品演出邀約。一直以來，我得以透過角色體驗無數新人生，什麼都經歷過，所以經常一個人在家也不會覺得孤單。

《住在清潭洞》的劇本是朴海英劇作家與李南圭劇作家共同創作。朴海英劇作家曾創作《又是吳海英》、《我的大叔》以及《我的出走日記》，是赫赫有名的劇作家，據說喜劇劇本也寫得很好，曾在百想藝術大賞電視部門拿下劇本獎。李南圭劇作家創作了《媽媽向前衝》、《錐子》、《朝鮮名偵探》系列的劇本，《如此耀眼》則由他和金秀珍劇作家兩位聯手完成，他與金鉐潤導演合作過多部作品。劇本是這些出色的劇作家研究我的性格後創作的，我覺得太有意思了，演戲時笑聲不斷。這是齣情境喜劇，描寫一名女人不過是在即將拆除的清潭洞租了房子，卻成天炫耀自己「住在清潭洞」。

拍攝《住在清潭洞》時，是我個人非常痛苦的時期。家族內外各種煩心事接踵而來，令我身心俱疲。我常想著要遠走高飛，到非洲或印度之類的地方再也不回來。

無論坐著、站著或躺著都同樣令我煎熬、悲傷。這時是神把情境喜劇放在我面前，透過那部作品我才能撐過悲傷與痛苦。

我忘不了金鈺潤導演看著我說的話。

「看著老師，就會覺得您那副嬌小纖弱的身子彷彿被一把巨錘敲擊了三次，但您沒有倒下，依然如此用心演戲。」

我很驚訝他從我身上感覺到那些。人生碰上逆境時，不管是電視劇、舞台劇或電影，我靠著全心投入作品來戰勝痛苦，除此之外我沒有別的本事。我認為神必定會賦予每個人一種才能，讓他能在人生披荊斬棘、突破逆境。

此外，神也會適時在我們身旁安排貴人，金鈺潤導演對我來說即是貴人。在我痛苦到想一死了之時，我演了《住在清潭洞》，但身體狀況非常虛弱。痛苦的我輾轉反側，夜不成眠，精神十分虛弱。我本來就不喜歡外出，所以拍攝期間不出去午餐，只在錄音室角落找個空位坐下來，吃點家裡帶來的簡單便當。

每當我獨自吃午餐時，金鈺潤導演一定會走過來對我說：「老師，一起吃飯吧。」當我說：「你怎麼來這裡？出去跟工作人員或其他演員們一起吃吧。」他經常說：

「因為我也不喜歡去外面。」

然後他就陪我一起吃飯，即便他連配菜都沒有。所以從下一次開始，我就多準備一些飯菜。「這人，真是個好人啊。」我這樣想。他似乎知道我正在經歷難關，就算我沒說出口，他也看出來了。因為心疼我，他試著當我的朋友。何必跟我單獨坐在一起吃飯呢？即便我沒胃口，手裡拿著湯匙呆坐，也會因為他而無可奈何地吃下飯，因為他會一邊朝我走來，一邊說：「老師，一起吃飯吧。」

他原本在KBS擔任導演，與李南圭劇作家搭檔，拍了《老小姐日記》這部熱門作品，因為JTBC放送製作本部的本部長、對我很熟悉的朱哲煥製作人挖角他，並說：「如果你來JTBC，就讓你跟金惠子拍情境喜劇。」他說那句話對他是個「令眼睛為之一亮的誘惑」，因此後來才拍了《住在清潭洞》。聊著這些時，他給了我許多安慰。

金鉐潤導演的特色是，本來在說很嚴肅的台詞，中間會突然穿插讓人噗哧一笑的句子。我非常喜歡這點。我的個性嚴肅，因為他這樣而變得開朗，心情輕盈起來。我是真的因悲傷而哭泣，這人卻惹我發笑……我很喜歡這點，覺得情境喜劇很有意思，在此之前我只嫌情境喜劇吵。我飾演的女主角「金惠子」碰到困境時會說：

「啊，要是今天地球滅亡就好了。」我竟然會覺得這有趣，可見當時我的人生有多痛苦。所以，我活下來了。每當歷經痛苦時，神就會替我安排讓我傾注全力的作品與好人，讓我戰勝困境。

拍完《住在清潭洞》後，金鈺潤拍了其他作品，我也演了其他作品，包括《不善良的女人們》（柳賢基、韓相佑導演，金仁英編劇，二〇一五年KBS播出的二十四集電視劇，由金惠子、李順載、蔡時那、都知媛、張美姬、李荷娜主演，描寫跨及三代的「不善良的女人們」在搖搖欲墜的人生中堅持下去，追尋愛情、成功與幸福的電視劇），也拍了《我親愛的朋友們》（二〇一六年）。雖然沒有和金鈺潤導演合作，但我們仍偶爾通電話，互傳訊息，他會介紹好電影給我，要我有機會看一看。

讀完《如此耀眼》的劇本後，我依然做不了決定。我不想再演罹患失智症的角色，三年前我才在《我親愛的朋友們》裡面飾演罹患失智症的女人，我不想重複。罹患失智症並不是多愉快的事，我覺得演一次就夠了。

可是金鈺潤導演說這並不是罹患失智症的角色，而且劇本是由兩位出色的劇作家撰寫，很吸引人。電視劇播出初期，有人留言批評：「穿越（穿梭於過去、現在與未來的時空旅行）劇為什麼是金惠子來演？聽說她挑劇本是出名的，為什麼選這種？」

因為我被故事的起承轉合吸引了。

我與飾演我年輕時候的韓志旼演員同樣剪了短髮，剪髮後我把照片傳給金錵潤導演，他確認了所有細節。因為隨時要回到年輕時候，所以衣服也不能穿得像一般奶奶一樣。

《如此耀眼》對觀眾來說是有點花腦力的作品，直到最後一集謎題才解開，才能理解那些盤根錯節的事件。開拍之前我並未完全理解。

「等一下，這是怎麼回事？故事會變成怎樣？所以我是在回想年輕的時候嗎？」

金錵潤導演說這部作品很有趣，意義很深遠，我相信他的話，所以對自己說：「忠於目前的情況與現在的故事吧，導演不會把我打造成奇怪的角色。」

我帶著這種想法努力演戲，努力讓我身上有韓志旼的影子，也讓韓志旼身上有我的影子。人們常對我說：「很奇怪，妳就算上了年紀，身上還是有孩子氣的部分。」所以我心想：只要把那一面展現出來就行了，如果不這麼做，就不可能扮演交換身體、在二十五歲與七十歲來回的角色了。

導演還說，這部作品只有金惠子能演，說自己沒有其他的人選，我多少被這些話給迷惑了。

「別想得太複雜，韓志旼和妳是同一個人。」

我如此催眠自己。金鉐潤導演的腦袋很好，是個天才，他和劇作家們討論，說要拍一部「不是單純失智症，而是藉由時空旅行反芻人生意義」的作品。

拍攝時好玩極了，也很感謝美麗動人的韓志旼演員飾演年輕時的我。韓志旼是個外貌出眾、心地美且心思細膩的演員，她沒有任何緋聞，天生就是個正直的人，一舉一動都很有教養，散發高貴的氣質。最重要的是她擁有一顆赤子之心。我還是第一次見到這麼有赤子之心的人，不禁心想，她是怎麼會成為演員的呢？她曾在幫媽媽買藥時想起我，於是買了需要的藥給我；也經常不忘問候我：「老師，您最近過得好嗎？」我說：「韓志旼，妳怎麼老是像個女兒一樣啊？」她說：「我是老師的女兒呀。」她似乎真的這麼想。當演員的人怎麼心地這麼美呢？但另一方面我也不禁有些替她擔心。

韓志旼演員絕對不是那種氣勢強悍的女人，這一點我每次都能感受到，所以我會想，彷彿為她量身訂做的角色是什麼呢？她的演技很好，也很認真，讓人期待往後她的演員生涯會有什麼樣的變化。她是個美人胚子，言行舉止散發善意，所以演了很多那樣的角色。

不過，演員應該飾演截然不同的角色，跟自己擁有的樣貌、外表氣質不同的角色，唯有這樣，演技的慧眼（領悟事物道理的能力）才會開啟，世界也才會跟著拓展。如果只是按照自己的程度去做，演技生涯會停滯不前。我很喜歡韓志旼演員，希望她能在演技生涯中撕裂自己，破繭而出。或許會有些辛苦，但試著將自己撕成碎片會怎麼樣？假如重新縫合的話呢？不讓自己四分五裂，只希望呈現美好的樣子，反而會作繭自縛。當然了，等她再年長些可能會那樣做，但不是非得要等年紀增長才能付諸行動。

我期許優雅美麗的韓志旼演員能展現更多演技的可能性，因為演員也必須展現出彷彿支離破碎的一面。要趁年輕時趕快做，年紀大了，要打破僵固的形象就更難了。

因為韓志旼演員就等於我，所以我們沒有在電視劇中同框出現，但能在《如此耀眼》中與彷彿我的分身的韓志旼演員一起演戲，我感到既幸福又感謝。

我也在《如此耀眼》跟我欣賞的李姃垠演員合作，她飾演的是因為把手錶發條轉動太多次，一夕之間變成老人的我的母親。如果在網路上搜尋，會看到李姃垠演員曾在電影《未成年》中飾演防波堤大嬸的角色。我看著她在防坡堤上向某個男人搭話並敲詐停車費的那一幕，初次感覺到「這種角色我就是死也演不了，她真是個了不起的演員」。她不像在演戲，真的像是長期生活在防波堤附近的人。

一起拍攝《如此耀眼》與《我們的藍調時光》的過程中，我看到的李姃垠演員跟我是天差地遠的人。我絕對沒辦法飾演的角色，她不費吹灰之力就演活了。她在此之前下了許多工夫，看起來也受盡世上的折磨。她在無人幫助下，單打獨鬥地開創自己道路的樣子如實反映出來，所以她毫無所懼。她經歷人生百態，一路來到了那個位置，無論發生任何事都不會倒下。即便如此，她出淤泥而不染、剛正不阿的品行很討我喜歡。有人因為吃過許多苦頭而性格扭曲，但我感覺李姃垠演員卻是因為許多苦滲進她的體內才造就了她。即使在現實生活中，她也是自告奮勇做各種粗活的人。

不管是李姃垠演員或韓志旼演員都是比我更好的人，她們是善良地生活在這世上的人。

《如此耀眼》的劇情多少有些費解，所以我經常歪著腦袋想：「這是什麼？到底是想幹什麼呢？」從頭到尾我都霧裡看花，摸不著腦袋。每一次導演都會對我說：

「老師您別在意那些，只要演自己的部分就好了。」這表示他腦中都盤算好了，要對我解釋並讓我理解劇情發展肯定很難。

我很尊敬金鉐潤導演。作為導演，他是個無比敏銳、感知力強、擁有卓越頭腦的人。他是個理工男，善於數理，而且可能因為父親從事音樂方面的工作，他也有綜藝感的一面。當我納悶「怎麼回事？我搞不太清楚啊，我現在是罹患了失智症還是怎麼了？」時，他會說：「您就只要演得好玩一點，之後每塊拼圖都會拼起來的，我都會處理好的。」確實如他說的，到了最後拼圖都拼起來了。

這就是《如此耀眼》的妙趣。直到結尾才令人恍然大悟，流下感動的淚水。從此只要是出自他之手，我什麼都相信。我開始期待那顆聰明的腦袋會蹦出什麼。我似乎在等待他腦袋中的各種故事，所以就算一無所知，我也一心相信導演。有句話說，遇見好隊長的軍隊不會吃苦，而我因為遇見了智慧賢明的隊長，才能少走冤枉路，一絲不亂地走向《如此耀眼》的高地。好友們來醫院探訪罹患阿茲海默症的惠子，導演找來歌手尹福姬與舞台劇演員孫淑驚喜客串是神來一筆。那一幕以及尹福姬演唱的〈春逝〉一曲旋律觸動了我的心。

演《如此耀眼》時，我一點也不覺得費力，而是按照自己的天性去演。我本來就是很天真、不懂事的人，但大家不知道我平時的樣子，大概會覺得我的演技出神入化。導演才是這部作品的最大功臣，他對平時的我觀察入微，把他認為「這位演員可以辦到的事」交給我，如果是其他人，說不定會覺得這個角色很難演。

當我在電視劇中像以前拍調味料廣告時一樣說出「沒錯，就是這個味道」時，我問導演：「這是電視劇，可以這樣講嗎？」導演說可以。我非常喜歡那一幕，感覺就像與昔日戀人重逢。

演起來一點也不費力，但其中有一幕是看到爸爸（原本是兒子）從被截斷的腿上取下義肢後，說：「爸爸，你的腿怎麼了？」然後哭泣的場面。劇中罹患失智症的我忘了兒子小時候因為發生意外，有一隻腳被截斷的事，那一幕太讓人哀傷了。

仔細想想，之所以能夠在不知道故事框架下演戲，是因為我只要展現出「金惠子」的樣子就行了。平時的我必須扮演「那個人」的生活，因此無法徹底了解那個人就沒辦法演，但在演《如此耀眼》時我並不覺得苦，就算不知道故事發展也能演，因為我只要以「金惠子」的樣子出現就行了。「它將會是一部非常特別的作品呢。」拍攝結束時，我產生這種感覺。

演了《如此耀眼》後我經常感覺到：「啊，原來這就是人生啊。」只要按照我的天性去活就行了；當晚霞正美時就說它美，並和天真無邪的孩子們一起玩耍。

最近金鈺潤導演說必須趕拍某齣電視劇，我對他說：

「根據我的經驗，當某件事緊急時，神就會賜予某樣閃閃發亮的東西。著急時腦袋會靈光乍現，猶如原本漆黑一片的電燈突然亮起，請帶著這樣的信念去做。」

《如此耀眼》是因為失手轉動了神祕的手錶，導致「惠子」瞬間多了五十歲，年邁的身體突然變得吃力起來。每當邁開緩慢又吃力的步伐時，內心都會萌生一種奇怪的情緒。真的上了年紀之後，某件事就會像昨天才剛發生一樣拉近鏡頭，但有時此刻反而像鏡頭拉遠，變得模糊不清。當旁白說出「我也說不上來，究竟是年輕的我夢見自己變老，還是變老的我夢見自己變年輕」時，我心想：「啊，原來劇作家也感受到了啊。」那就是我。偶爾看到觀眾的留言，說我「好像真的活在那個角色」時，我就會喃喃自語：

「不是『好像』，那就是我。」

拍完《如此耀眼》最後一場戲的那天，在攝影棚時，把年輕惠子的哥哥演得非常帥氣、出色的孫浩俊演員走到我面前，將掛在自己脖子上的項鍊取下，掛在我的脖子上。那是一條由用紙張包裹的糖果串起來做成的項鍊，我到現在還珍藏著它。

我還想起了他把在窗外的我扛上窗台，然後說「所以妳才會長得這麼小隻啊」這句台詞時的場景。

南柱赫演員飾演年輕時的我的丈夫，是名記者志願生。他的外貌就像貴公子一樣俊秀，是個文靜溫和的演員。他把透過安慰與幸福填滿青春的孤獨心靈的角色消化得很好，彷彿心頭有股暖流通過，我很喜歡一起賞月的場面。演《如此耀眼》期間，我和這些青春的演員們一起演戲，再一次感受到「年輕真是耀眼啊」。

能以二十五歲的惠子活著，我很幸福。等待心愛之人的時間，一起觀賞的晚霞……都幸福得讓人覺得耀眼。當記者問我在《如此耀眼》中找到了什麼時，我說：

「愛人與被愛的記憶。從過去到現在，只要說起失智症，我們不就只見過咬牙切齒地說媳婦不給自己飯吃的老人嗎？活了大半輩子，最美麗的瞬間及最心痛的瞬間都會被小心珍藏起來，成為記憶。即便大腦萎縮了，我們依然能憑藉愛人與被愛的記憶活著。」

（金惠子憑藉《如此耀眼》奪得百想藝術大賞電視部門大賞，李姃垠則是奪下電視部門女配角獎。此外，《如此耀眼》被選為韓國戲劇藝術學會獎電視劇部門的「年度作品獎」。）

沒有不耀眼的日子

《如此耀眼》這齣電視劇描繪了女人的一生。金錫潤導演曾說這部作品是「向金惠子致敬的電視劇」。我問：「那我應該先作古嗎？」導演笑著說：「向還在世的人致敬也是可以的。」

在我說的台詞中，有幾句話在播出後變得出名，標題是「到了七十歲才知道的事」。當二十五歲的朋友們，賢珠（金佳恩飾）與尚恩（宋尚恩飾）一邊模仿老人家的樣子一邊笑說：「看到老人過馬路時，不覺得好像加了慢動作的特效嗎？」劇中的惠子說：

「妳們懂什麼，是因為老人家膝蓋不好才會那樣走路，內心早就跑百米了。雖然這對妳們來說天經地義，但能看清楚、好好走路、好好呼吸，對我們來說不是理所當然，是要心存感激的。妳們知道嗎？」

聽說大家對這一幕深有共鳴。當惠子決定接受突如其來的七十歲時，最先做的是體力測試。光是走個幾步就氣喘如牛，跑步根本是天方夜譚。這在年輕、身體健壯時不會感覺到，唯有親自嚐到無法走路的滋味才會明白。神是如此塑造我們的，人生中總有一天，你會對能走路心存感謝，對能呼吸心存感謝，凡事心存感謝。

還有一句台詞，是正值擁有無限可能性的青春年華，但現實卻是無業遊民的二十五歲惠子，到了七十歲之後才感受到時間的珍貴而說出的話。惠子看著開睡覺直播（網路直播主讓觀眾看自己睡覺模樣的節目）的英洙（孫浩俊飾）與英洙ＴＶ的線上觀眾說：

「變老是一瞬間的事。你們此刻正在看這個窩囊廢的節目吧？小心一轉眼就會變得跟我一樣。我本來也不知道，自己會老成這樣。」

這並不只是劇中台詞，真的是這樣，我也不知道自己會老成這樣，沒意識到任何人都會毫無準備就突然老去。人生即是時間，不珍惜時間的人就等於不珍惜人生。

觀看英洙ＴＶ的年輕觀眾問惠子：

「變成老婆婆的優點是？」

惠子說：

「就是什麼都不做也沒關係，只要等死就行了。」

又有另一人問：

「立刻變老的方法是什麼？」

我說：

「有人想和我交換人生嗎？看我不就知道了，你們擁有的那份年輕是多了不起啊……所以給我振作一點！尤其是英洙你這臭小子，你什麼時候才會成材？」

二十五歲時，就算只吃飯，全身也活力充沛，但七十歲的惠子卻只有李姃垠演員飾演的媽媽替自己準備的一堆藥。惠子看著那些五顏六色的藥丸說：

「年紀增長就跟吃和年紀一樣多的藥沒兩樣。現在我能了解以前老一輩的人坐在飯桌前說沒胃口的心情了，光是想到飯後要吃的無數藥物，肚子就飽了。」

惠子讓盤子上的藥丸滾來滾去，喃喃自語：

「好像以前在電視上看過……養殖場中的鮭魚每天吃著米飯還有等量的抗生素，生活在小小的水槽裡，牠們能活著不是靠自己，而是靠藥效。這些鮭魚沒經歷過阻礙前路的湍急水流，也沒見過凶猛的熊爪子……」

說完後，惠子吞下幾顆藥丸，喝了水，然後突然想吃鮭魚壽司。

惠子雖然接受自己變成七十歲的事實，決心堅強地活下去，但她坐在無法成眠的媽媽身旁，訴說每天自己感受到的變化。

「我只是好奇，自己還會變得多糟。最近早上起床時我都會有點嚇到，原來一夕變老是這麼回事啊。昨天明明可以走到那裡，今天卻有點喘。我只是好奇往後還可以變得多糟……人家不是說，老了之後就連上廁所也無法自理嗎？我只是想，如果是慢慢變老，是不是就比較能接受。」

媽媽說：

「只要想成是重新變回孩子，事情就變單純了，好比說心想，現在回到只能靠別人幫忙才能活著的時期。」

電視劇走向結尾時，惠子說：

「感覺就像作了一個很長的夢，但我也說不上來，究竟是年輕的我夢見自己變老，還是變老的我夢見自己變年輕……我罹患了阿茲海默症，我原本認為自己的人生是不幸的，覺得很冤枉，可是現在想想，從幸福的記憶到不幸的記憶，是這一切記憶讓我撐到現在。想到說不定連這份記憶都會消失，就覺得更害怕了。」

有一幕是在回想雖然夢想成為記者，但所有夢想都變成過去式的俊河（南柱赫飾）與年輕的惠子（韓志旼飾）在小吃店喝燒酒時的場面。惠子看著浮在烏龍麵上的條狀油漬，大聲嚷嚷著出現彩虹了，同時說起了極光。

「你知道吧？去北極就能看見極光。我一定會去看極光。我會像這樣搭上西伯利亞縱貫列車（說著的時候，把下酒菜的小黃瓜和蘿蔔塊排成一列）。在我看來，極光是種『錯誤』，是程式錯誤，執行錯誤！我以前在哪裡讀過，極光本來是在地球外的磁場，不知怎麼搞的流到了北極。也就是說，它並不是依照造物主的意志打造出來的，是偶然造就的錯誤，可是這個錯誤實～在太美了。錯誤也能美得令人落淚。我感覺看到極光的瞬間會立刻哭出來。『哇，是極光！』感覺那會令人目不轉睛。」

《如此耀眼》播畢沒多久，一名女性打電話給我，自我介紹是可隆集團的專務，說希望能見我一面，我們就在我家附近某飯店的咖啡廳碰了面。我以為會是個上了年紀的人，而且在電視台看到的專務清一色是男性，女性專務讓人有些陌生。沒想到是個年輕有活力的女性。

她說自己是從最底層的社員開始爬到專務的位置，她的經歷太引人入勝了。剛開始大家都小看她，但她像個拚命三郎，最後在男人之間得到了肯定。我家院子有一張白布椅，是後來她送給我的，拿給我時還說：「和小狗玩耍的時候，就請坐在這裡吧。」她是個品行善良的人。

她說自己在可隆集團擔任時尚總監，負責旅行與登山服飾的拍攝，她邀請我擔任商品的代言人。

我笑著說：

「廣告概念跟我搭嗎？」

她說：

「老師跟什麼都搭。」

這句話讓我聽了很高興，就答應了。

後來我就到冰島去拍了看極光的廣告。那位專務是看了《如此耀眼》，聽到年輕的惠子說想看極光，所以希望拍攝帶我去看極光的廣告。

「您年輕時說想去看極光吧？就是拍那個。」

她說想要打造出蘊含在柔弱的演員顫抖的眼眸中的真正旅程，希望能傳達出「重要的不只有實現夢想，而是相信自己並朝夢想邁進時的真心」。

聽到那句話，我的心跳得很厲害。我很驚訝世界上有這種人存在，竟然有人能想出這麼創新的點子。運動服飾的代言人都是個子高䠷、身材苗條的年輕演員，可是對方在看《如此耀眼》時卻獲得了靈感，希望我擔任去看極光的代言人。我一邊聽她說話，一邊心想：「啊，這女人太帥氣了。」

面對她的邀約，我說：「太令人感動了。」我坦率地說出自己的感動，不裝模作樣，她也喜出望外，於是我就搭上飛機前往冰島。抵達後去了飯店，不知道是不是替我預約了飯店中最高級的客房，只見房間大得跟禮堂一樣，旁邊甚至有張大型會議桌，就像集團會長那樣的人物下榻的房間。

「我一個人睡這裡嗎？」問了之後，一起前往的廣告負責人說：「是的，請老師放心地休息。」我說：「這房間太大了，感覺好空虛啊。」她又說：

「老師請在這裡獨自作著各種想像入睡吧，這是這間飯店最頂級的房間，我們想將這個房間獻給您。」

於是我就一個人睡在那個大房間。雖然有點空蕩，但房裡插了好幾束花，增添了幾分生氣。不過我還是很開心，這是我這輩子第一次睡在給一百人睡也不成問題的豪華客房裡。

在仰賴現代文明打造的高級飯店中睡上一晚，隔天就去看了打從太初就存在的極光。我們翻山越嶺，前往茫茫曠野，住進一間小小的木屋，那裡真是「棒極了」。我對那間木屋的喜愛勝過大飯店。夢想終有一天會實現，就算不對誰說，只要迫切地渴望，它就會化為現實，人生該有多神奇啊？

經歷多少年的歲月，終於來到了這裡。
我是個從未走出演戲世界的傻子，
因此無法瀟灑地說走就走。
人生，無法掌握何時會有什麼樣的事在等著，
所以人生，才會值得活上一回吧。
在這條路上，往事歷歷。
即便天空不願允諾，似乎也無妨。
在這條奔向八旬的人生之路的盡頭，
我，站在我的夢想面前。

說完廣告旁白後，我望著從彼方天際延伸到這側天空的極光。「相信自己，繼續走下去，就像一路走來那樣。」我唸出的最後一句旁白，也是我對自己說的話。儘管因為天氣無法預測，碰上航班停飛、延遲等大大小小的狀況，但本來人生就無法預測，因此每一刻都彌足珍貴。感謝想出脫俗詩意企劃的韓敬愛小姐與白智賢小

姐、KOLON SPORT、讓人想鼓掌致意的文案袁惠珍小姐，以及一同遠赴冰島進行拍攝的多位工作人員，你們實現了我的願望清單之一。（KOLON SPORT 廣告〈極光篇〉獲得第二十八屆由國民票選的優秀廣告獎，得到「一輩子以演員的身分活著的金惠子，擺脫了無法輕易拋開的日常，望著地球另一端的極光，再度下定決心好好度過今日的模樣，傳遞出過往戶外廣告無法比擬的淡淡感動」的評價。）

我想起自己曾在百想藝術大賞頒獎典禮那天，撕下《如此耀眼》最後結尾旁白劇本的一部分帶著它出席。儘管從某種角度來看有些自私，但過去通常只要能避開頒獎典禮，我就會盡量避開，我認為演員只要努力演戲，為大眾呈現好的電視劇就行了；我認為我的角色到此為止。可是《如此耀眼》太受歡迎，加上入圍了獎項，所以不能不參加。雖然有些人認為會事先告知有沒有得獎，但並非如此，只會知道入圍而已。

我對金錫潤導演說：

「請你跟我說吧。我不拿獎也沒關係，但如果只是入圍，我就不想去了。」

導演說自己完全不知情，主辦單位絕對不會事先透漏。等到確定要出席時，我便陷入雖然可能不會得獎，但如果得獎了怎麼辦的苦惱。本來說不想參加，後來開始擔心得獎的我，忍不住失笑。

萬一得獎了，得獎感言要說什麼好呢……我坐在院子裡，抱著小狗秀秀說：

「秀秀啊，該怎麼辦呢？萬一得獎了，我該說什麼呢？我覺得這種事好難啊。」

正當我喃喃自語，突然靈光乍現。啊，那齣電視劇最後的旁白很棒，不如就說那個？如果得獎了，把深受大家喜愛的旁白讀出來應該很不錯。所以我從前一天開始背那段話，卻背不起來。因為我的腦袋已經認定這段話是旁白，我需要的不是背下來，而是好好地讀出來；我必須好好地詮釋它，讀出來之後錄下來。雖然我心想，就連超過兩頁的台詞都背得起來，這怎麼會背不起來，但我讀了不下數十遍，怎麼練習就是背不起來。

可能因為我的腦袋已經被支配了，直到頒獎典禮當天早上我都沒背好，最後直接把劇本撕下來帶去頒獎典禮。要是我原本就打算拿著它站上舞台，肯定會事先抄寫在漂亮的紙上，但我想的是就算去到頒獎典禮也要趁隙背下，所以就撕下劇本帶去。

典禮開始後，因為每個獎項都沒被唱到名，我就放下了心，可是最後的大賞卻喊了我的名字。我手中抓著撕下的劇本，走上舞台。我抱著獎牌與花束，打開撕下的劇本，在一陣混亂中讀了那段旁白。回顧那一幕，真讓我羞愧得無地自容。當時的我手忙腳亂，還弄掉了紙張。

電視劇中，播出那段旁白時畫面上流動著生活百態。花開了，彩霞落下了，人們走在街上，市場內忙碌地準備迎接客人。清晨時，人們一邊等著上工一邊烤火的手是沉默的，放在家裡的老舊回憶，今天也依然守在原位。

「即使平凡無奇的一天過去，微不足道的一天再度到來，人生也有活著的價值。」

不是在電視劇中的場面，而是獨自站上頒獎典禮舞台上的我，很想好好記下這段旁白，將它說得像獨白一樣。我想傳達出我們有享受人生的資格，想傳達人生的美，以及那份感謝。

上了年紀就是這樣，人變得無措，周圍變得混亂；嗓門變大，話也變多了。有時我會赫然打起寒顫，心想我怎麼這麼聒噪呢？那天也吵吵鬧鬧、手忙腳亂，但在場許多人都流下了淚水。因為他們明白，人生時而不幸，時而幸福。就算人生不過是場夢，活著仍令人欣喜；既然誕生於世上，我們就有享受人生的資格。

我獲得創作劇本的李南圭、金秀珍劇作家的許可，在此引用這段話。我雖為了錄旁白而讀了數十遍，又為了百想藝術大賞的頒獎典禮反覆朗讀了好多遍，但這段話仍值得再三吟味。

我的人生時而不幸，時而幸福。
就算人生不過是場夢，
活著仍令人欣喜。
凌晨沁寒刺骨的空氣，
在花朵綻放之前吹拂的香甜微風，
日暮時分散發的晚霞氣味，
沒有哪一天是不耀眼的。
此時覺得日子苦的你，
既然誕生在世上，
你就有每天享受這一切的資格。
即使平凡無奇的一天過去，
微不足道的一天再度到來，

人生也有活著的價值。
過去充滿悔恨，未來充滿不安，
因此不要毀掉現在。
活在今日，
活得耀眼，
你有這樣的資格。

在愛的滋潤下綻放的花朵

舞台拉起布幕前，換場的時間很長，黑暗中流淌著巴赫無伴奏大提琴組曲。終於，燈光亮起，可以看到相框掛得整整齊齊的，冰箱上寫有烹飪方法的紙條也貼得井然有序，以及女人在整潔的廚房準備晚餐的背影。

四十五歲左右，育有一子一女的雪莉，雖然沒有什麼值得炫耀的，但她是個不愁吃穿的平凡主婦。她身穿一塵不染的圍裙，在整潔的廚房等待家人一回來就能立即開飯。

經歷二十年的婚姻生活，與她形同陌路的丈夫要求日子要過得一絲不苟，就像用尺度量似的。下班回家時，餐桌上必須準備好茶杯。「如果茶杯沒有放在餐桌上，他就會大吵大鬧，彷彿地球會因此倒轉似的。」他還堅持星期四的晚餐一定要吃肉，為此大發脾氣。他是個就連一小時的誤差都無法允許的男人。

原本期待孩子們長大後，能與自己聊上許多話題，但孩子們只關心自己的生活，不把媽媽當成獨立人格看待，根本無法對話，而「媽媽妳別管啦」成了孩子的口頭襌。對他們來說，雪莉就跟冰箱或洗衣機一樣，是該放在家裡某處的功能性物品。要是長大成人的女兒說想吃冰淇淋，雪莉就應該像「自動媽媽」一樣立刻弄給她吃。

雪莉說話的伴就只有廚房的牆壁，所以她經常坐在牆壁前對著牆說話。雖然她渴望擺脫日常，但一次也沒去過的牆外陌生世界對她來說是個令人恐懼的空間，是與自己毫不相干的他人的世界。

舞台劇第一幕，是從在廚房做菜的雪莉望著窗外，接著從冰箱拿出葡萄酒喝下後，對著牆壁說話開始。

「牆壁啊，我又得跟你說話了。」

原本盤算等孩子們都大了就跟丈夫離婚，但孩子長大後卻發現自己無處可去。四十五歲，能上哪去重啟人生呢？人們都說到了四十五歲就會對人生感到疲乏，美好的就只有往日回憶，但她在邁入婚姻的二十五歲早有那種感覺。

這樣的雪莉，有一天收到徹底翻轉人生的信。離婚的女權運動家朋友邀她到希臘海邊旅行兩週，寄來了機票。對雪莉來說，原本只存在於想像中的事情在現實裡發生了，百般消極、無能為力的人生有了出口，遺忘外面世界多時的雙眼也跟著明亮起來。

在希臘海邊度過兩週！光想像那個畫面心臟就雀躍得狂跳不止，可是丈夫的三餐誰來張羅？孩子們又會說什麼呢？還有，魅力盡失的身材穿什麼泳裝啊……儘管這些念頭不斷打擊雪莉的士氣，但她內心的渴望已經升起，想要背叛枯燥乏味、有氣無力的日常。

第一次背叛，雪莉把為了替丈夫準備晚餐而買的肉，扔給了只用素食餵養的鄰居家獵犬後笑了。勃然大怒的丈夫大手一揮，將餐桌上的食物掃落在地，全身蓋滿食物的雪莉則以「希臘」的塗鴉作為回答。雪莉終於下定決心要前往希臘，當丈夫生氣、女兒嘲笑、朋友給予忠告時，雪莉一步步走向自己。

經過一波三折，總算出發前往希臘，但說好要一起度假的朋友在飛機上邂逅了一名男人，雪莉因此再度隻身一人。在海邊孤零零的她，比在家裡時更孤單。

然而時間流逝，場景轉換，雪莉逐漸找回了自己。第二幕在翡翠綠般的希臘海邊，雪莉已徹底脫胎換骨。她用緞帶綁起一頭烏黑的頭髮，穿上令人聯想起翅膀的白裙，光溜溜的腳上戴著閃閃發亮的腳鍊。雪莉一步步找到自己的身分認同，一名中年男人走向她。雖然他不是多金或事業有成的人，但他懂得女人心，也懂得與女人對話。那個男人將愛自己的心送給了她，還有什麼禮物比這更偉大呢？

我，金惠子，是女人，是母親，也是演員。雖然說起來對家人很愧疚，但在這之中，我認為最重要的是身為演員的我。在演完《紅玫瑰與黃豆芽》（一九九九年）與《美乃滋》（一九九九年）之後，因為遲遲遇不到想演的劇本，所以曾經想，如今身為演員的我只剩死路一條了嗎？我想為演戲癡狂，卻遇不上能令我癡狂的角色，感覺就像身陷泥沼。

我認為是想為演戲癡狂的渴望、對全新演技口乾舌燥的飢渴將我拉向了舞台劇《雪莉．瓦倫汀》（*Shirely Valentine*，劇團羅丹製作，威利．羅素〔Willy Russell〕原著，河尚吉執導，金惠子主演。二〇〇一年於「第一火災 Cecil 劇場」進行公演的經典作品，以真摯又愉快的手法講述一名在家庭籬笆內被疏遠的中年女性尋找自我認同的過程）。倘若沒了那份渴望，身為演員的我或許會以《紅玫瑰與黃豆芽》結束人生。我彷彿被什麼迷惑似的，在《我們的百老匯媽媽》之後睽違十年，再度站上舞台劇舞台。

搭上飛往希臘的飛機時，雪莉的心情就像是從屋頂縱身跳下，不管自己的脖子是否會摔斷。對我來說，這齣舞台劇也等於是從屋頂縱身跳下。我對自己說，好，不管成功與否，我都要向自己證明我活著。我不知道有多拚命搏鬥，每天到了凌晨一、兩點，眼睛就會猛然張開。

當我沉浸於「沒有什麼值得演的作品了」的絕望感時，是《雪莉・瓦倫汀》讓我站上舞台。為了在那部作品中燃燒自己，除了《田園日記》之外，我沒有演出任何電視劇，途中只為飢童募款去了一週非洲。我把心力全部投注在練習與公演上，沒有事先決定最後一場演出的日期，一心想著只要觀眾捧場，我就會繼續演出。

同行的母女、從外地包車來的觀眾，甚至是大老遠從美國飛來看這場公演的觀眾都令我印象深刻。平日的公演，觀眾主要是家庭主婦，週末晚間的公演則多半是夫妻同行。只有主婦來觀賞時，她們開懷大笑，但和丈夫一起來的妻子們卻顯得小心翼翼，沒辦法想笑就笑。

剛開始我覺得自己從孩子到中年女性、一人飾演十七角是過於貪心了，所以很猶豫。如果不是獨攬舞台重責的單人劇倒無妨，然而這齣從發聲到動作都令人陌生、害怕，甚至到了令我無法入睡的程度。但我相信，只要我拚命去做，神會在後頭看顧我。雖然不知道觀眾會怎麼看，但我帶著「這是我最後的作品」的心情不鬆手。現在回想起來真覺得這是個明智的決定，演這部作品時，我真正喜歡上了自己。

不知從何時開始，我彷彿成了劇中的雪莉・瓦倫汀，隨時都在喃喃背誦台詞，睡到一半醒來成了家常便飯，我經常每一、兩個小時就猛然爬起來繼續背台詞。開始練習大約一個月的時候，我如常在睡夢中喃喃說著台詞，但感覺雪莉．瓦倫汀真的出現在我面前了，所以我對雪莉說：

「拜託妳走吧，趕快走吧，我真的想睡了。」

聽到自己的聲音後，我整個人頓時醒了過來，帶著彷彿犯下滔天大罪似的恐懼感，不曉得祈禱了多少次。我就這樣變成了雪莉。那個女人雪莉一直待在我身旁、在我體內，一整天都沒有離開。我不能讓她走，我必須整天以那女人的姿態活著。

在舞台劇舞台上十年的空白期，我收到許多邀約，一個月內有好幾部戲劇和劇本堆在門前。《地鐵一號線》導演金敏基寄來一封長信、劇本與錄影帶，希望能與我合作。河尚吉導演向我推薦了多部作品，《雪莉．瓦倫汀》就是其一。一收到劇本的瞬間，我就產生「總覺得會演這齣舞台劇」的預感，讀完劇本後我立刻致電河尚吉導演表達演出意願。

《雪莉．瓦倫汀》是我演出的舞台劇中最受好評的作品，這要歸功於原著的高完成度與高共感度。要打造高水準的舞台劇，需要先選定好的戲劇作品。好的戲劇作品要具備文學底蘊，能帶給觀眾感動，也要有戲劇性的趣味，而《雪莉．瓦倫汀》具備這一切條件，它是英國代表性劇作家、舞台劇導演與演員三棲的威利．羅素的代表作之一。威利・羅素是曾獲多項獎項（倫敦影評人獎、金手套獎、艾弗・諾韋洛獎）的優秀劇作家。

《雪利・瓦倫汀》描述一名中年女性意識到生活枯燥乏味，轉而尋找身分認同的過程。若是沒處理好，女人可能被視為出軌、拋家棄子，我非常小心這一點。

我並不把《雪莉・瓦倫汀》看成單純想從被困住的日常中脫逃的女性，在離婚好友的提議下前往希臘海邊的故事。我認為這齣戲說的是人類的故事，是透過一名女人來訴說人類無意義的人生。雪莉是與任何人都有些相似的普通女人，我身上也帶著些許雪莉的影子。表面上看似正常，內心卻因細瑣卻深刻的創傷出現裂痕。許多人自小懷抱各種夢想，卻過著與夢想背道而馳的人生。

訴說失去夢想的人生，即是這齣劇的魅力，特別是女人最後領悟到不幸的不只是自己，丈夫也不例外的事實，意味著她理解世界的視野拓展了。

「丈夫也需要休假，他的肌膚也需要感受陽光。」

傷痕累累的雪莉，在真正懂得愛自己的同時，也終於能看到他人。過去成天想著自己的女人打開了眼界，那是找到自己真正身分認同的幸福結局。

逃離安逸的現實、尋找自己，不就是活出真正的人生嗎？若是安逸度日，不就等於虛度光陰嗎？哪怕會受傷，若是能思考一回自己的夢想是什麼，不是很好嗎？這些是《雪莉．瓦倫汀》帶來的啟發。雪莉是個陷入自我憐憫的不幸女人，在變成隻身一人後尋找起自己。想要變幸福，就需要變得更單純，變得孑然一身，然後回顧自己。若是無法過著夢想的人生，就等於浪費了人生。

演這齣舞台劇時，我深刻感受到當一名演員有多美好，因為能用演技將深刻的共鳴傳達給觀者。如同雪莉拋下當主婦與妻子的日常，在旅行中尋找全新自我，我決定演出這部舞台劇是為了擺脫已定型的媽媽形象，尋找全新的樣貌。幾年前我在漆黑的小劇場偷看一名演員練唱的模樣成了最大的契機，讓我領悟到自己對舞台的渴望。

我感覺到自己每天一點一點在進步。經過多次演出，才發現自己把劇中台詞「你有實現你的夢想嗎？」講成「你實現夢想了嗎？」。我希望自己能演得無懈可擊，讓所有觀眾都被雪莉同化，演技的魅力就在於此。學海無涯，至今我還有許多要學習的。我本來是很容易厭倦的人，但似乎正是因為少了滿足感，才會一直演戲。

河尚吉導演曾如此評論我的演技：

「我過去從沒見過把人物的內心風景表現得像金惠子一樣細膩的演員。在練習扭曲表情的場面時，光是聽到『不是感到痛苦，而是絕望』這麼一句話，她的表情已經準確地調整出兩種神情之間的距離，演技瞬間就有了變化。」

演這齣舞台劇時，幸福多過辛苦。大家都說單人劇很辛苦，是要怎麼演下去，但那段時光的幸福是至高無上的。人們說，謝幕時我的臉上始終掛著猶如處女般的微笑，心想這個惹人憐愛的女人真的是《田園日記》中拿抹布擦拭房間地板的那個母親嗎？甚至還說我身上透露出猶如新人演員般的清新感。媒體報導寫道，金惠子透過《雪莉．瓦倫汀》展現出無與倫比的演技，事實上是我在每一部作品中都為了展現無與倫比的演技竭盡全力。但舞台劇結束，回家時我感到很落寞，因為看到曲終人散，觀眾席空無一人的場面。

感謝神，對於一度陷入停滯低谷的我，這個契機讓我再次找回當演員的熱情，得到人們的掌聲是非常幸福的。雖然不知道這會不會是最後一齣舞台劇，但我以不愧於上天的努力完成了它。（金惠子在《雪莉．瓦倫汀》之後又以《Doubt》、《奧斯卡！寫給上帝的信》、《上路的好日子》再次站上舞台劇舞台。）

演出舞台劇期間，我一心只想著雪莉這個女人。我覺得太淒涼了。雪莉果真幸福嗎？她雖然留在希臘，但丈夫和孩子們都在找她，她真的會幸福嗎？如果能在自己的位置上找到幸福，無疑是最好的，但……。直到演出結束後，這齣劇的餘韻仍久久不散。

演員的年紀就等於角色的年紀。假如我在《田園日記》中是逾七旬的老奶奶，我在《雪莉・瓦倫汀》時就跟雪莉一樣是四十五歲。我真的經常覺得自己是四十五歲，並不是想再度變年輕，而是覺得我好像比其他人活得更久更長。大概活了數千年吧，因為我以角色中的那些人物都活過一遍。所以我常對記者說：「如果想寫我的年紀，就寫『數千歲』吧。」

倘若要說死前我有什麼願望，我想演一齣從頭到尾哭著看，走出劇場時人會變得溫馴如綿羊的舞台劇。因為這世界太過冷酷無情了……

雪莉在希臘的海邊獨自喃喃：

「我犯了罪，沒能盡情揮灑上天給予的人生。我明明能更喜悅、更心滿意足的，是我心甘情願活得窩囊，白白消耗掉一切。如今我絕對不會了，人生若是毫無用處，那我又何必誕生於世呢？如果是毫無用處，又為何擁有這一切感覺、夢想與希望呢？」

劇終時，雪莉丟掉返家的機票與背包，留在希臘海邊。如今她能過上夢寐以求的人生了，哪怕夢想會撞上現實的高牆再度破碎。那並不是對誰的憤怒或抵抗，而是對自己的愛。

只要和喜歡自己、認同自己的人在一起，不管幾歲，人都能再次綻放。不管是十八歲、四十四歲還是六十二歲……。演員亦是獲得關愛就會綻放的花朵，就像你我一樣。

雪莉說：

「如今我真正喜歡上了自己。我喜歡自己，真的很喜歡活著的自己。雖然沒能成為出類拔萃、名留青史的大人物，但我依然活著。我當然會受傷，也會在打鬥時留下疤痕，但我沒必要隱藏自己的傷口，因為那個傷口、那道疤痕都是活著的證據。」

但願所有人都能愛自己。

劇團羅丹的代表河尚吉導演同時也是在《我們的百老匯媽媽》中飾演我丈夫的演員。繼《雪莉・瓦倫汀》之後，他在《上路的好日子》中也擔任我的演技指導。他是透過《我，是女人》、《我們夢想愛人的理由》等作品，讓實力受到認可的導演。出版社編輯把他在部落格上以「演員金惠子的驕傲」為題所寫的文章寄給了我。

想必鮮少有人不認識以「母親」形象家喻戶曉的演員金惠子，今天就來說說金惠子不為大家所熟知的一段插曲吧。

那是金泳三擔任總統時期，所以稱得上是陳年往事了。當時一到「父母節」就會邀請爺爺、奶奶們到青瓦台，舉辦由總統親自慰勞他們的宴會，為了營造氣氛，也邀請了當時人氣達到巔峰的《田園日記》劇組團隊。

主要演員們搭乘電視台巴士進入青瓦台之後才發現來得太早了。爺爺、奶奶們都尚未抵達，作為宴會場地的庭園正忙著設置攝影機與燈光。不怎麼喜歡和人們閒聊的金惠子悄悄從人群間溜了出來，坐在遠遠的一棵秀麗松樹下的長椅上享受和煦春日，大概經過了五分鐘吧。

一個身穿黑色西裝的壯碩男子走了過來，帥氣地敬了禮之後表示：「這張長椅是第一夫人坐的位置。很抱歉，能不能請您起身呢？」

假如是我們碰到這種事會作何反應？

「大概會覺得很難為情、很丟臉，趕緊起身逃到其他人所在的地方。」

這是同樣演出《田園日記》的某演員說的話。

但金惠子沒有，她笑瞇瞇地這樣說：

「很抱歉，但假如您對第一夫人說演員金惠子坐在這裡歇腳，她大概會很高興。」

西裝男敬禮說了句：「失禮了。」之後就消失了。

這件事是從同在現場的其他演員口中聽來的，所以絕對不會有加油添醋的情節。

金惠子是心地十分溫暖的人。她為了幫助有困難的人，一有空就前往非洲、東南亞與北韓是大家都知道的事。不過另一方面，我沒見過有哪位演員的自信像金惠子一樣不動如山的。她的自信是來自何處呢？

我認為來自以下兩點：

第一是她努力不懈。通常舞台劇演員在經過兩個月左右的練習，開始進行第一場演出後就不再鑽研劇本，也就是不再努力，即便藝術境界是無止境的。

但金惠子不是這樣。我算是對金惠子有些了解的人，因為我們合作過兩次，特別是《雪莉・瓦倫汀》這齣單人劇在六個月期間內長時間演出。金惠子直到最後一場演出結束前劇本都不離手，她是對自己的工作全力以赴的演員，也因此對於自己創造的演技，她在任何人面前都能抬頭挺胸、理直氣壯。

第二，我認為她所擁有的自信來自信仰的力量。金惠子是天主教徒，原生家庭就信奉天主教。她不會在眾人面前大喊自己信耶穌，也不會大聲疾呼要禱告，她只是靜靜地微笑，安靜地實踐天主的愛。

半小時前我去了化妝間，金惠子獨自坐在裡頭。因為演的是單人劇，所以就獨自待著嗎？不會吧！如果喜歡說話，化妝間多得是工作人員，裡面有化妝師、美容師，還有準備道具的團員。通常化妝室內女演員一多就容易變成聒噪聊天的天堂，男演員一多就容易成為粗言穢語的競技場。

然而金惠子是獨自坐著的，可能是在看劇本或祈禱，所以她並非獨自一人。我們雙手互握進行禱告，接著她登上了舞台。

公演六個月、練習兩個月，從最早說好要公演開始算來幾乎共度了一年，但我從沒聽過金惠子詆毀其他人。舌頭上長滿尖刺的我偶爾會說些難聽話，但金惠子只是露出淡淡的笑容。

金惠子是被天主牢牢守護著的人，所以她才能坦蕩蕩。即便總統秘書室提出什麼要求——具體細節不便公開——但只要不符合天主的旨意，她就會嚴正拒絕，還會給予忠告。她能有這樣的力量，是因為她活在天主之內。世上的英雄、世上的權貴、成功人士……無論他們看起來多偉大，演員金惠子非常清楚，人類在上帝的面前是多麼渺小、多微不足道的存在，這是我之所以敬愛金惠子並尊稱她為老師的理由。

（從二〇〇一年六月二十二日起，在首爾中區貞洞的「第一火災 Cecil 劇場」——現為「國立貞洞劇場 Cecil」—進行公演的《雪莉．瓦倫汀》，在難以大獲成功的舞台劇大環境，加上正值淡季的暑季休假期，創下每場門票全數售罄的紀錄，直到一百場公演為止創下兩萬三千觀賞人次，被視為業界的「大事件」。金惠子也憑藉該劇拿下女性雜誌《The Women Times》設立的第一屆女權主義文化藝術大賞公演影像部門的演技獎。）

我的經紀人

我沒有經紀人，也沒有經紀公司；沒人能管理我，也沒有服裝師替我準備衣服。我的一切必須由我全權負責，我始終認為非如此不可。

我一直單打獨鬥，現在也是。一旦投入作品，我所扮演的角色就必須是由我打造的人物，而不是其他人，我認為這是非常天經地義的。儘管有時候會有比我更出色的人給我建言，但不可能每次都有人在我身旁引路。我向來都是「拿出本來的樣子」站到鏡頭前，那就是我。記憶中，我不曾試圖表現得比真正的自己更光鮮亮麗或更招搖神氣。

我知道演員基本上都有經紀人，劇本是由經紀人轉交，行程也由經紀人管理。但劇作家會直接打電話來說：「我打算寫什麼樣的作品。」聽完故事，如果是我喜歡的劇作家，我就會說知道了，然後等待聯繫。因為劇作家們是抱著「希望這個角色是由金惠子來飾演」的念頭創作的，通常我會選擇相信劇作家，參演該部作品。

我在劇中亮相的衣服，大部分都是我自己的衣服。如果是要飾演端莊的家庭主婦，我就會選擇穿上李信宇、李光熙設計師替我設計的衣服；偶爾我會選穿服裝組帶來的衣服。儘管服裝組肯定是煞費苦心選來的，但我覺得穿自己的衣服時演起來最順。演《田園日記》時，我就是把從前母親穿的衣服拿去市場修改後穿。

我曾在布莊買布料做衣服穿，也曾到市場的裁縫店要求「幫我替這件衣服加個領子」之後再穿。《田園日記》中的我，是個經常穿韓服罩衣的人，夏天就用有條紋的粗布做成單層罩衣再添加盤釦。苧麻短衣不好管理，因此我用有細紋的府綢布料訂製衣服。我不常穿服裝室提供的衣服，反而有時會看到親戚穿的衣服後借來穿。像《我們的藍調時光》裡飾演在市場販賣涼拌野菜的奶奶角色時，就把長裙和襯褲之類的帶去。

接下一個角色就「必須成為那個人」。光從衣著打扮就能看出那是什麼樣的人，服裝是舉足輕重的，所以我會思考並尋找自己要穿的衣服，如果沒有的話，就到服裝室去挑選。精心挑選的衣服，與直接穿服裝組帶來的衣服，兩者天差地遠。

《田園日記》中我飾演的恩心不是老奶奶，而是個鄉下大嬸。那女人知道什麼是「漂亮的玩意」。即便是鄉下大嬸也會想追求漂亮的東西，所以我挑選有淡雅花紋的布料，在服裝上費了許多心思。我想透過行為舉止與身上的衣服，把恩心表現成周到服侍年邁的婆婆、與丈夫琴瑟和鳴的漂亮女人。人們把演員看得太容易了，即便是一般人，也不會誰給什麼衣服就穿什麼，而是自己選擇；就算是在地攤買條花褲，也不會隨便買。也就是說，挑選什麼樣的衣服會透露出那人的性格。

我用絨布訂做夏衫當成睡衣來穿。我不太買私人衣服，但對飾演的角色要穿的衣服十分認真。我拿著絨布去裁縫店，說：「請用這布替我做成長版的夏衫。」老闆會問我：「您是要在《田園日記》裡穿的嗎？」然後很認真地替我縫製衣服。

即便衣服襤褸，只要適合我、適合我的角色，我就會盡量穿上。演出《我們的藍調時光》時，雖然得到服裝組的協助，我仍把先前穿過的衣服、收放在衣櫃深處的衣服全都翻出來挑選。在市場上做生意的奶奶每天都換一套衣服很奇怪，但不換也很奇怪，所以我就在衣服需要換洗、符合現實設定的範圍內更換。就像《我的大叔》裡李知恩演員每天都穿著相同的衣服，背著同一個背包一樣，年輕演員不可能會想要每天都穿那套衣服，肯定會想穿漂亮的衣服，她是為了忠於角色才那樣做。

幾天前朋友傳來一段影片，影片中的駱駝群跪成一排等著裝載行囊，主人將一件件行囊放在牠們背上，接著駱駝默默起身前行。

駱駝並不會抱怨好重、好累，牠們相信主人只會替自己裝載適量的行囊，而我相信神雖然有時會給予我試煉，但也會帶給我必要的人事物。偶爾我過於鬆懈，神會適時點醒我。

神怎麼會將我管理得如此妥善呢？身為演員的我雖然沒有經紀人，但擔任我人生經紀人的神卻時時與我同行。只在必要時給我工作，要是我做錯什麼，祂就會令我悔改，我經常自責不已。

妳怎麼又來了，怎麼每次都這樣？就連天主也受夠妳了。我會如此數落自己。每日悔改，又再度犯錯……這就是人。但神既然打造出我，肯定比任何人都懂我。

我看著相信主人只會讓自己乘載能承受得了的行囊、毫無怨言起身前行的駱駝，喃喃自語道：

「天主啊，請祢也賜予我這樣的信念，讓我明白祢賜予我的工作與試煉，是因為我有能力承擔，請祢讓我無怨無悔地甘願臣服。」

駱駝若不堪負荷，便無法往前走，但主人珍視駱駝，也非常了解駱駝。

「牠就只能乘載這麼多，牠只能承受這樣的重量……」

駱駝也相信主人的心。主人會用心觀察駱駝，讓牠能負荷行囊，不過於疲累。

我沒有替我管理行程的經紀人，也沒有專屬造型師，我只是向世界展現「我具備的能力」。挑選作品時我會選擇我扛得住的、能勝任的角色。

挑選作品時，我會接下「雖然那女人此時的現實處境極其悲傷痛苦，但仍能看到希望曙光」的角色，我不想飾演令觀眾陷入絕望的角色。人生已經有許多令人絕望的時刻，我不想再透過飾演的角色來增添那份絕望。我會接下此時雖然萬念俱灰，但還能望見遠處的希望，因此能夠掙脫困境的角色，哪怕是樣子潦倒窮酸的角色也無所謂。

會有希望在等待那女人嗎？

這才是我在意的。

每個人都想擁有翅膀，但翅膀不是誰替我們插上的，而是穿透我的肉身長出來的。那對翅膀鑽出我的肩膀時該有多痛？這跟等價交換是相同的，當翅膀穿透肉身的瞬間，一定非常痛。為了成為人生的主角，實現某個目標，即便痛苦煎熬也必須「浴火重生」。

世上沒有白吃的午餐。

有人說：

「不要成為站在溜滑梯頂端不停苦惱要不要溜下去的孩子，你只能坐著溜下去。」

不能繼續苦等經紀人替我做決定，我必須親自溜下去。

人生日記

那是多年前的事了，一天我搭計程車時，司機說自己非常喜歡《田園日記》，我剛表達完謝意，他問：

「不過最近是哪一天播出啊？」

這表示他沒看。雖然腦海中記得是部很棒的電視劇，但他並沒有持續收看。

《田園日記》（大韓民國最長壽的電視劇，從一九八〇年十月二十一日至二〇〇二年十二月二十九日，播出時間共計二十二年兩個月，共一千零八十八集，亦是MBC最早的彩色電視劇。第一集為〈鼓掌時離開〉，最後一集為〈即使試著在鼓掌時離開〉，由金惠子、崔佛岩、鄭愛蘭、金容建、高斗心、金守美、柳仁村、朴垠樹、金惠貞、朴順天等人展現出近乎完美的生活演技，引發對故鄉、家人與人間之愛的懷念。金惠子飾演的是陽村里金會長的夫人李恩心一角）初期由車凡錫劇作家（寫實劇的代表性劇作家兼導演，曾發表韓國性格鮮明的傳統寫實喜劇作品）撰寫劇本，後來由金貞秀劇作家（獲得百想藝術大賞電視劇本獎的電視劇編劇，《田園日記》最高收視率曾達到四十二%）接手，撰寫了十二年的出色劇本。那段時間太幸福了，可是在那之後就換了劇作家，有時有人只寫兩集就辭職了，內容也只是把舞台設定為鄉下，說的卻是首爾市井小民的故事。直到最後我對人生開始產生懷疑，心想：「我為什麼要演這個呢？」

剛開始十二年，我抱著閱讀一本書、學習的心情演戲，但十二年之後，故事開始變得無聊乏味。我自己都這樣覺得了，觀眾該會有多無聊？雖然演出時很順利，但不符合我實際的狀態。

我實在受不了，拜託導演將我賜死。父親（崔佛岩飾）把手壓在腿下方，坐在炕上，他就這樣帶著微駝的姿勢靜靜地坐著。如果妻子死了，那個父親的臉上看起來像在沉思，之後也能延伸出再婚的情節。光是這樣，劇情就豐富到大約能演出十集左右。

我說我絕不會有遺憾，如果想要拯救《田園日記》就把我賜死吧。這麼多年了，媽媽的角色我演得夠久了，金貞秀劇作家把媽媽的角色寫得最為精采。朴婉緒老師有一篇叫〈某次短暫出遊〉的短篇小說，裡面出現一個酒精成癮的女人，只要丈夫去上班，女人就把藏在櫥櫃內的醬油瓶、芝麻油瓶後頭的燒酒拿出來喝。想到丈夫出門之後就能喝酒，女人高興地打掃起家裡，之後，她就像舉行儀式似的拿出燒酒喝，然後外出去了。當她坐在公車上往下看時，突然感覺經過的車輛都像在護衛自己。小說把這一幕描寫得很出色。

在《田園日記》中也有我把丈夫金會長喝剩的燒酒藏在櫥櫃裡，一個人跑到倉庫偷喝的場面。即便是鄉下村婦，也會感受到人生的虛無；即便目不識丁，也不代表毫無想法。不論學識多寡，每個人都會對自己的人生進行各種思考，不會因為書讀得不多就不懂人生，也不會因為是哈佛畢業的就懂得更多。

獨自跑進倉庫，倚靠著米袋坐著喝酒的表情中摻雜了我的虛無。金貞秀劇作家對我理解甚深，因而替我飾演的媽媽打造了一個專屬空間。不過是身上穿著鄉下女人的衣服罷了，我能表現出人類擁有的一切情緒。劇作家寫出了讓人深有共鳴的劇本，我由衷地感到幸福與感謝。

可是編劇換來換去，後來每次都會出現「你來啦？吃過飯了嗎？」這句台詞，父親每天都在磨刀石上打磨鐮刀。我以電視劇中的女人活了超過十年，卻拿到得說出那女人不會說的話、必須做出那女人不會做出的行為的劇本。後來台詞漸漸更少了……那時我真的很煩惱。

所以我才會做出要求讓我從電視劇退出的艱難決定。出嫁的么女遇人不淑，只要發生什麼事，做媽的就會去么女家幫忙，我提議讓媽媽在路上發生車禍身亡；我認為媽媽的角色到這裡就足夠了。

只有一件事令我掛心，就是靠《田園日記》的演出費維生的演員們，還有電視劇相關人士的生計仰賴於此，知道這件事後，我答應繼續演下去。我不能一意孤行，金守美演員與高斗心演員也跟我一條心。怎麼能只想到我們自己呢？於是就憑著自尊心撐下去，就這麼演了二十二年。

但從另一方面來想，我在四十九歲時開始去探望非洲的孩子們，是因為我在戲中出現的分量逐漸減少，這件事才有了可能。《田園日記》每兩週拍攝一次，去一趟非洲至少要花上一個月，因此洗米等場面事先錄製了一個月的分量。這是因為我的戲分少，才能辦到。

雖然金貞秀劇作家不再擔任編劇，令我惋惜不已，但也因為金貞秀劇作家不寫了，我才能去非洲，我的人生因此寫下嶄新的篇章。要是金貞秀劇作家繼續寫，我大概就就去不成非洲了。

也因為可以集中拍攝，我才能接拍其他電視劇。我在拍攝《田園日記》的同時也拍了《沙城》（一九八八年）、《愛情是什麼》（一九九一年）、《紅玫瑰與黃豆芽》

（一九九九年）等作品。「是好是壞，誰能說得準？」是人生的真理。驀然回首，忍不住想神是為了我才有如此安排。

不久前，MBC電視台說要製作睽違十九年的《田園日記》回憶特輯紀錄片（製作成四集，於二〇二一年六月播出），提出採訪要求。我拚命拒絕，因為我認為過去的就讓它過去，人生中愈是美好的瞬間愈該如此。可是製作單位花了長達五個月哀求與說服，我只好莫可奈何地站在鏡頭前。

被問到是否因為害怕再次憶起時珍貴的回憶會毀損，才堅決推辭時，我說：

「我認為那一刻是美好的。無論我現在說什麼，都無法如當時美好。」

要談我的演員生涯、我的人生，就不可不談《田園日記》。剛開始我以為是新鄉村[4]電視劇，所以演出意願不高，在此之前已和崔佛岩演員多次飾演夫妻，也不想再演夫妻，可是我們卻以二十二年的劇中夫婦形象一起白頭偕老了。《田園日記》不是單純的農村電視劇，它只是以農村為舞台，實則是一齣人情電視劇。

4 譯註：新鄉村運動指的是大韓民國在朴正熙執政年代實施、為期十年的農業改革運動，旨在拉近國內農村與城市的距離。

《田園日記》於我是一部「人生教科書」，我從中學習到人世間的道理。有我們期望的母親與父親，蘊含了人與人之間的理解、關懷與純粹，也有看似微不足道、毫無修飾，卻逐一填滿人們生活的日常。

啊，原來人應該這麼活著啊。

我不只一、兩次有此感受。

演出《田園日記》後，我開始聽到人家說我代表「韓國模範母親」的形象。感覺像一句話就定了我的戲路，因此聽來不全是稱讚。我演過的媽媽角色不計其數，每個媽媽的性格都不一樣，所有媽媽都是部分的我拓展而成。在《冬霧》中，我是罹癌後在家人的愛中死去的母親；《愛情是什麼》，我是受猶如老虎般的丈夫掌控的母親；《紅玫瑰與黃豆芽》，我是無知卻明事理的母親；還有《非常母親》，我是冰冷且空洞的母親，為了保護兒子，展現出母性能達到什麼樣的程度。

多虧《田園日記》，我成熟了不少，所以我對於《田園日記》出現在我人生中懷有無法言喻的感謝。無論是短暫飾演配角的人，還是一起同甘共苦的演員們，像是崔佛岩演員、高斗心演員、金守美演員，都是貫穿我演員生涯的緣分，是無與倫比的相遇。包括我在內，所有人現在去到陽村里，都會覺得自己彷彿還生活在那個地方。有時又會覺得，我們死了之後，似乎會在某個地方聚首似的。我們會再次齊聚一堂，一邊笑談我們在此生演出的《田園日記》，一邊說著當時可真幸福。

明天的事，明天再想

一說起「金惠子」，人們最常聯想到的形象是金貞秀劇作家筆下創造的人物。「韓國的模範母親」、「國民母親」與我的意志或實際樣貌無關，是金貞秀劇作家透過《田園日記》中的媽媽深植在我身上，使其成長並賦予美麗形象的角色。可以說剛開始是我在電視劇中以該人物活著，後來那個人物變成了我，使我獲得人們的掌聲。我也曾努力擺脫那個人物，成為其他人物，這構成了我的人生。

「最具韓國特色的母親形象」，過往歲月將身為演員的我囚禁於這個形象裡。那形象遠遠凌駕了真實的我，我想逃也逃不了，想切割也無法如願。

期待我是個愛永不乾涸的溫柔母親的心情，對身為演員的我來說，時而成了難以承受的枷鎖。努力擺脫那個刻板印象，成為我挑戰其他演技的原動力。

不必多說，演員必須跟優秀的導演合作；最重要的是必須遇見創作出色劇本的劇作家。因為劇作家寫出故事，創造故事中的人物後，演員要以那人物活著。金貞秀劇作家與金秀賢劇作家，兩位從我的演員生涯初期就使我以亮眼演員之姿誕生，是造就今日金惠子的最棒的劇作家。我在演出金貞秀劇作家撰寫劇本的《田園日記》（一九八〇至一九九三年）、《冬霧》（一九八九年）、《媽媽的海》（一九九三年）、《醃青花魚》（一九九六年）、《你和我》（一九九七年）的過程中非常幸福。若以開花的樹來比喻，金貞秀劇作家就是時時替名為金惠子的花樹帶來希望之春的劇作家。

金貞秀劇作家寫了超過五百集的《田園日記》，每一集都屬名作。其中尤以第兩百四十八集的〈電話〉成了最棒的一集，說的是金會長家中首次安裝電話時的情況。奶奶（鄭愛蘭飾）打電話給親戚，把電話給想聽聲音的所有家人聽，甚至鄰家的一勇媽媽（金守美飾）也跑來打電話。

我所飾演的金會長夫人，也就是李恩心，覺得電話實在太神奇了。晚上她睡到一半醒來，直勾勾地盯著電話看，然後試著拿起話筒說：

「喂？請幫我轉接我母親，只要說是神龕家的媳婦就知道了。」

那天正好是娘家母親的忌日，她想著是不是也能打給過世的母親，所以拿起了話筒。她試著對沒有撥號，所以沒有發出任何聲音的話筒那頭喊媽媽。

「她是個頭髮梳得端莊文靜、身形苗條，左手有根指甲裂開的人。請幫我轉接我母親。要是找不到人，就替我傳一下消息吧，就說么女恩心生了兒女，過得很好，請務必轉告她什麼都別擔心。曾經住在鄉南里的我的母親、神龕那家的媳婦……就說恩心想見她一面……希望我母親不是待在黑暗陰冷的地方……」

恩心年紀輕輕就出嫁，對母親充滿思念。她是個單純的人，才會以為是不是也能給死去的母親打電話。雖然那一幕如夢境般不真實，但我非常喜歡。只是我很苦惱，該如何讓人們從現實的角度去接受這個不現實的情節。於是，我拜託導演只把攝影機留在攝影棚內，讓所有人都到外頭。為了拍這一幕，攝影棚的人連大氣都不敢喘。

後來《田園日記》的劇組一致認為那是最棒的一幕。那是只有金貞秀劇作家才寫得出來的抒情隨筆般的故事。高斗心演員曾回憶道：「當時看完電視劇，想必全國上下都為了打電話給母親而在公用電話排隊。」

飾演金會長的崔佛岩演員也說：

「打電話給身在天國的母親，這是絕無僅有的創意。怎麼會想到要在被子裡打電話給過世的母親呢？太令人吃驚了。」

事實上那一幕是金貞秀劇作家特地為我寫的，因為當時我的親生母親剛過世不久。劇作家在練習劇本時聽到了這件事，為了安慰我才加了這一幕，足以得見這位劇作家會把演員們說的話一句句放在心上，反映在劇本裡。

具備智慧與美麗心性，讓所有人都希望擁有這樣的母親；心地溫暖、心思細膩的故鄉母親，使許多人獲得慰藉的《田園日記》中的我，不過是金貞秀劇作家筆下創造的形象。

真教人吃驚，怎麼心思這麼細膩地只挑出了必要的台詞呢？仔細想想，當時金貞秀劇作家比我年輕，較年長的我卻經常看著劇本思考起許多事。真實生動地描繪出從未經歷過的農村三代人的生活，這樣的能力真教人驚嘆。這是我為什麼欣羨劇作家們與生俱來的想像力。都說人如其文，見到文字就能知道那個人。

金貞秀劇作家曾說過好幾次：「金惠子的胸口有座不會爆發的火山」，還說我是「不會成為大嬸的少女」。金貞秀劇作家寫出了我能在電視劇中展現內在與靈魂的劇本，這意味著她對我有著深刻的了解。

《冬霧》（金漢泳導演，金貞秀編劇，MBC於一九八九年播映的八集電視劇，由金惠子、林東真、金英蘭、鄭東煥主演）描寫一名被診斷罹癌的四十多歲女性的生與死。與在外縣市當大學教授的丈夫分隔兩地的女人，在去見醫生友人後，偶然接受檢查並診斷出子宮頸癌末期。懷著不安的心情去見丈夫的她，在丈夫獨居的公寓見到陌生女人與小男孩後覺得遭到背叛。但最後病情逐漸加劇，在冬天山谷的房裡逐漸死去的她，把丈夫託付給了那女人。

《冬霧》在許多方面對我來說都是部特別的電視劇。因為我演活了罹患絕症的中年女人「明愛」，甚至被導演評為「不像人，反倒像鬼」。

演這部作品時，我住在西橋洞，有天我在自己小小的房間裡練習劇本直到凌晨三點半，突然眼前出現一條大道。八線道，不，是十六線道的大馬路在我眼前鋪展開來，同時有強烈的光灑落。那一刻我產生了「啊，我完全知道該怎麼演」的感受。就像修行者得道、說唱者達到登峰造極之境界，我感覺醍醐灌頂、茅塞頓開。那部作品讓我的演技達到巔峰，拍完後，我有近一年的時間無法走出那個角色。

在電視劇中聽到醫生說「是癌症」時，彷彿從前胸到後背都被鑿穿似的，全身上下都發涼。電視劇把她的幸福與不幸描繪得極其真實，以致收看電視劇的家庭主婦之間甚至掀起了「冬霧症候群」，接受子宮頸癌檢查的女性達到近百分之六十。這個例子足以讓人深刻感受到金貞秀劇作家的劇本有多大的影響力。

與金貞秀劇作家合作的作品中，我最喜歡《冬霧》。金貞秀劇作家與我心有靈犀，她對待人事物的情緒、看待人生的情緒跟我是一致的，我因而放下了心。電視劇中我所說的台詞沒有半點違和感，完全切中我的心聲，毋須再多說什麼。

《冬霧》中有這麼一幕，我忘不了的一幕。當朋友敏珠（尹小晶飾）憂心忡忡跑來時，明愛聲嘶力竭地哭喊的場面。明明擺了張沙發，但我沒有坐在沙發上，而是無力癱坐在沙發後頭的地上說：

「我從小吃苦到大，嫁過來之後整整二十年，因為害怕性情乖僻的婆婆，我揪著胸口提心吊膽地生活。現在各方面都好了，但我太冤枉了。現在總算能過好日子了，為什麼會變成這樣？我做錯了什麼？我不想死啊。」

那些台詞完全是我的心境。雖然我沒經歷過這樣的事，但要是真的碰上了，應該真的會那樣說。金貞秀劇作家的優點就在此，她總能寫出與我心意相通的台詞，每句台詞都與我的心聲不謀而合。我們說話的速度合拍，想法也合拍，每一次金貞秀劇作家都令我激賞。

「怎麼能寫得這麼逼真呢？就好像我碰到那種事時，也會說出那樣的話來……」

因此在那位劇作家的作品中，我只會演得好。故事怎麼會這樣開展？這女人為什麼說這種話？做出這種舉動？我從來不曾苦惱過這些問題。

「該怎麼做，才能將這一場戲好好地演出來？要不要在這裡停頓一下，吸口氣再說台詞？」

我就只考慮這些。金貞秀劇作家也常大感意外，覺得自己只是寫出幾項簡單的表演說明，我為什麼能演得這麼好。無論她的哪一部作品，都希望由我來演。

我向來喜歡她寫給我的作品。她的思考方式總是與我契合。與劇作家之間不需要更多了，金貞秀劇作家的作品比任何劇作家都貼合我的情感。她寫得太令我喜愛了，我根本不需要提出意見，照著劇本去演就行，因為那些台詞太令人滿意了。

《媽媽的海》（朴鐵導演，金貞秀編劇，一九九三年MBC播映的六十六集電視劇，由金惠子、高賢廷、高素榮、崔民秀、獨孤永宰、呂運計、趙炯基、李昌勳、許峻豪主演，描繪一名母親為了重建經濟陷入困頓的家庭而孤軍與逆境搏鬥的故事）是蘊含金貞秀劇作家內功的作品。據說它曾是越南人最愛的電視劇，因為他們從一夕之間跌入谷底的女主角身上聯想到自己被共產黨奪走一切的遭遇。播放在電視劇中代表我的心境並跟著唱的歌曲〈塗上濃濃的口紅〉後來獲得了很高的人氣。

《媽媽的海》講述因為一家之主經歷突如其來的經商失敗與死亡，導致家庭在經濟與精神層面陷入危機；也包含了中產階級隨時都可能崩潰的實際生活、假象與貧富差距的尖銳指責，可看出金貞秀劇作家所具備的問題意識。劇作家曾針對此作品說過：

「希望它能成為敲醒警鐘的契機，讓在家庭利己主義中過著安逸人生的中產階級家庭主婦們明白，我們的人生是很可能輕易崩潰的『虛無之物』。」

這齣電視劇播映時，是由於急速經濟化導致各種社會問題層出不窮的時期。金貞秀劇作家的力量可從電視劇中窺見。只是隨著電視劇獲得高人氣，到了中期以後，故事走向年輕世代的三角關係，重要社會議題也因收視率被拋到腦後。金貞秀劇作家後來斷言：「這齣電視劇是一部失敗的作品。」能夠在如此坦率的劇作家的作品中擔任主角，無疑是種幸運。

電視劇中女主角說的這句「明天的事，明天再想」成了我的人生台詞。

「當你們感到辛苦疲累時，就回頭看看吧，我會像大海一樣在那兒。媽媽會待在那兒，像一片自始至終守在原處的大海。」

包括《田園日記》與《冬霧》，金貞秀劇作家所寫的作品之所以受到喜愛，是因為電視劇中不只停留在扒開彼此造成的傷口，更進一步替傷口包紮，讓它不再疼痛；不同之處是在於此。

金貞秀劇作家是我人生中最重要的劇作家。她筆下的電視劇的感情線與我太合拍了。我們兩人不必另外碰面喝茶或對話，心意也一直相通。感覺就像在跟我親近的姊妹對話，在電視劇中，我要展現情感時沒有任何障礙，演起來不需要矯揉造作，也沒有難以進入的部分。金貞秀劇作家的作品總是如此。

金貞秀劇作家有次對我說：

「老師的最後一部作品就由我來寫。」

我笑著說：

「寫吧，可是妳成天去看孫子、孫女的，要怎麼寫呢？」

她又說：

「我認為老師會演到九十歲，最後一部作品一定要由我來寫。」

我很感謝她。還有誰會這樣對我說呢？

我總是很想念寫出扣人心弦、充滿詩意的台詞的金貞秀劇作家，同時盼望她能再次打造出名作。

（《冬霧》創下MBC審議室統計收視率六十六．三％的紀錄，累積銳不可擋的高人氣。金惠子憑藉此劇獲得百想藝術大賞電視部門大賞，並拿下第二座電視部門最佳女主角獎。《媽媽的海》創下當年最高收視率五十二・六%，一口氣拿下百想藝術大賞電視部門大賞、作品獎、導演獎、劇本獎。以入選《東亞日報》新春文藝踏入文壇的金貞秀劇作家先後獲得百想藝術大賞電視部門劇本獎與韓國放送劇作家獎，並獲得大韓民國大眾文化藝術獎寶冠文化勳章。）

人生中最深沉的季節

《晚秋》（由金洙容執導，一九八二年上映的電影，由金惠子、鄭東煥主演。深入描寫兩名男女之間短暫火花般的愛情）是我在大銀幕上出道的首部電影，與金洙容導演、鄭一成攝影導演等當時最傑出的工作人員合作。

《晚秋》翻拍自一九六六年李晚熙導演的電影。由申星一、文貞淑演員主演的《晚秋》，是票選韓國電影史上最佳傑作時絕不會缺席的電影。這是一部引領韓國現代電影界、極富盛名的電影，在日本曾以《約定》（斎藤耕一執導）為名翻拍過，二〇一一年，金泰勇導演也邀請玄彬與湯唯主演。外出休假的女囚犯與被犯罪組織追殺的男人，兩名身處絕望的男女偶然相遇並展開有期限的愛情，這樣的電影故事隨時都可能被新導演重新塑造。

我在這之前就很喜歡李晚熙導演的《晚秋》。我本來只演電視劇，收到電影公司的演出邀約時高興得不得了，演的還是我喜歡的電影，心中的興奮之情不在話下。

當時《田園日記》已經播了三年，我完全沒料到那齣電視劇會那麼長壽。那時我才四十歲左右，戴上假髮髻持續扮演村婦，也是被人們說是「韓國模範母親、聽話好媳婦」的時候。那些評語讓我備感壓力，我不想被定型為賢妻良母的模範形象。雖然不知道人們能否以此形象輕易地想起我的名字，但對演員來說這不完全是好事，可能會因此變成無法再活過來的化石。

那是我為了變身而在內心摸索新嘗試的時期。身為演員，我希望能詮釋截然不同形象的角色，想展現其他面貌。

但真正收到演出邀約後，我卻無法一口答應。因為過去只演過舞台劇和電視劇，我對演電影突然害怕了起來。加上是重拍李晚熙導演的知名電影，更加深了我的恐懼。先前演的是電視，演電影我也能成功嗎？這樣的不安感令我畏縮。

周圍還是有人為我加油打氣。起先聽到原本只出現在電視上的人要去演電影，包括演員同事們在內的親朋好友多半都不太看好。聽到金惠子要擔任那部電影的主角，沒有半個人說「一定很精采，真讓人期待」，沒有人與我站同一陣線。在電影界沒有人脈，只能靠自己的力量，我不禁懷疑接演這部電影是對的嗎？內心感到孤立無援。

本來只演電視劇，接到電影邀約時我的心狂跳不已，只是，「我能做得好嗎？」

的恐懼擋住了前路，周圍也充滿「都四十好幾的女人了，去演浪漫電影的主角？」一的視線。

不過，崔佛岩演員為我打氣。最重要的是，是韓國文藝電影巨匠金洙容導演選擇我。此外，鄭一成攝影導演也推薦我。他曾在接受兩次直腸癌手術後還沒拆線就跑去拍林權澤導演的電影《曼陀羅》，之後獲得大鐘賞攝影獎。聽到是由這樣的人掌鏡，我既興奮又高興。事實上，說我是因為這些當代最傑出的人士才接演《晚秋》並不為過。

《晚秋》不是感情氾濫的新派愛情劇，而是以有節制的台詞與出色的影像之美打開觀眾觀賞電影的全新目光。金洙容導演與鄭一成攝影導演是走在時代前端的人。

給我勇氣的是金洙容導演。導演說服對演出感到猶豫的我，說比起與申星一演員搭檔的文貞淑演員，我能「遠比她表現得更好」。當然導演這麼說是為了給我勇氣，但聽到知名導演說出「金惠子一定能做得很好」，讓我對自己有了信心。

請假外出的三天兩夜裡，搭乘火車的女罪犯惠林，因偶然失手殺害了對自己施暴的丈夫，被判十年有期徒刑，目前正在服刑中。她為了前往母親的墓地而申請特殊休假。與同行的獄警（呂運計飾）前往榮州的她，認識了火車前座以報紙摀臉打盹的青年民基（鄭東煥飾）。民基自始至終跟著在榮州轉乘江陵方向火車的惠林，努力想獲得惠林的芳心。

她的靈魂早已枯竭。就像台詞中說的，她在「猶如墳墓般」的監獄生活中成了「一具屍體」，生無可戀，愛對她是種奢侈。民基也同樣是在這世界上無所依靠的人，被犯罪組織牽連的他，只能過著四處逃亡的底層人生。在母親的墳前，惠林對為自己著想的民基敞開了心房，原本凍結的心緩緩融化，對他產生了憐憫與好感。

返回監獄的火車上，在前座獄警尖銳目光的監視下，兩人偷偷握緊彼此的手，交換眼神。就這樣，如同作為電影背景的秋日最後的楓葉，猶如命中注定的三天，他們擁抱彼此的絕望，分享短暫火花的愛情。當火車因故障而停下時，在森林中與民基享受魚水之歡的惠林，拒絕了民基說要一起逃亡的提議，回到監獄。兩人在監獄前難分難捨。走進監獄的同時，惠林跟民基約好，在服刑期滿的兩年後的今天，在兩人一起去過的河邊公園再次相見。

兩年後出獄的惠林來到約定的湖邊，從一大早就淋著雪等待民基，然而民基在兩年前兩人於監獄前離別時已被警方逮捕，依殺人未遂的罪名鋃鐺入獄。惠林自然不可能知道這件事，她坐在湖邊的長椅上久久無法離去，就這樣等了又等，最後抱著受傷的心往前走，唯有秋風無情吹打的落葉挽留她的腳步。

《晚秋》是細膩跟隨人物內心世界的電影。如同金洙容導演說的，必須努力拉出支配人類內在的意識，透過男女的眼神與表情來引導電影。在《晚秋》的背景中聽到的聲音，就只有轟隆轟隆的火車聲、汽笛聲、蕭瑟的風聲、無限觸動心靈的落葉滾動聲。

在曾以台詞為主與女主角裸露場面風行的韓國電影中，《晚秋》以最少的台詞與表情演技來描繪兩人短暫邂逅並相愛，但最後只能分手的內心世界。由於是以有節制的影像與演技為主，整部電影沒有任何畫蛇添足之處。我說的第一句台詞「謝謝」是在電影開始過了三十分鐘才出現。

台詞不多，所以著重內在演技。無論是凝視的眼神或臉部與目光的角度，我都想過無數回。電影上映後，小說家鄭然喜在《東亞日報》上寫了這樣的評論：

「用眼神訴說，用肢體傳達。這部電影是以人類的極端憂愁為題所創作的詩。以無台詞演技推進劇情的實力，憑藉的難道不是演員的年紀與廣納人生的心為後盾嗎？」

李圭雄記者也說：「晚秋的荒涼氣氛與落葉，以及金惠子總是看起來很寂寞的神情，是『沉浸於憂愁的演技』的代表。」

我拋下演出首部電影的壓力，演戲時把靈魂也獻上了。最重要的是，演出電影讓我很興奮。儘管以我的性格不會將這種心情表現出來，但我真的很用心。有別於電視，當時大家有著電影主角應該選漂亮女人的強烈觀念。世上有種成見，認為電影演員就該是絕世美人，那個時代還不重視個性。而我，因為不是漂亮的女人，所以真的很想做好。

從開拍前六個月開始，我就從未忘記該如何詮釋一個三十五歲左右、充滿憂愁的女罪犯。從那時開始我就很堅定地認為，如果不把某種精神注入演技，就無法感動觀眾。

金洙容導演在拍攝過程中時時鼓勵我，他的那句「Cut！做得很好。」至今仍在耳畔縈繞不去。他不斷對我說：「金惠子，妳很有魅力。」這部電影讓我拿下第二屆馬尼拉國際電影節最佳女主角獎，電影的藝術性也受到肯定，奪下大鐘賞劇本獎與攝影獎。

參加馬尼拉國際電影節時，我遇見許多出現在電影裡的知名演員。當時菲律賓總統老馬可仕的夫人伊美黛女士很喜歡電影，邀請了所有知名演員。我在那裡遇見電影《大道》的安東尼・昆，也遇見《北西北》的詹姆士・梅遜。後來，因《阿拉伯的勞倫斯》一炮而紅的彼得・奧圖（Peter O'Toole）來了，拍攝《甘地》的導演李察・艾登堡祿（Richard Attenborough）也來了，小小年紀就獲得高人氣的布魯克・雪德絲（Brooke Shields）也出席。

在我記憶中，伊美黛女士對我不感興趣，倒是很喜歡在電影節派對上與男演員們共舞。老馬可仕總統似乎身體微恙，只是一臉蠟黃地坐著，感覺像是夫人要他出席，才無可奈何地露臉。我不懂跳舞，就靜靜地坐在角落。

在當時盛行新派愛情故事的韓國電影中，《晚秋》是猶如法國電影般留下餘韻的作品，只是票房不佳，遭受兩周就下檔的屈辱。雖然有人分析是因為安昭英演員的《愛麻夫人》席捲全國電影院所致，但我不確定，說不定是因為畫面上看到的我沒什麼魅力。

大約在那時候，有其他導演邀我拍電影，都是有進取心的人。其中有幾位認為不該只由漂亮女人來演，而該由金惠子來演，郭楨均導演（以《冬之旅》獲得大鐘賞導演獎）便是其中之一。由於故事是描寫一個在坎坷人生中賣身的女人，我說我演不了，結果導演竟說要改劇本。他是非常傑出的導演，年紀比我輕，卻早早離世，真教人哀傷。我們只見過那麼一次。

我其實也是積極進取的人，從某個角度來看有許多獨特的想法，只不過沒有表現出來。我希望電影說的是獨特的故事。平凡的電影或普通的愛情故事無法帶給我樂趣，我也不感興趣。以及，當時我只能以崔佛岩、朴根瀅、吳知明演員的妻子的形象在電視上登場，也令我感到枯燥無聊。

所以我認為我當然應該演《晚秋》這樣的電影。弒夫的殺人犯被關進牢裡，後來得到幾天休假，與在火車上遇見的陌生男子偷情，這樣的電影任誰看了都會覺得跟「金惠子」的形象大相逕庭。然而我不以為意。我是讀了多少書、腦袋有多少獨特想法的女人啊，不可能對這種事大驚小怪。我內心有各式各樣的想像，只是沒必要對外講。我期待能演那樣的角色，先前總是只讓我演文靜的角色，現在有機會演這樣的角色，實在太令人興奮了。

票房不賣座，確實讓人洩氣，但我很快將這種情緒從腦海徹底抹去，我沒必要為了票房耿耿於懷。我可是個精明的人，為什麼要因為那種事讓自己垂頭喪氣呢？我心想，這也沒辦法。我只是短暫地閃過這樣的念頭：要是我長得漂亮些，說不定反應會更熱烈。我在拍那部電影時很享受、很開心，也感到心跳加速，我告訴自己：「這樣就夠了。」一如往常，明天的事是神的工作。

金洙容導演曾特別稱讚過我，那是我走了幾步回頭看男主角的場面，當時重複拍了好幾次，導演說每一次我都做得分毫不差、一模一樣。導演說能感受到「那女人是計算好的」。但我不懂得計算，只不過是跟著那一刻的感覺，內心說著：「別回頭看那男人，別看他，別看他……現在看一眼吧。」然後回頭看男人罷了。雖然導演說我怎麼能每次都做得一樣，但我並不是事先計算好，而是內心一邊吶喊著：「別看那男人，和那男人已經結束了……不，轉頭！」一邊演，才會每次都一樣。

這部電影是我初次拍吻戲，也是最後一次。事實上開拍前我曾告知我不拍吻戲，但導演勸說，想要表現出居於迫切處境的男女之愛，就少不了吻戲這種最起碼的示愛行為，於是我接受了。後來有位記者問我吻戲是怎麼拍出來的，我這麼回答：「觀眾最討厭演員矯揉造作的演技。如果要接吻，當然就要來真的，我認為不能讓觀眾看到像是演出來的做作行為。」

就只認識三天，該如何表現對那男人強烈的愛？現實中的愛情能在短短三天內萌芽到什麼程度？其實，那份愛是在絕望中抓住的浮木，是肉慾的。雖然因為弒夫而被關進牢裡，但她是個年輕女人，不只是精神上，在肉體上也很寂寞，才會在火車短暫故障停下的時候，與男人迫切地跑進樹林裡享受魚水之歡。

電影上映後，我去了史卡拉劇場（曾位於首爾中區退溪路的劇場，一九三五年以「若草座」之名建造，一九四六年易主後以「首都劇場」重新開張。一九六二年改成「史卡拉劇場」後開啟了全盛期，但二〇〇六年消失於歷史上）首次觀看電影，卻意外出現令人衝擊的畫面。拍攝性愛畫面時，我明明堅持絕對不要露出胸部，所以衣服只脫到胸部上方為止，可是我看了上映的電影，卻突然出現非常豐滿的胸部填滿整個畫面。因為我誓死拒絕，所以用了替身。

不是不能用替身，但太明顯了，那不是符合我身材的胸部。我身材嬌小，如果非得要展現胸部，就該找胸部符合我體型的女人才對。我太討厭那一幕了。不知道是不是覺得胸部大才有性吸引力，但我認為看不到更性感。不露出那女人的胸部，反而能在電影中傳達出更令人心疼的感覺。如同臉上帶笑，更能傳達藏在笑容後的傷痛。

短短三天的愛情療癒了女人的一輩子，那場相遇就是如此重要。所以我把女人走進監獄大門時對男人說的那句「兩年後的今天，我會在湖水公園等你」練習了無數次，腦中也持續想像女人會是怎樣的表情。我以笑著流淚的表情詮釋了這一幕。

男人最後沒有來到約定場所時，女人的表情會是什麼樣子呢？我沒有露出任何表情，只是一切灰飛煙滅的臉。我用無念無想的表情來詮釋。我走在落葉席捲而來的狂風中，不知該走向何處，但臉上什麼都沒有。那是一張什麼也沒有，只剩下外皮的臉。只是因為必須往前走，所以才往前走。

短短三天的那份愛，對女人來說是足以支配一生的愛。可以說我是在演《晚秋》時開始展現內心演技。透過這部電影，我得以步入演技的全新階段，延續到後來的電影《非常母親》。

不僅沒有售出外國版權，在國內也沒有拿到任何演員獎項，周遭也沒有人稱讚表現得好；實際上根本沒人看電影。比我大十七歲的姊姊看完電影後跑來對我說：「我在看電影時就只聽見火車聲，為什麼火車的場面那麼多？最後我只聽了火車聲就出來了。」

這些話是對身為主角的我說的。「我姊姊真是直言不諱啊。」我內心如此想道。既沒有懸疑或心驚膽跳的場面，又拍得很洗鍊，對熟悉國片的人來說想必很陌生。我充分理解姊姊的觀後感，於是說：「是啊，姊姊，感覺就只看到火車吧？」姊姊說：「對啊，真的是這樣。」我說：「我一點都不難過，姊姊看得很準。」

在《晚秋》中，火車不只是交通工具，更象徵兩人短暫的相遇。觀眾會得到暗示——那列火車很快就會抵達目的地，如此一來，兩人的關係也會畫下句點。那是這部電影中的火車。

在電影院觀賞電影時，我內心的惋惜也不在話下。觀賞《魂斷藍橋》等外國電影時，我會感受到揪心的悲傷、朦朧與虛無的心情，但《晚秋》在這方面有許多不足。我的臉上有許多陰影，當時可能因為燈光技術不足，無法呈現出我臉上陰影的深度，缺少了半張臉是暗的、半張臉帶著生動表情的感覺。那是在情感傳達上舉足輕重的要素，卻沒有表現出來，所以電影播畢走出電影院時，我感到有些哀傷與淒涼。

儘管在某些方面留下遺憾，《晚秋》仍是我演員生涯中相當重要的電影，也是全新的出發。它是讓我擺脫既定的、演來輕鬆的安全形象，接受全新挑戰的出發點。有次河尚吉導演說：「通常說到金惠子時，大家的印象都是像少女般的演員、母親這類的，其實她的內心有著滾滾沸騰的熱情。」

用演技變身，是演員的本能。

找資料時看到，首爾新聞的吳一萬評論家曾如此評論《晚秋》：

「落葉隨風揚起的晚秋，女主角就連頭部也用圍巾包覆住的迷人表情歷歷在目。電影以感性的影像美描寫男女錯綜複雜的心理，精采描繪出人在絕望與希望之間徬徨的空虛內心……當心上人最終沒有出現，女主角最後說的台詞乃是壓軸。『那個人一定會來，一定會來的。』想表現的是人類在絕望中試圖打撈希望的本能嗎？」

（二〇二〇年十一月十一日《首爾新聞》「路旁」專欄，《晚秋》隨想）

描繪「短暫愛情與漫長等待」的這部電影，或許想說的是晚秋過了之後不只有冬天，也會有春天等待的訊息。就像電影中民基對惠林說的：

「人生……或許這樣說過於狂妄……但人生也可能在相互依靠中，從偶然開始。」

離去了，但未曾遠去

《美乃滋》（允仁浩執導，一九九九年上映的電影，由金惠子、崔真實主演，透過日常生活中的母女矛盾來觀察女性存在的作品，由獲得文學村新人劇作家獎的鄭慧星劇作家親自執筆改編劇本）是《晚秋》後時隔十七年才又演出的第二部電影。崔真實演員因這部電影拿下百想藝術大賞電影部門人氣獎，我也在印度喀拉拉邦國際電影節獲得大獎。

《美乃滋》是以「讓世上所有母親與子女看到這部電影」為宗旨所企劃的電影。飾演媽媽角色的我先被選上，我提議女兒角色由崔真實演員來演。

電影訴說的是過於早熟的女兒與依然不懂事的母親之間的故事，反映出母女兩人早上吵架，中午和解，晚上再次成為冤家的愛憎。這部電影中的母親不是那種為了家庭犧牲奉獻，為自己無法給出更多而心痛的典型母親，反而像是對那種刻板印象舉起反對旗似的，既人性又現實的母親。因為母親在當母親之前是名女人。

媽媽會一邊看著亨弗萊．鮑嘉（Humphrey Bogart）的電影，一邊露出作夢般的表情流暢地說出台詞；因為害怕蟑螂，她會在大半夜打電話給女兒，還吵著要生活拮据的女兒買貂皮大衣給她；即便是再小的傷口，她也會痛得哇哇叫。她會手舞足蹈地唱起歌來，並以她那濃濃的慶尚道鄉音，像隻鸚鵡般嘰嘰呱呱說個不停。沒有半點大人樣子的她，不僅會問年幼的孫子：「我是死好呢，還是不要死好呢？」也會在女兒要求她幫忙照顧一下就讀幼兒園的兒子時說：「我可不敢碰妳的東西。」電影名之所以是《美乃滋》，是因為母親為了擁有一頭秀髮，不斷在頭上塗抹一堆美乃滋的緣故。

女兒亞靜（崔真實飾）有個六歲的兒子與在國外攻讀學位的丈夫。她擔任保險銷售女王自傳的寫手，與肚子中即將出生的寶寶過著平凡的日子，只是她有個不平凡的母親。父親離世後，有天母親跑來亞靜的公寓，兩人連著幾天發生了大大小小的戰爭。母親抱怨個沒完，不斷刺激亞靜，讓她再次回想起過去母親帶給她的幻滅感。

原本母親希望亞靜能去讀醫藥學系，畢業後當個藥劑師或醫生，但亞靜沒有達成她的期望，因此母親對亞靜凡事挑剔，會用「誰誰有個兒子真好」來哀嘆沒有兒子的自己是不幸的，藉以刺痛女兒的心。在女兒家，她依然故我地往頭上抹美乃滋，情緒起伏大，常惡言相向，成天與藥為伍。被截稿日期追著跑的亞靜，只覺得媽媽的存在讓人厭煩透頂。

在中風後四肢動彈不得、瀕臨死亡的丈夫身旁，媽媽只在乎自己的外表，虐待便溺在褲子上的丈夫。她在頭髮上塗了大把美乃滋當護髮油，再以冷霜按摩臉部。亞靜覺得比起父親的排泄物，美乃滋的味道更令她作嘔。因為那股濃濃的美乃滋味道，亞靜對母親的體諒轉而幻滅。女兒眼中的父親，與媽媽眼中的丈夫終究是不同的，媽媽總是用手擦拭因為淚水而模糊的客廳玻璃窗。

也不能一面倒地指責媽媽。成為媽媽之前，她原本希望能得到丈夫的愛，但從北韓來到南韓、在藥局擔任無照藥劑師的丈夫卻是個不苟言笑也不帥氣的男人，喝醉了就對妻子慣性施暴。她想要的其實不是多了不起的東西，只不過是能被當成女人呵護疼愛罷了，但在不只是丈夫，就連子女也冷落她的人生中，如今只剩擱在枕邊的幾個藥袋。

雖然來到女兒家，但亞靜說自己很忙，沒對媽媽說上一句溫暖的話。對於不能像其他媽媽一樣照顧自己、只會抱怨的媽媽，亞靜只想抹去她的存在。她們的對話在過去與現在間來回交錯，徒留給彼此深刻的傷痛。

最後媽媽再次離開亞靜，回到自己的家，在那裡孤零零地迎接死亡。亞靜偶然間在抽屜中看到媽媽送給她的圍巾，追憶起過世的媽媽。我希望世上所有女人都能看看這部電影。

崔真實演員把「身為孩子的媽，又是母親的女兒」這個不簡單的角色演得很出色。在這部電影中可以看到年輕貌美、曾是萬人迷的崔真實，也因此更教人心痛。

開拍之前，崔真實演員曾來我家一起練習劇本。在三樓我的房間，兩人隔了張小圓桌一起認真練習台詞的回憶，至今仍原封不動地留在房間裡。有些人就算離去了也未曾遠去。她托著下巴坐在書桌旁，眼珠子往上瞧，用漂亮的嘴唇不停背誦台詞的模樣至今仍歷歷在目。某位記者把我們兩人練習的事說成是我在給崔真實演員進行演技特訓，事實上並非如此，當時崔真實演員的演技已經相當純熟，我根本沒什麼可以教她的。

與崔真實初次見面是在《你的祝酒》（朴鐵導演，金元碩編劇，一九八九年ＭＢＣ播映的二十三集電視劇，由金惠子、金茂生、朴英奎、金英蘭、金東炫、金喜愛、鄭漢溶、崔真實主演，描繪平凡中產階級家庭生活的喜劇）的時候，當時崔真實是新人演員，漂亮、惹人憐愛的模樣令人印象深刻。

明明有二十三集，但說來奇怪，我對這齣電視劇沒什麼印象。除了金茂生飾演性格獨特的丈夫角色之外，我連是什麼故事都想不起來。我算是很挑作品的人，但不管我再怎麼摸索記憶，都想不起接演這齣電視劇的線索。

上了年紀，意味著記憶中的黑洞變大了嗎？雖然有此可能，但也可能是因為這齣電視劇在我人生中留下的痕跡並不深刻。有些事雖然短暫，卻會記住一輩子，隨時都能回想起，有些事卻無聊到就算再長也如船過水無痕。人也一樣，有些人只是短暫相遇，對其印象與芬芳的記憶卻能延續許久。與崔真實演員的相遇就是如此，她是我一輩子忘不了的演員。

我在這之後還與崔真實演員一起演了《你和我》（一九九七年）、《紅玫瑰與黃豆芽》（一九九九年）及《自從認識你》（二〇〇二年）等好幾齣電視劇。特別是《紅玫瑰與黃豆芽》（安畔錫導演，鄭聖珠編劇，MBC播映的五十一集電視劇，由金惠子、崔真實、田光烈、孫暢敏、車勝元、金奎吏、韓載錫主演，訴說猶如紅玫瑰般的青春在婚後轉變為黃豆芽的女性人生故事）中，我倆默契絕佳，獲得極大迴響。

《自從認識你》（朴珍導演，鄭聖珠編劇，MBC播映的四十八集電視劇，由金惠子、崔真實、柳時元、朴真熙、李瑞鎮主演，是描寫朝鮮族姑娘與影視線記者之間的愛情故事）第一次錄影時，許久不見的崔真實演員在拍攝地問我：

「老師，您是擦什麼香水？聞到香水後，我確切地感受到跟老師在一起。」

這是我倆在拍完《紅玫瑰與黃豆芽》之後初次見面，相隔了三年。儘管前一年我入選MBC「名譽殿堂」時她曾上台祝賀我，但我不是會私下跟大家碰面的類型，所以也沒能聯繫並向她道謝。

「可是啊，大家都有來看我演的《雪莉．瓦倫汀》舞台劇，只有崔真實沒來。」我一開起玩笑，崔真實演員立刻向我道歉，說自己去了日本。

都結婚生子了，看起來卻沒什麼不同，她很親暱地喊著「老師」，並率先跑來黏著我的樣子也跟三年前一模一樣。接著，崔真實說自己的體重因為懷孕上升了不少，很認真地減了重，現在反而太瘦了，所以正在吃補藥。這樣的她，在那之後不過數年就離開了人世。

崔真實演員與我以關係特別聞名，我們有許多共同演出的作品，也約定好要一起出席坎城影展。但她突如其來的死訊，約定化為烏有，而我在她離世的次年（二〇〇九年）因電影《非常母親》出席了第六十二屆坎城影展。

崔真實，二十歲時以廣告模特兒踏入演藝圈之後，二十年間集大眾人氣於一身，但因遇人不淑而苦，最後選擇輕生殞落的不幸明星。我不禁心想，她在應該大飆演技的四十歲離世，是不是因為沒有能說話的對象？要是我對她多一點愛，跟她一起聊天的話，或許就能避免那樣的悲劇發生。我為什麼是如此消極的人呢？我經常為此自責，我的心太痛太痛了。

因為是和曾經美麗的崔真實一起合作的作品，即便是記性不好的我，《美乃滋》也在心中留存了許久。

我欣賞的影評家李東辰記者在參加試映會後寫了影評。現在想起《美乃滋》，腦中仍會浮現那篇文章。我徵得李東辰記者的許可，在此收錄那篇文章。

人生經常被比喻成一齣戲，換句話說，演員是活出無數人生，是能讓夢想不滅與遍在的存在。三十年來金惠子活出各種變奏人生，也以永遠的韓國母親形象在人們心中成為明星，但在即將上映的電影《美乃滋》中卻展現出截然不同的母親樣貌。

《美乃滋》是將母女間長達數十年的愛憎描寫得趣味橫生的電影。你沒辦法討厭電影中自私、膚淺又懦弱的母親，因為那個角色是由金惠子飾演的。

「事前收到原著小說閱讀時，一方面覺得有趣，卻又感到悲傷難抑。雖然是去年十一月開拍，但早從三月開始，小說中的女人就已經住進我的腦袋，我也慢慢變成了那個女人。」

與崔真實合作的《美乃滋》，是她繼《晚秋》後睽違十七年才演出的電影，但她以猶如黑洞般吸引觀眾目光的強大吸力席捲觀眾席，讓人忍不住讚嘆連連。從喝咖啡的方法到走路風格，她所創造的生動人物撕裂銀幕，大步走進觀眾的過往人生，有著讓人聯想到自家母親的魔力。

「我也不知道我是那樣走路的，很自然就變成那樣了。現在我想忘掉那女人。」她強調，《美乃滋》的母親乍看之下「很討人厭」，事實上有許多面貌。

「她是個感情非常豐富的女人，認為愛是至高無上的。對於把美乃滋當成美容用途的媽媽來說，那是讓頭髮變漂亮的東西，但對女兒來說那是食物。產生矛盾的母女只不過是各自生活在理想與現實的不同範疇罷了。」

有別於電影，她是個幸福的人，不僅想說什麼就說什麼，而且實際上不管是身為母親或身為女兒，她都過著「毫無矛盾」的人生。

「並不會因為親身經歷過就能做得更好，所以對演員來說，想像是很重要的。」

聽到她說「遇到滿意的劇本去演戲時，感覺我成了最幸福的人」、看到她的微笑時，會不由得產生幸福真是不公平的念頭，然而她的幸福並不令人嫉妒，而是會感染觀眾、分享給觀眾的情緒，因而顯得美麗。

在電視或大銀幕上，金惠子都是不容許觀眾將目光轉移他處的獨裁者，但實際上的她卻猶如喝下青春永駐的泉水，永遠變成少女。說話時從不用生疏拘謹的語氣，看著她聽故事時眼神閃閃發亮、嘴角噙著微笑並露出整齊牙齒的模樣，就覺得時間彷彿在她身上靜止似的。

「我到現在也不懂演技是什麼，我只是喜歡演罷了。如果看的人也高興，那我就別無所求了。」

我們只能在心中瞻仰她。因為專有名詞「金惠子」培養了我們各自在心中遺忘的愛憎、悔恨、思念與愛，成了普通名詞「母親」。我要在此告白，我們全都是她的兒女。

（一九九九年二月四日，《朝鮮日報》）

要賭上一切

《彩虹》（一九七二年）、《繼母》（一九七二年）、《江南家族》（一九七四年）、《新娘日記》（一九七五年）、《女高同窗》（一九七六年）、《你》（一九七七年）、《後悔》（一九七七年）、《販賣幸福》（一九七八年）、《喜歡爸爸媽媽》（一九七九年）、《愛情枷鎖》（一九八一年）、《相愛吧》（一九八一年）、《昨日，還有明日》（一九八二年）、《沙城》（一九八八年）、《愛情是什麼》（一九九一年）、《兩個女人》（一九九二年）、《洪所長的秋天》（二〇〇四年）、《媽媽發怒了》（二〇〇八年）。

光是記得的作品就有十七部，這些我主演的電視劇都是由金秀賢劇作家執筆。我的人氣代表作大多來自金秀賢劇作家之手，可知她在我的演技生涯造成多大影響。我的演員資歷與金秀賢劇作家的履歷有許多重疊之處。

倘若金貞秀劇作家打造出「金惠子」的形象、打下「金惠子」這個角色的基礎，那麼將「金惠子」打造成電視劇主角的人就是金秀賢劇作家。金貞秀劇作家透過《田園日記》讓「國民母親」這個對我來說過譽的母親形象誕生，不可否認的是，多虧了這形象，我才能長年擔任第一製糖以「故鄉滋味」為概念的廣告代言人。但另一方面，我之所以能打破既往框架，克服千篇一律的母親形象，展現出我體內的其他人物，則要歸功於金秀賢劇作家的作品。

多虧各種角色的綻放，日後我的演技才能延伸至《住在清潭洞》、《我親愛的朋友們》、《非常母親》、《如此耀眼》與《我們的藍調時光》，滿足了我身為演員想要嘗試各種角色的渴望，所以我深深地感謝劇作家。

金秀賢劇作家是非常特別的人。身為劇作家，她魄力十足，劇本也寫得精明幹練，創造了我國電視劇編劇的歷史。所以我必須狠一點才能演，我必須揪出在體內深處、藏在潛意識裡的東西才能演。

金貞秀劇作家是把有著美麗紋理的某樣東西表現出來，金秀賢劇作家則是激發讓人厭煩的情緒，這就是她的魅力。她會盡己所能挖掘女主角的內心世界，我察覺到了。金秀賢劇作家會把表面上看似平靜無波，卻深藏其中的矛盾逐一揪出，這些矛盾我也都有。

金貞秀劇作家的作品與眾不同，她的作品中蘊含了「希望能這樣生活」的人道主義精神。即便有矛盾，也不會以激烈的爭吵收場，而是以理解與愛來包容的結局。

《田園日記》就很具代表性，它十分祥和，就算訴說苦痛，也蘊含著和平。

但金秀賢劇作家真的就是「豁出去」，不是你死就是我活。我也因為這點而喜歡金秀賢劇作家，因為我身上也有那一面，吵架時我也會說：「好啊，完蛋就完蛋！」不會適度妥協的性格雖然不會顯露在外，但內心反而頂撞得更厲害，只是想著「不能對人這樣」才忍住罷了。我的內心有著「豁出去」的性格，金秀賢劇作家的作品中就有那種東西，有那種「就算會完蛋也試試看吧」的東西。相反的，金貞秀劇作家的作品會在中間和解、給予撫慰，因為若不這樣，關係會完全斷裂。

所以金秀賢劇作家的作品多次在社會上造成爭議，不僅曾違反播放審查規定，有些部分還遭到刪除，因為其中有「這樣做就會撕裂關係」的越線行為。因為無法容忍，就說：「好啊，想做就試試看啊。」換成金貞秀劇作家就絕對不會走到「想怎麼做就怎麼做」這一步。

《彩虹》（鄭文秀導演，金秀賢編劇，一九七二年MBC播映的十五集週四連續劇，由金惠子、張民虎、宋在浩、尹汝貞、金容琳主演。原本關係和睦的家庭，因為有一天丈夫短暫外遇的女子打來電話，家裡頓時烏雲密佈）是金秀賢劇作家的電視劇出道作品。劇作家從出道作開始就跟我合作。從第一部作品開始，丈夫（張民虎飾）的不倫對象出現，將身為妻子（金惠子飾）的我的心理逼到極限。

金秀賢劇作家描繪家庭成員之間的矛盾與悲歡的能力非常出色，充分展現此優點的作品之一就是《新娘日記》（李孝英導演，金秀賢編劇，從一九七五年到一九七六年MBC播映的兩百五十集日日劇，由金惠子、崔佛岩、金慈玉、鄭永淑、金容琳、金容建主演，不加修飾地描繪出大家庭之悲歡的故事）。我因為這部作品獲得大韓民國放送大賞總統獎、大韓民國放送大賞電視部門女子演技獎、百想藝術大賞最佳女主角。演員沒辦法只靠個人的精湛演技得獎，先作品要好，台詞也要生動才行。

盧熙京劇作家執筆的《我們的藍調時光》是採取每一集由不同演員輪流擔任主角的「omnibus」（幾篇各自獨立的短篇故事構成一部作品的電影或戲劇）形式，而韓國電視劇中最初嘗試此形式的作品為《女高同窗》（李孝英導演，金秀賢編劇，一九七六年MBC播映的一百七十四集日日劇，由金惠子、南貞妊、尹汝貞、羅文姬、金允景主演，以高中時期原本是死黨的五位女高同學，在畢業出社會後經歷的各種事件構成的omnibus電視劇），是當一個故事結束後，另一人的故事展開，其他四人擔任配角的方式，依序描繪五名同班同學的故事。金秀賢劇作家懷著對女高時期的懷念寫下這部作品，記得當時是由名聲響亮的楊姬銀歌手演唱主題曲。

從日本回來的南貞妊演員在劇中飾演家庭貧困、好不容易才完成高中學業，後來因為曾短暫在啤酒屋當過女服務員，而過著痛苦的婆家生活的女性。從美國歸國的尹汝貞演員是有錢人家的獨生女，仰賴娘家生活。羅文姬演員則飾演有著「冒失鬼」綽號，個性有趣樂觀的角色。金允景演員以安靜又充滿熱情的個性飾演新聞記者的妻子角色。我則是飾演侍奉公婆的孤單寡婦。

隔年播映的《你》（李孝英導演，金秀賢編劇，一九七七年至一九七八年播映的三百四十集MBC日日劇，由金惠子、崔佛岩、鄭惠善、林玄植、金守美、李正吉、李孝春、金慈玉、李桂仁、金甫娟主演，描繪一群純樸之人的家庭狀況與讓人潸然淚下的痛苦過程）同樣是金秀賢劇作家的另一部野心之作。我因為這部作品獲得百想藝術大賞電視部門最佳女主角、MBC演技大賞電視部門的女主角獎。由此可見我的各式演技是如何透過金秀賢劇作家的作品發揮並逐一綻放。

同年播映的《後悔》（柳興烈導演，金秀賢編劇，一九七七年MBC播映的四十五集週末連續劇，由金惠子、朴根瀅、金容琳、金姈愛主演，講述一名三十幾歲女性嫁給前往美國做研究的知名科學家，而後經歷的孤獨與婆媳間的矛盾）則是因為辛辣台詞與女主角的脫軌行為而違反韓國放送倫理委員會的規定。儘管有些會刺激末梢神經的台詞遭到刪除，但收視率非常高。

上流社會家庭的長媳韓智媛（金惠子飾）是朋友之間最幸福的女人，但事實上十三年的婚姻生活中幾乎有一半跟丈夫分隔兩地。前往美國進行研究的丈夫（朴根瀅飾）已經三年沒回國，因此智媛十分孤獨。這時因為忌妒朋友、想要奪取她妻子地位的吳世靜（金允景飾）接近她，算計讓她掉入陷阱，挖掘複雜人類心理的故事也於焉展開。

一年後，我又以《販賣幸福》（朴鐵導演，金秀賢編劇，一九七八年至一九七九年MBC播映的一百七十三集日日劇，由金惠子、崔佛岩、朴根瀅、鄭惠善、吳智明、金英玉主演，描寫職業五花八門的六代人同租在一個屋簷下所發生的故事）獲得百想藝術大賞電視部門大賞及電視部門女子演技獎，這都要歸功於金秀賢劇作家出色的劇本。有件事不能忘記，就是創作這部作品時，金秀賢劇作家才三十五歲左右，但她創作劇本時，卻像是早已把人生活過一遭、看遍人間冷暖似的。天才劇作家的想像力是否會超越一般人的經驗與時間？她的才能是與生俱來的，讓人只能驚嘆再三。

接著，我認為自己的演技達到巔峰的作品降臨我的人生，那就是《沙城》（郭泳範導演，金秀賢原著小說，金秀賢編劇，一九八八年MBC播映的八集迷你劇，由金惠子、朴根瀅、金清、尹汝貞、姜富子、金英玉主演，該劇講述四十歲後段班的富裕律師，因愛上三十多歲的未婚女性，與妻子關係崩解的三角關係）。它描繪育有一男一女、不亞於他人的家庭，卻因不倫戀而如同沙城般崩毀的過程。內容與台詞都打破常規，甚至曾提交放送通信審議委員會。《韓民族新聞》就曾指責電視劇會破壞健康的夫妻關係。

我所飾演的角色，是因為在社會上擁有愛家完美好男人形象的律師丈夫金鎮炫（朴根瀅飾）外遇，而感到憤怒與挫折的妻子賢珠。確認丈夫與年輕貌美的女人出軌的事實後，賢珠實在無法原諒丈夫。為自己年華老去、滿布皺紋的模樣感到惆悵的她，看著鏡子刷牙刷到一半，跑到丈夫面前說了一大串台詞：

是啊，我把一切都給了你。我變老了，你呢？你在外頭能拿到豐厚的報酬、有受人肯定的實力、能專心投入工作，回家之後有健康的子女、像手足一樣伺候你的妻子，你還嫌不夠，連情婦都有了。你說我有什麼？我擁有的是什麼？

你說結婚後就只要當你的女人，說你討厭其他男人看我。把我的觸角與翅膀都截斷、關閉，讓我當了二十年沒收嫖妓錢的陪睡對象、不支月薪的保姆和奶媽，每件事都算得那麼精，把人壓榨得一滴不剩，事到如今想怎樣？

我現在是該抓著什麼過日子？金鎮炫你說說看，我是打從我們初次見面就這樣又老又落魄的嗎？我也有過二十歲，有過三十歲。你以為你還是二十歲嗎？我要是老了，你也老了，難道只有我老了嗎？我現在應該抓著什麼過日子？我這麼勤奮地過日子，連上天也無法否定我。我實在無法原諒，就算是下輩子，我也一定會向你討債！我要是遇見了好對象，也會背著你偷情！

這些台詞道出心中的殷切，像在演獨角戲。一個不小心就可能會變成狗血劇，因此我在說這些台詞時使出渾身解數。雖然台詞很長，但一點也不難，因為說的完全是我的心聲。我把情緒放在「要是我碰上這種事就會變成這樣」，於是演技自然流露，我的心境就像真的碰上了那件事，並不是只靠意志來演。

儘管引起各種爭議，但《沙城》仍享有最高人氣。沒有人能像金秀賢劇作家一樣把台詞表現得如此辛辣又直搗內心，就像用錐子去刺似的。也有人覺得反感，因為實在太一針見血。但要在不變成狗血劇的界線內寫出那種台詞，不是任何人都能寫得出來的。要有縝密的心理描寫作為後盾，才能昇華為作品，也才能讓全國觀眾坐在電視機前面。因為台詞深入人心，不拖泥帶水，劇情節奏快，甚至衍生出「一到金秀賢劇作家的電視劇播出的晚間，街上就看不到人」的說法。據說八八年奧運期間，電視台因為接到太多抗議電話而沒有暫停播出。

無法原諒丈夫的賢珠最終離了婚，走自己的路。男人則被妻子拋棄，子女們也對他不理不睬。金秀賢劇作家就這樣堅持到底，沒有絲毫妥協，徹底走上另一條路。最後一幕，女人穿著皮革緊身短裙，腳踩皮靴，冷靜地開車離去。她在駕駛途中看了一眼後視鏡，車子後方有落葉飄揚。這就是結局，讓我印象深刻。

《沙城》之所以能聲名大噪並非出自偶然。劇名取得十分貼切，電視劇內容本身即是一座沙城，費心堆起來的城堡一瞬間就整個倒塌，這是只有金秀賢劇作家才能寫出的作品。

尹汝貞演員曾在某次訪談中表示，她認為的最佳名台詞是我在《沙城》中說的：「任何人都不能隨便對待他人，沒有人有那種權利，那是一種罪！」

得力於電視劇的人氣，在觀眾間掀起了一股熱潮，我因為這部作品獲得百想藝術大賞電視部門大賞與最佳女主角獎，也是自演員公開徵選出道後，第一次在年末獲得MBC演技大賞的大賞。

傳聞說金秀賢劇作家經常插手演員的演技，這是空穴來風；是因為台詞即便是少一個字，劇作家也會提醒，所以才會被傳成這樣。但在金秀賢劇作家的台詞中，哪怕只是少掉一個詞、一個字，都是不明智的；就是因為放入那個助詞，才使得原本單調無趣的台詞有了生命。遇到沒辦法精準講出台詞的演員時很無奈，自然會減少在作品中碰面的機會而已。

金秀賢劇作家之所以認為中年女性或家庭主婦非得由我來演，是因為我真的是連助詞都不會放過的個性。我不是刻意不改，而是如果少了一個詞、一個助詞，就無法跟下一句台詞銜接，也會破壞節奏感，所以沒辦法改。並不是基於義務感，而是唯有放入那個助詞，台詞的意義才會活過來，所以才保持不動。我不是因為不被允許才沒拿掉，但人們就是喜歡說閒話，才會流傳那種傳聞。

金貞秀劇作家的作品，無論如何都必須心地美才行。金貞秀劇作家本身就是質地很美的人，所以始終寫出質地優美的作品。相反的，金秀賢劇作家會執意到底，走向極端；就算死，該說的話還是要說。她把劇本當成自己一樣在寫。劇作家們似乎寫的都是自己，我是這樣想的。演戲也一樣，演員雖然看似演各式各樣的角色，但都會在無形中表現出自己。所以我認為即便劇本相同，角色性格仍會隨演員而不同，這是無可避免的事。

也有令人喘不過氣的時候。雖然我性格上也有強勢的一面，但金秀賢劇作家的作品有時會不肯善罷干休。我曾因為張力太大，而有過「再這樣下去，我可能會氣力盡失，乾脆死了還比較好」的念頭。但那就是金秀賢劇作家的魅力。

想要演金秀賢劇作家的作品，演員必須夠聰明。與丈夫對話時要全神貫注地抓他的語病，不善罷干休地頂撞他：「你現在不是那樣說了嗎？」雖然那些台詞太讓人無言以對，但那對觀眾，特別是壓抑的家庭主婦帶來了情感淨化作用。用舉棋不定的姿態是完全演不出來的，必須要夠狠才行，必須發揮出「雖然看你不順眼，但日子得過下去，所以別無他法」的狠勁。

金貞秀劇作家與金秀賢劇作家的作品相當不同，沒辦法說哪一種比較好，因為人生既需要這樣的東西，也需要那樣的東西。我認為兩位劇作家成為某種創作上的競爭對手時是我國電視劇最為蓬勃的時候。能夠同時演出兩人的作品，是我身為演員難以言喻的幸運。無論是讓我擁有最平和的心情，還是能夠尖銳地對抗人生的作品，兩者都令我成長。我在同時演出兩位劇作家的作品時嚐到了幸福與不幸，想死也想活，體驗到存在於世上的兩種極端情緒。觀眾觀賞的都是十分出色的電視劇，兩位劇作家的每部作品都令人拍案叫絕。

金秀賢劇作家的表演説明，讓人看了會覺得「怎麼能寫得這麼簡潔俐落，一看就懂呢？」看到說明後，我會產生「沒錯就應該這樣演」的想法，只會扼腕自己沒辦法好好表現出來。金秀賢劇作家從來不馬虎、不含糊，非黑即白，是非分明，愛就要愛得死去活來，所以非常精采。

她死也不寫當日劇本，錄影結束後，接下來要演的五集劇本已經在等著我。這令人疲憊，甚至在看到劇本的瞬間，即使作為演員，疲乏感也會湧上來。明明才把全身的汗水都排光，精疲力竭地走出來，又看到接下來五集內容疊放在桌上等著自己，不禁覺得沉重又窒息。但這些文字都在她的身體裡，實在無法不說她是個天才。隨著歲月流逝，愈發感受到她是任何人都無法匹敵、獨占鰲頭的劇作家。

在《媽媽發怒了》（鄭乙永導演，金秀賢劇本，二〇〇八年KBS2播映的六十六集週末連續劇，由金惠子、李順載、白一燮、姜富子、申恩慶、金正鉉、金娜雲、李幼梨、張美姬、林採茂、全洋子主演，寫實地描繪出當媽媽拒絕媽媽的職責時，家人會有何反應的作品）中，我所飾演的媽媽金韓子宣告「我當了三十年家庭主婦，從沒休息過，我要擁有個人時間」，同時宣告要搬出去住一年。

這是我在MBC電視劇《宮》（二〇〇六年）飾演皇太后角色後睽違兩年的作品，

因為隔了一段時間才演出電視劇，我既興奮又緊張，感覺就像經歷了過長的空白期，所以我在各方面都花了心思。劇本老早就收到了，演不好難辭其咎，我在開拍之前就煞費苦心，努力要活得像金韓子。我減了不少重，看起來比先前更瘦，之後也沒有復胖，但身體變輕盈了，感覺很好。

金韓子是個六十出頭的家庭主婦。她出身窮苦人家，好不容易從女子高商畢業，後來在一間小型出版社擔任會計，直到遇見丈夫（白一燮飾）後結了婚。生活已經夠艱難了，她還得照顧小叔。天真爛漫，無論別人說什麼都毫不懷疑並無條件相信的她，在某一刻突然為過往歲月感到委屈起來。從學生時代開始，她的願望就是過著成天捧書閱讀的生活，只要有空就會坐在廁所裡看書。

沒有哪個孩子是順自己的心意，如自己所願的。我對大女兒（申恩慶飾）說：「妳老是這樣，最後就會有人給妳介紹有孩子的鰥夫。」沒想到一語成讖。最令人操心的是兒子（金正鉉飾），他中學就離家出走，愈大愈令人操心。他當完兵退伍後，我原本想著「現在只要讓他好好成家就行了」，沒想到他卻帶來懷了孕的女友（金娜雲飾），要求我替他們照顧孩子。已經忙著做家事，連一行字都沒辦法安心閱讀的媽媽，兒子卻又把孩子託付給她。

原本劇情設定金韓子與丈夫離婚，我對金秀賢劇作家說：「這樣好像有點過分。」丈夫善良又溫順，總覺得他很可憐，所以我說能不能看在丈夫的份上，兩人還是能一起生活？明明沒有任何問題，媽媽怎麼能丟下子女、丈夫和公公不管而離家出走，甚至要鬧到離婚呢？結果金秀賢劇作家果斷地說：

「我就是想要描寫沒有任何問題，但想要到外頭的女人。我想描寫沒有任何問題的女人的脫軌。」

劇作家想要描寫丟下善良丈夫離開家裡的妻子。丟下單純的丈夫離家才會讓人耳目一新，丟下外遇的壞丈夫離家的妻子太符合常理了。

如果是我就不會說要搬出去住一年，而是會和家人繼續生活，因此劇作家和我談了許久，我不肯屈服。最後劇作家說：

「這個女人不是金惠子，而是金韓子，現在金老師您演的是金韓子，所以只要演出金韓子就行了。」

我無話可說。是我說了愚昧的話。金秀賢劇作家有著想要果敢地打破社會習常、別開蹊徑的一面。天才就是這樣領先時代。

儘管每集收視率獲得超過百分之四十的高人氣，但我在《媽媽發怒了》的演技沒能滿足劇作家卻是事實。這都要怪我木訥、優柔寡斷的性格，在需要發火的一幕沒能拿出狠勁。與執意走入不看好的婚姻的大女兒吵架時，因為我天生就是個不懂得吵架的人，演起來綁手綁腳。儘管我已經盡可能冷酷無情了，還是沒能達到劇作家的要求。

女兒的房間位於二樓，原本好端端的，媽媽突然怒火中燒，跑上樓跟女兒大吵一架，說：「我是抱著什麼樣的夢想把妳養大的……」我覺得吵這麼兇實在令人太有壓力了，所以嘴上說著台詞，眼淚也跟著掉了下來。在劇本中，媽媽和女兒吵得你死我活，不是發洩情緒，而是真的把對方當成仇家在吵，可是大概是因為我和我女兒從來沒吵成那樣過，要那樣吵架讓我備感壓力。我拚了命咬牙去演，還是沒達到劇作家的要求。劇作家肯定是不滿意的，因為我內心排斥，即便怎麼投入在那人物上，要演出我缺乏的東西終究不容易。

金秀賢劇作家喜歡聰明乾脆的人，雖然她沒當著我的面說，但可以想見我在《媽媽發怒了》中的演技並未滿足她。劇作家想要的角色是能為家庭粉身碎骨、犧牲奉獻，但有想說的話時不會瞻前顧後，會直截了當說出口的女人，我沒有展現出魄力，反而演得有點像我自己。

但我不是為家人犧牲的人，這方面倒很符合那個角色。因為我不聰明也不夠果決，所以才反過來喜歡金秀賢劇作家的聰明果決。她總是明快犀利、是非分明，所以會給人壓力，但因為我缺乏這種特質，所以又喜歡她這一點。她從不迴避問題，會去碰撞、流血，走到情感的最底層；她會刺破肺腑，乃至於乾脆一舉刨去。

《沙城》中，女人得知丈夫發生不倫戀後，對丈夫說出「讓我進精神病院」。我很喜歡如此率直地表現自己。內心該有多痛苦，才會撕心裂肺地說出：「把我丟進精神病院吧，你為什麼要讓我這麼孤單？」台詞沒有半點累贅，直捅要害。說那句台詞時，我的胸口彷彿撕裂似的，實在太痛苦了。要如何再更上一層地表現出那女人的絕望、她的那份煎熬？每分每秒，怎麼有辦法寫成這樣，把女人的心理描寫得這麼生動？我如此想著，以至於有時，雖然只是開玩笑，我甚至想打她一下。曾有許多瞬間，我愛上這位劇作家，我為自己能與擁有這種感性的劇作家合作而心懷感謝，這是其他劇作家沒有的才能。

閱讀金秀賢劇作家的劇本時，馬上就能知道她想要什麼。說來大家可能會很吃驚，我們合作過那麼多部作品，私底下單獨吃飯卻僅有一次，平常也幾乎不通電話。就算沒有經常見面，似乎仍有條看不見的線聯繫著彼此，有心靈相通之處。

金秀賢劇作家創作出讓演員能好好發揮演技的完美劇本，是足以譽為韓國莎士比亞的劇作家。因為劇本寫得太好了，就算演員演得不好也能掩飾過去；就算只照劇本上寫的去演，也會被人稱讚演技出色。甚至有這樣的傳聞：想要成為大牌演員，只要演金秀賢劇作家的電視劇就行了。託劇作家的福，我以《媽媽發怒了》得到KBS演技大賞與百想藝術大賞電視部門大賞。站在麥克風前說前時，我說：

「我要向決定把獎項給我的人致謝，特別想要向寫出好作品的金秀賢劇作家表達感激。我突然想起金壽煥樞機[5]，他從來沒有虧欠誰，反而留下了光芒。我也會熾烈地活著，成為不虧欠任何人，在世界上發光發熱的演員。」

代表作指的不是在身為演員的我心中，而是留存在大眾心中的作品。有部深刻留存在我心中的作品，是《愛情的束縛》第一集〈徬徨的盡頭〉，是金秀賢劇作家寫了長達兩小時、猶如電影般的獨幕劇[6]。這齣電視劇可說是迷你劇的元祖，描述一名女人與身為外交官的丈夫（崔佛岩飾）感情不睦，於是和初戀（朴根瀅飾）往來的故事。我飾演的女主角非常喜歡朴根瀅，可是只要跟他在一起就會感到撕心裂肺。雖然很喜歡跟那人在一起，卻會令自己受傷，因此兩人談了場猶如戰爭般轟轟烈烈的戀愛，最後女人累了。就是有那樣的人，把我推上戰場的人，雖然很喜歡那個人，可是太讓人心累了。儘管我經常在書中讀到這樣的情節，實際上沒談過那種戀愛，演電視劇時卻像親身經歷般感到心力耗盡。劇中的女人在經歷那種愛情後死了，是個令人心痛的角色。

演金秀賢劇作家的作品要比其他劇作家的作品更吃力，因為必須連內心都拉扯出來，有時就像腸子也被翻攪過似的。另一方面，展現那樣的演技太大快人心了。我演得非常用心，因為其他劇作家沒辦法寫到那樣，就算他們想寫也寫不出來。金秀賢劇作家是十分獨特的劇作家，這人會因為覺得《田園日記》這類作品太無聊而無法寫。但金貞秀劇作家會寫出既無聊又能感受到人性的作品，故事中存有和平。輪流演兩位劇作家的作品時，身為演員的我是最為幸福的，而且當年正值三、四十歲，是了解自己人生的時候。

《愛情是什麼》（朴鐵導演，金秀賢編劇，一九九一至一九九二年MBC播映的五十五集

---

5 譯註：韓國羅馬天主教首位樞機，也是當時羅馬天主教會內最年輕的樞機，被譽為韓國人權及民主的守護者。

6 譯註：全劇在一幕內完成，時間、空間便受到嚴格控制，因此情節結構比較精簡緊湊。

週末電視劇，由金惠子、李順載、崔民秀、夏希羅、金世潤、尹汝貞、呂運計、姜富子、史美子、辛愛羅、林彩媛主演，描寫講述兩個原本是女高同學的女人在兒女結婚後，父權制的婆家價值觀發生變化的過程。金惠子憑藉這齣最高收視率達到六十四．九％的電視劇拿下ＭＢＣ演技大賞）是一齣趣味橫生的電視劇。丈夫兼大發父親的角色是由李順載演員飾演，奇怪的丈夫角色幾乎全是由他演的，大概是因為李順載演員天生聰慧吧。熱水和冷水都替他備齊了，結果他卻趴著放屁，絲毫不當一回事。後來倒轉回去看還是覺得很有意思。我能演到這麼有趣的作品，只能說感激不盡。電視劇獲得爆發性的人氣，我一邊怨嘆身世一邊聽著廣播，偶爾跟著哼唱歌手金國煥的〈Tatata〉大受歡迎，讓他擺脫了長期的無名生涯。這齣電視劇也出口到中國，聽說有一億五千萬人收看，可說是韓流電視劇的鼻祖。

這齣電視劇會受歡迎，是因為金秀賢劇作家特有的風格，一語就擊中要害。在這部作品中，我飾演的是傻子般的角色。我身上有那一面，時而現實，時而傻呼呼的。我在演自己身上有的特質時確實能演得更傳神，這是我在演戲時始終能感受到的，我身上完全缺乏的東西就演不好。換句話說，就是抱持不良意圖欺騙某人之類的演技就演不出來。像傻子般鬧點惡作劇倒是無妨，但抱著壞得入骨的心情去傷害某人的演技是我不擅長的。演我身上擁有的特質時，就像從木棉花果莢中取出棉絮般不費吹灰之力，但要演我身上沒有的東西，就像要把活生生的海螺肉拉出來般，讓我全身冒汗，怎樣也演不好。當然，有些演員不管是反派人物或恐怖的角色，都能依照被交付的角色設定發揮精湛的演技，只是我做不到。

《愛情是什麼》中，有一幕是大發的媽媽嘻皮笑臉地嘲諷昔日同窗（尹汝貞飾）的場面。我說這說那，為了讓那女人不高興、氣得牙癢癢，但我邊演邊冷汗直流，所以我想：「看來嘻皮笑臉不適合我啊，看來我身上沒有那種特質啊。」如果是要放大我身上的特質倒是沒問題，但要詮釋完全欠缺的東西並不容易。

大發媽媽說的台詞確實很有意思，但為了讓朋友吃到苦頭，而要說出內心彆扭不已的話卻不如想像中順利。有些傻氣的角色，雖然看起來像傻子、但絲毫沒有惡意的角色最適合我。心存邪惡或惡意的台詞、太令我感到羞恥的角色，老實說演起來很困難。從某些角度來說，我是沒辦法展現佯裝演技的女人，不過我還是把大發媽媽這個角色演得很有意思。飾演大發角色的崔民秀演員表現得非常出色。崔民秀演員也是很優秀的男人，他給人一種臉蛋帥氣，但又散發出無法說明、不全然是單純的氣場。我曾心想，如果他在好萊塢發展的話，演員生涯肯定會大放異彩。

正因為身上有傻子般的一面，我才能把《愛情是什麼》演好。儘管我也有如同《沙城》主角的一面，但假如只有那一面，我會疲乏致死，所以神也給了我傻子般的一面，讓我也擅長演傻子。金貞秀劇作家把我摸得很透徹，就像看穿了我。金貞秀劇作家只認為我是純淨善良、無限美好的女人，我也只在她面前展現這一面。換句話說，我在某些方面可說像隻八色鳥，但是少了能讓我發揮八色鳥演技的外貌。要是賜予我出眾外貌，我大概也能演位高權重的女人之類的角色，像是毀掉國家的女人、擁有超能力或像超人一樣替人解決難題的角色。

我不接自己演不好的角色。《愛情是什麼》選角時，剛開始導演要尹汝貞演員演大發媽媽的角色，要我演同學的角色，我說：

「我不喜歡演那個角色，我能把大發媽媽演好。」

導演問我理由是什麼，我說：

「那個角色有婆婆、丈夫的阿姨等各種關係，要應付的人太多了，這樣我會因為力氣耗盡而演不下去。我可以把應付丈夫的角色演好，但要應付那個婆婆會消耗太多能量，光是想到那個角色我就沒力了。」

導演說：「那個角色就是金惠子經常演的端莊角色，感覺應該很適合。」我說：

「我討厭端莊。」

所以後來就由我演大發的媽媽，端莊的角色由尹汝貞演員飾演。尹汝貞演員是很出色的演員，把那個角色演得十分傳神。我由衷感謝神，讓我有機會演這樣的角色又演那樣的角色。

就情感面來說，金貞秀劇作家的作品更單純、更窩心，所以我更喜歡金貞秀劇作家，身為演員自然也偏好她的作品。金貞秀劇作家當然也有她極端的一面，但她努力不表現出來，而用更令人心疼的手法來呈現。金秀賢劇作家表現得很刻薄、把人抓得滿身是傷，讓人不寒而慄，但同時又惹人憐愛。兩個女人旗鼓相當。多虧了她們兩人，我真的很幸福。想想，身為演員的我是個幸福得難以言喻的女人。

對我來說，演戲不是職業，是人生，是我的一切。演員不能因為「演到這樣就行了」或「這程度就算成功了」就止步不前，而是必須在那個點上重新開始。因為，這就是人生。我必須賭上一切，必須抱持著那樣的心情。

原諒

我沒有需要原諒的人，沒有人錯到必須被我原諒。我的身邊只有對我友善的人。儘管世人總說「要原諒他人」，教會也說「你要一邊原諒一邊生活」，但我沒有需要原諒的人，沒有誰犯下滔天大錯到需要我原諒，反而是我需要被原諒。畢竟我是個有太多不足之處又自我中心的人，加上以演員之姿活久了。我確實是個有許多罪過的人。

最重要的是我做了許多對不起丈夫的事。我從來沒想過丈夫會比我早死，應該一次也沒有過那種想法。我是個只想到自己的女人。每天丈夫都會說我很美，於是我誤以為真是如此。我怎麼會沒想過丈夫會比我早死呢？這就是人生嗎？

我想過無數次自己的死，卻完全沒想過丈夫的死，我就是如此自私。我只想著，假如我死了，丈夫會替我做什麼；我也想，我做錯過許多事，死後說不定上不了天國，但丈夫肯定會在天國的。最近我經常祈禱，讓我至少能在死後去到天國的門前，我非得去找丈夫，跟他說一聲對不起才行，為我在他生前太對不起他，為我讓他太過辛苦而道歉，告訴他我直到他死了才明白這些。我一定要去傳達我內心的愧疚，我向神祈禱，讓我能做到這件事。

丈夫在離世時說：

「我不在了，妳會很辛苦，那該怎麼辦呢？」

沒有對自己生命的惋惜、對世界的執念或對神的埋怨，他只擔心不懂事的我。我在他眼裡究竟是什麼樣子呢？是覺得我有多幼稚，才會在離世時只擔心我呢？

丈夫說來到我們家，第一次見到我時，有個個子嬌小的女人在庭院裡作畫，那就是我。想必在他眼中，我身上確實有美麗之處，也有惹人憐愛之處，才會把不懂事的妻子當成妹妹、當成女兒般擁抱。無論我如何安慰自己，都覺得自己沒為丈夫做過半件好事。

丈夫是個如鐘錶般的人，到了七點他就會「叮咚」按下門鈴，每天都在同一個時間下班。如果我正好在那時間專心練習台詞或觀賞好電影，就會覺得那門鈴聲惱人極了。我會壞心眼地想：「那人是連朋友都沒有嗎，要是能在外頭吃個飯再回來有多好。」然後神經質地對丈夫發起脾氣。丈夫則說在家吃的飯是世上最香的。

坐在享用晚餐的丈夫面前，我會在心中惋惜著電影只看了一半。畢竟我對剛下班回來的人發了脾氣，因此我常帶著些許愧疚的心情笑著說：「你先吃飯，我去把那個看完再來。」然後離開座位。

每當我做錯了什麼或不斷發牢騷，丈夫只會說「妳這人也真是的」並微微一笑，也不會大笑。或許是他太過善良，才會任由我胡來。此外，因為我是演員，無法像一般家庭主婦那樣；我沒辦法和顏悅色地坐在丈夫面前，這輩子也從來沒有一邊把菜餚端上桌一邊說：「你吃吃看，這是我做的。」我沒有替他做過什麼，都是家事阿姨做的。一般妻子每天會對丈夫說的話，我從沒說過。

有時我會因為太愧疚而跟丈夫說，你就去跟年輕貌美的女人談戀愛吧。這時丈夫只會笑著說：「妳這人也真是的。」

偶爾丈夫打電話問我想吃什麼，我大致都會說「沒有」，但有一次，我說：「我想吃血腸。」當時前往北倉洞（因位於朝鮮時代負責管理各地收來作為貢品的米、布及錢財的宣惠廳北側倉庫而得名，位於首爾中區的鄰里）的路上有不少廚藝甚佳的血腸小吃店，丈夫就一路跑到那裡替我買了血腸回來。但我卻覺得那邊的血腸不好吃，坦白說，就是太高級了。

我對丈夫發牢騷：

「我說的不是這種血腸，在市場上大嬸們放在攤販上切的那種才好吃。」

丈夫說了句「妳這人也真是的」，就又在夜晚出門去了，去市場重新買了回來。我這話說得稀鬆平常，但丈夫什麼都為我想。我這人有多壞呀！

憶及那些情景，我不由得感到心痛，後悔莫及。電影之後再看就行了，為什麼我只想到自己？那點血腸，我有什麼好發牢騷的？我那樣待他，他卻到臨死前都只擔心我。他是來到我身邊的天使，是就算我說自己有了心儀對象也會理解我的人，說不定就是這樣他才走得那麼早。

他罹患胰臟癌，病入膏肓，只能躺在延世大世福蘭斯醫院時，我每天都在病床旁的陪伴床守著他。主治醫師看到我日漸憔悴的臉，說：「感覺金惠子老師您會早一步走。」並要我照照鏡子。我一照鏡子，果真看到嘴唇發黑的我站在那裡。醫生要我回家去，說在身旁守護病人，他也不會活得更久。但我不肯聽醫生的話，沒能把我的一切給他太令我痛苦了，我為了減少一丁點罪惡感而繼續守在他身旁。過去我太以自己為主、太讓人失望了，丈夫卻毫無怨言地全盤接受。他是個過分善良的人，但這到了生命的盡頭又有什麼用呢？最後站在床邊的家人有我、兒子、女兒還有其他人，他與我們逐一對視，然後靜靜地闔上眼。

要是知道他會比我早走，我就不會那樣做了。我會更加溫柔，至少會多花一點心思。我會多展現出獨立自強的一面，讓他少擔點心，離開時不必擔憂我。但我怎麼會一次也沒想過那人會在我面前死去呢？我有多傻呀！我不知道他會讓我有機會感受到「啊，如今這人真的不在世上了」。我總以為自己會先死，所以當丈夫離開時，我久久無法從打擊中走出來，總是想著：「啊，原來這種事會發生啊。」

來弔唁丈夫的人之中有個人穿著五指襪。雖然哀痛不已，但又覺得那腳趾的形狀太好笑了，所以就邊哭邊遮著臉笑，人生真是一連串的荒謬啊。

把丈夫埋進土裡時我哭個不停，我討厭在丈夫瞑目的地方撒上泥土，討厭把丈夫的遺體擺得直挺挺，讓他覺得渾身不舒服，也不想人們為了打造墳塚而站上去扔土踩踏。我哭著說我丈夫會疼的，要大家別踩，拜託他們放著別管。至今想起，我仍忍不住老淚縱橫。

丈夫離去後我變得有些反常。就算只是見了與丈夫有關的人也會突然掉淚，明明沒跟那人聊丈夫的事也會。

那人跟我丈夫是相識的。

那人也跟我丈夫說過話吧？

只要產生這種念頭，淚水就會冷不防地流下。

丈夫離世後，偶爾有人會對我產生「怎麼那麼不懂人情世故啊？」的誤解，每一次兒子林賢錫都會溫暖地袒護我。當我為那些事受傷時，兒子會從後頭走來，靜靜地抱著我說：

「只有爸爸和我知道媽媽是多麼純真的人……現在爸爸到另一個世界去了，我媽媽該怎麼辦呢……」

真是這樣啊。

我認為在某些領域上深獲肯定的人，背後都有為他犧牲的人。我認為這是必然的，這世界上沒有好山好水又有好亭子的地方。我能夠對丈夫很好，是孩子們的好媽媽，演技又出類拔萃嗎？那是不可能的。我是個除了當演員之外，在各方面都不足的女人。

我對兒子林賢錫也淨做些需要被原諒的事。雖然是我生下的兒子，但我並沒有把他當成第一順位，我正在做的事始終是第一位。當我呆坐思考劇本時，兒子會說：「媽媽的周圍好像有堵牆。」他不敢靠近，無法像其他孩子一樣抓著媽媽的衣服哭鬧耍賴。我只要拿起劇本，就會走進我的房間不出來，可見兒子成長時該有多寂寞呢？我不曾問過兒子在成長過程中有過什麼樣的苦惱、遇見了誰，又懷抱什麼樣的夢想；兒子也不會對我說這些。他認為我雖然是媽媽，但不是他說這些話的對象，為此我感到無比愧疚。

到了上小學的年紀時，如果要讓兒子就讀他想要的學校，就必須去抽籤。我連那日期也忘了，聽到兒子說「媽媽，尚真說他跟媽媽去學校抽籤了」時，我仍左耳進右耳出，隨口敷衍說：「哦，那以後再去也行。」我就是對世事如此漠不關心，毫無責任感可言，當時小小年紀的兒子應該是基於不安才那樣說的啊。

有一天，已經結婚的女兒林高恩說身體不舒服，所以我去看她。我一邊問渾身無力地躺在床上的女兒「哪裡不舒服？」，一邊用手替她揉肚子，結果女兒靜默了一會，說：

「媽，妳別這樣，媽媽這樣反而讓我渾身彆扭極了。」

我馬上就聽懂了她的言下之意。那一刻我恨不得挖個地洞鑽進去。我過去是多不肯替女兒揉肚子，才會讓女兒說出這番話來？聽完之後我感到好哀傷，心也好痛。

當我一個人靜靜地不動時，我並不是在發呆，我的腦中充滿了劇本中的女人，每天都是如此。所以當年幼的女兒喊肚子疼時，我會說「孩子，過來這邊。」並抱著她，但我沒有像思考劇本中的角色般全心全意地對待她。儘管如此，長大成人的女兒原諒了我，令我既感激又抱歉。我要做個難以啟齒的告白：我雖然生下了這兩個孩子，但我忙著思考自己飾演的角色，沒有對孩子全力以赴，甚至稱不上是媽媽。

感謝人生，我是天生就沒資格享受這些幸福的人。有次女兒林高恩在我的劇本後頭寫下這樣的字句：

「我覺得媽媽是世界上最美的人，我長大也想變成跟媽媽一樣的人。」

那本劇本我到現在還保管得好好的。真不曉得我的女兒為什麼會那麼喜歡這個凡事笨拙、不足的媽媽。

大家都以為我是賢妻良母，但並非如此。我不擅長家事，而且只要一收到劇本，就會從那天起徹底化身為劇中人物，把家人忘得一乾二淨。可是丈夫和孩子們都願意接受，認為我是演員，這樣做是理所當然的。

所以我只能把演員做好不可，好讓我給家人留下的種種細碎傷口不會不了了之。我走上給家人帶來傷害的演員之路，如果還無法以演員之姿抬頭挺胸，那就真的沒臉見人了。有家人認可我是演員，有他們的奉獻精神，才會有今日的我。我始終認為自己必須竭盡全力，做個不愧對自己的演員，唯有如此也才不會對不起家人，才不會感到羞愧。因為專注在演戲上的我，與家人共度的時光很少。

神說不定也厭倦了我。我每天都說自己犯了過錯，要祂原諒我，但話還沒說完我就又犯錯、失誤，這樣的我，即便是神也會搖頭嘆息的。可是，祂是怎麼讓我活到現在的呢？這讓我充滿疑問。我明明犯了許多錯，也有不少失誤，神為什麼讓我活這麼久呢？還在每個曲折處攙扶我起來。

有人如此形容我：「與其說金惠子是清空自己去接受角色，她更像是隨時清空自己以接受任何人，就像沒有日常生活，永遠都以演員的身分活著似的。不，她只是把家從這部作品搬到那部作品，她彷彿不是以限時人物存在，而是以演員存在。」（大眾文化專門記者洪宗善）曾經，我時常討厭除了背劇本與演戲之外各方面都有所欠缺、意志薄弱的自己，但倘若我不當演員，大概在神的眼中我就一無是處了吧。我就是這樣一個滿是缺陷的女人，因此神才會賜予我一個好丈夫，讓我有一對善良的兒女，讓我能活下去。

人們都以為我原諒並包容許多人，其實沒有人犯錯到需要我原諒。我犯的錯要多上許多，無論是對人、對神，我都必須祈求原諒。

生，是唯一解

單人劇《奧斯卡！寫給上帝的信》（咸泳俊導演，埃里克—埃馬紐埃爾．施米特〔Eric Emmanuel Schmitt〕原著，金玟貞譯，金惠子主演。於二〇一三至二〇一四年公演，描寫罹患白血病的少年奧斯卡與年邁護士玫瑰奶奶跨越世代的友誼）是我繼《Doubt》之後睽違六年站上舞台劇舞台的作品。

故事是從十歲少年奧斯卡閱讀寄給神的十三封信開始。年僅十歲、罹患白血病的奧斯卡被醫生診斷往後只能再活十天，而父母得知兒子沒有活下來的可能性後驚慌失措，不知道該如何對待即將被死神帶走的孩子，主治醫師也十分自責，彷彿奧斯卡的死是自己的失誤造成。奧斯卡對這些大人感到失望，開始依賴起願意傾聽自己、小兒病房最年長的護士——玫瑰奶奶。

玫瑰奶奶是一週會來醫院兩、三次的安寧病房志工護士，會稱呼他為玫瑰奶奶的人只有奧斯卡，這是因為她在病房工作時會穿著色彩粉嫩的玫瑰色長袍。她介紹自己是前職業摔跤運動員，說了關於職業摔跤的有趣故事給奧斯卡聽，撫慰了他不安的幼小心靈。玫瑰奶奶如此對奧斯卡說：

「把你的想法說出來吧。那些沒有說出口的想法會緊緊黏在你身上，讓你動彈不得，它們會阻止新的想法進來，讓你逐漸腐爛。要是不說出來，你就會變成被一堆老古董想法塞滿、散發惡臭的垃圾場。」

在玫瑰奶奶的勸導下，少年決定把一天當成十年來看，今天是十歲，明天是二十歲，後天是三十歲……就這樣在十二天內度過超過百歲的人生。

玫瑰奶奶說：

「實際上在某些地區，從一年結束的前十二天開始，就會把一天當成一個月來活，用這樣的方式來結束一年。」

如今十歲的奧斯卡在上午迎接十五歲的青春期，而那天晚上就變成了二十歲的成人，接著他結婚了，也吐露身為中年男子的痛苦。

奧斯卡與玫瑰奶奶的友誼就這樣一天比一天深刻，奧斯卡擺脫了對死亡的恐懼，逐漸對自己的死泰然處之。這是一部在十天內從十歲活到百歲的過程中，讓人回首過往、思考未來的作品，讓人思索如何活出珍貴的人生，而不是絕望度日。許多看到舞台劇介紹後來觀賞的觀眾表示，看劇之前以為是關於死亡的故事，看完後發現它想傳達的是生之希望的故事。

法國小說家埃里克—埃馬紐埃爾．施米特所寫的小說《奧斯卡與玫瑰夫人》是原著。二〇〇三年曾在法國演出舞台劇，也曾改編成電影。這是首次在韓國以單人劇的形式嘗試的演出。奧斯卡、玫瑰奶奶、奧斯卡的父母和護士、一生之愛佩姬．布魯、奧斯卡的醫院朋友中的肥胖少年爆米花、全身被燒傷的培根、頭比別人大兩倍的愛因斯坦等十一個角色，都必須由我獨自演出一百一十分鐘，描繪出奧斯卡最後十二天的日常生活。

不瞞大家說，單人劇讓我備感壓力。雖然是因為喜歡作品才接演，但收到劇本後卻十分茫然，心想：「這麼厚的劇本我要怎麼全部背下來？」我必須說出的台詞有四十三張A４紙的分量，無論對體力上、精神上及演技的深度來說都是很大的負擔。但練習久了，我產生出莫名的力量。第一次練習時頭暈腦脹，累到只演十五分鐘就必須休息，但後來一天練習五、六個小時也輕而易舉。想必這就是作品的力量吧。選擇作品的理由只有一個，因為這裡頭乘載了我們的人生。

咸泳俊導演在訪談中說道：

「我在大約十年前知道這部作品，是埃里克—埃馬紐埃爾．施米特為了逾八旬的老演員所創作的作品，不久後到韓國公演。雖然作品本身很有趣，但畢竟是以孩子為主，眾多人物出場後，似乎有些模糊了本質。我心想，就劇作家的意圖、內容與形象來說，採用單人劇的形式會不會更引人入勝？在我國，超過七十歲的女演員中，能飾演孩子角色的不就只有金惠子老師嗎？」

奧斯卡瞪圓雙眼，用發音含糊的短舌頭做自我介紹：

「我的綽號是光頭，看起來像是七歲，住在醫院。我得了癌症。我一次也沒有主動跟神說過話，因為我從來不覺得神是活著的。」

這部描寫一個孩子最後生前時光的作品，與我們的人生有許多相似之處。事實上先前收到接演作品的邀約時我並不怎麼有興致，可是十年後再次收到劇本時卻產生了「這部作品必須由我來演」的感受。「啊，沒錯，人生就是這樣的。」我也經常看著劇本作如是想。「人生為什麼不能按照我們所願去走呢？」「明明不懂，為什麼會感到恐懼呢？」透過少年的話來看這類苦惱，這樣的形式很有意思。

劇作家把罹患白血病的孩子生前最後十二天的故事寫成小說，故事蘊含了許多深意。孩子與奶奶說好要把一天當成十年來活的可愛協議，孩子透過十歲到一百二十歲平凡男人的人生，感受到生命的珍貴與美麗。這從某方面來看與我們的人生相似。我認為將這部從奧斯卡與玫瑰奶奶、與神之間的對話，讓人感受到人生意義的作品與眾人分享是我的義務。

人們常說，舞台劇是「演員的藝術」，演員在舞台劇的分量可見一斑。六歲時我跟著大人去看女性國劇團表演，舞台上女人佩著刀飾演男人的模樣看上去帥氣十足。當時我不知道演員是什麼，只覺得真希望自己也能像那樣，演員之夢在心中萌芽。

舞台劇比其他類型困難，正如同咸泳俊導演所言，學校要先存活，才會有教育；舞台劇要先存活，才會有演技藝術。以演員身分出道後我演了十多齣舞台劇。儘管角色根據作品有差異，但在電視劇主要是飾演某人的媽媽或媳婦，我希望能在電影大銀幕或舞台上展現更多元的樣貌。以全新的樣貌站在觀眾面前向來都令人興奮澎拜，就這層意義來看，《奧斯卡！寫給上帝的信》是我必須獨挑大樑飾演十一人的全新挑戰。

玫瑰奶奶要演出處於青春期的奧斯卡情竇初開的模樣，像是為同在一家醫院的女朋友唱愛之小夜曲，以輕快華爾滋表現奧斯卡悸動的心情，乃至於對著以沉痛眼神望著自己的父母發牢騷的淘氣模樣。

我在準備舞台劇時，要求摘下道具組準備的人偶的眼睛，因為原作的描述是「眼睛、鼻子和嘴巴都脫落了」，可是道具組準備的卻是乾淨完好的新人偶，這樣就沒有忠於原著。這意謂著身為演員的我也費了不少心思。我以藍色氣球表現患有發紺症的女朋友佩姬．布魯，又以巨大的黃色球來表現為了治療肥胖而住院的爆米花，試圖表現出孩子們天真爛漫的想像力。

但我不會刻意去模仿孩子的神情，因為並不是我發出像孩子般的聲音就會看起來像個孩子。把自己當成少年來演，確實很難，無論怎麼做都不可能看起來像十歲，就算我身懷十八般武藝也沒轍。要是直接模仿孩子們的行為，我會肉麻到不行，所以我只表現出特徵，像是眼睛應該怎麼睜開。此外我也思考了很多，生命有限的年幼奧斯卡會想向神問些什麼呢？像玫瑰奶奶一樣活過許多年頭的人又會對奧斯卡這樣的年幼孩子說什麼呢？

「我好像不是個好演員，我真是個傻子吧，為什麼在這之前會沒有意識到呢？」我經常這麼想，但那就是舞台劇的魅力。舞台劇就是今天明白昨天不明白的事，明天又明白今天不明白的事。舞台劇一直告訴我許多事。

無依無靠，既不能仰賴誰，也沒有藉口的，就是舞台劇舞台。無論是電視劇、舞台劇或電影都有相似之處，因為終究只能付出我所有的真心去演，因為無論在哪裡，只要我全心全意去演那個角色就行。但舞台劇不像電視劇或電影可以剪輯，因此在演舞台劇的一個半小時到兩小時之間不能有一秒分心。舞台劇就是這樣，讓人無處可逃，也不能像電視劇一樣即興發揮，因為它並不是像在日常生活中說的「吃飯了嗎？」、「你要去哪？」、「路上小心」這樣的台詞，哪怕只有一句岔開了，都會沒辦法收拾。

所以我每次都緊張萬分。我經常祈禱，從登上舞台的一小時前我就獨自待著，為了全神貫注一再努力。當角色交付下來，我的心就會與負責的角色合而為一，飾演辛苦的角色時，我也會感到辛苦。但我有話要對人們說，所以不能虛應故事，演員不能只挑容易的演。

《奧斯卡！寫給上帝的信》的台詞分量很多，所以練習時間很長，是其他公演的兩、三倍。我也經常苦惱，該怎麼把這些全部放進腦袋呢？可是我成功了。劇本繼續讀下去，少年演技也跟著自動出現了，台詞引導了我。我彷彿變成戲劇電影系的學生，我邊學邊演，沒有演員是完美的，必須持續學習與了解。因為碰上咸泳俊導演這位嚴格的婆婆，這件事才有了可能。

咸泳俊導演說：「金惠子老師剛開始練習時只背十五分鐘台詞就覺得吃力，但現在平均是兩小時，甚至長達六小時。讓人不禁心想，給神寄信之後，神是不是把健康賜予金惠子老師了呢？」為了演好這齣舞台劇，我勤快地運動，在家會跑跑步機，也很認真徒手做體操。我體認到，人類的力量看似有限，但想法會帶來力量。

原作本來在韓國被譯為《奧斯卡與玫瑰奶奶——寫給上帝的信》（二〇一一年YOLIMWON出版）。我在三個月的練習過程中與合作的工作人員聊了許多，提議把劇名改成《奧斯卡！寫給上帝的信》。劇中的奧斯卡開始問神那些自己無法回答的問題。這部作品披露出許多人活著時感受到的疑惑，以及自己逐漸找到的答案。到頭來，奧斯卡寄給上帝的信，成了為活在寒冷人生的我們傳遞溫暖的愛之信。

少年依照玫瑰奶奶的提議，每天給上帝寫一封記錄一天日常的信。「為什麼要寫信給上帝呢？」當奧斯卡這麼問時，玫瑰奶奶回答：「這樣你才不會那麼孤單。」我也有很多想問上帝的問題，親自見到因為飢餓與戰爭而犧牲的非洲孩子們後，我跟奧斯卡一樣問了類似的問題，也曾抱怨：

「為什麼神要如此折磨這些孩子呢？」

倘若我的人生中演戲占了一半，那麼關於非洲孩子們的念想也占了一半，我沒辦法說哪一個比較重要。我覺得，神是為了讓我運用自己的影響力喚起世人對非洲孩子們的關注，所以才把我打造成知名演員。

無論是對身為演員的我，還是來看劇的人，這齣舞台劇都無法告訴我們所有的答案，因為在神的領域中有許多無法參透的部分，但我似乎稍稍了解人生了。

有人評論這齣舞台劇最能展現出我身上媽媽與少女並存的特質。這是因為儘管我演過的媽媽角色多到足以被稱為「國民母親」，但喜愛花朵與書本的少女心也依然留存在我身上。然而，像個十足的傻子是不行的，不失純真固然重要，但也必須保有年長者的智慧，演這部舞台劇的重點就在於此。

人生是痛苦的延續，死亡不會避開任何人，但我認為死並不是盡頭。倘若死就等於結束，那麼奉公守法的人、吃了一輩子苦的人該有多虛無啊？我很晚才接觸上帝，開始相信天國的存在；上帝在給予我痛苦的同時，也鍛鍊了我的精神肌肉。

公演時沒辦法看清楚觀眾，在舞台上只覺得觀眾席白茫茫的一片，有一天坐在最前座的一名觀眾是個臉非常白皙的人，他從頭到尾都在睡覺。看到那個樣子，瞬間我的胸口狂跳不已。那一刻我心想，是我演得不好嗎？為什麼那人睡成那樣？他並不是在閉目吟味台詞，他猶如滿月般渾圓的臉正仰頭大睡。

公演結束後我說：「我因為那人而演壞了，搞砸了舞台劇。」一名工作人員說：「那人買了最好的票坐在最前方。他該有多想見到老師啊？但是一整天工作該有多辛苦才會不小心睡著了呢？」

聽了這段話，我心想確實有道理。只要換個心態，不滿就跟著消失了，一切都令人感謝。這齣舞台劇是採取與鋼琴現場演奏同時進行的獨特形式，從蕭邦夜曲op. 9: no. 2開始，到電影《藍色情挑》(*Bleu*)中的曲子、蕭邦的圓舞曲、愛迪・琵雅芙（Édith Piaf）的《玫瑰人生》（*La Vie En Rose*）等，均由法國蒙特勒伊音樂暨舞蹈學院（Conservatoire de Montreuil）以第一名成績畢業的爵士鋼琴家嚴周彬呈現最精湛的演奏，另外也有年幼鋼琴家的演奏。

《奧斯卡！寫給上帝的信》對我來說是意義特殊的作品。如同原著作家所言，這是「獻給面臨死亡、必須與沉默奮戰之人的獻詞，也是對人生的讚歌」。人生總會碰到不如願的時候，我問神為什麼有的樹木長得高大，又能開花結果，有的樹木卻因為幼小而斷枝，在尚未開花前就夭折？為何世界如此不公平？我在走訪非洲時，在日記上寫了許多信給神，但神沒有任何答覆。

有天我豁然開悟，了解到這些問題沒有既定解答。就像這齣舞台劇中的台詞所說，真摯的提問會以真摯的樣貌留存下來。我透過這齣劇學到觀看人生的方法，所以對任何事都不能虛應以待。我必須對我的人生全力以赴，直到結束那天。

到了第十天，換句話說，就是在死前兩天，奧斯卡這樣寫信給神：

「今天我一百歲了，就跟玫瑰奶奶一樣。雖然睡意一直襲來，但我的心情很好。我已經跟爸爸、媽媽說，人生是一份罕見的禮物。人們一開始會高估它，以為生命是永恆的；後來又低估它，一會兒說厭煩了，一會兒嫌它太短，索性丟棄。直到隨著時間過去，才明白自己並非收到餽贈，而是暫時借來的。沒錯，人生這份禮物並不是我們擁有的，而是暫時借來的。因為是借來的，所以要好好珍惜，不能隨便揮霍。」

除了活下去，人生沒有別的答案。人生有限的不是只有生病的奧斯卡，健康無恙的我們也一樣。每天每天，我們必須彷彿初見般觀看世界。我們經常蹉跎人生，重要的是，即便只能活幾天，是否也將它活得飽滿了？我們不該忘記，人生是份珍貴的禮物。

這齣舞台劇要傳達的，是生與死之間的距離並沒有那般遙遠。這就是為什麼我不做任何計畫，因為人生沒有固定答案。對我而言，這就是答案。劇本中有這麼一句話：「但願能以初次見到的感覺觀看人生。」只要不失去初心，每分每秒都是嶄新、喜悅的。若能在感覺熟悉的同時又能以全新的視角看待，將沒有比這更好的了。短暫借來的我們的人生，即使歷經起伏跌宕，也依然是美麗耀眼的人生。

奧斯卡問：

「這是說人生沒有答案嗎？」

玫瑰奶奶說：

「這是在說人生有各種答案，所以沒有固定的答案。」

奧斯卡說：

「我覺得喔，玫瑰奶奶，人生除了活著，沒有別的答案。」

（於首爾永登浦時代廣場CGV藝術廳進行初次公演的舞台劇《奧斯卡！寄給上帝的信》於九里、龍仁、天安、清州、群山、釜山、麗水、春川、全州、蔚山、大邱、唐津、濟州進行巡迴演出時，每場都達到八成的觀衆席占有率。金惠子以此劇在二〇一三年選拔最強票房威力的作品與演員的 Golden Ticket Awards 獲得了舞台劇女演員獎。）

你消逝了，因此美麗

《我親愛的朋友們》（洪鍾燦導演，盧熙京劇本，二〇一六年tvN播映的十六集電視劇，由金惠子、羅文姬、高斗心、朴元淑、尹汝貞、金英玉、申久、朱鉉、趙寅成、高賢廷、申成宇主演，描繪遲暮青春的人生讚歌）是一齣所有登場人物都在為人生而吶喊的電視劇。

每一集都引起眾多觀眾共鳴，在電視機前哭成淚海。平均演戲資歷近五十年，甚至被冠以「年長復仇者」這樣的形容詞的演員們總動員，傾力演出。如同某人所言，這是一部由多位「演技之神」共同端出料理，令觀眾又哭又笑，體驗情感宣洩的作品。盡情哭泣、盡情歡笑，心情會得到舒緩。它訴說的是我們在無意間互相傷害，又互相撫慰傷痛的故事。

雖然說的是老年人的故事，但在年輕族群間的人氣也很高，因為不過是比較年長罷了，說的終究是「人」的故事。無論幾歲，人生歷程如何，沒有什麼比試圖感受此刻活著的感覺更有價值的事了。電視劇的開頭，三十七歲的自由作家朴莞（高賢廷飾）說：

「誰會想讀一堆老人的故事啊？老實說根本就不感興趣，不好奇啦！」

這齣電視劇講述的是說出此話的朴菀泱心要寫關於「媽媽的年老朋友們」的小說後，在採訪媽媽八位朋友的過程中表露自己鬱悶心結的故事。

不僅是創作劇本的盧熙京劇作家，洪鍾燦導演也是很優秀的導演。我們在這齣電視劇中初次合作，但我感受到導演是個「極為討厭陳腐守舊的人」。他給人的第一印象非常斯文，我在演這部作品時再次感受到所謂的「物以類聚」，導演是那樣的人，因此工作人員也都很和善。我第一次見到負責攝影機與燈光的工作人員也如此親切細膩。這樣形容不知道對不對，但這些人真是清澈，我很自然地對他們產生好感與感激。

這個劇組就算演員台詞講得有點含糊也會直接採用。換作是其他電視劇就會要求重來一次，但這個劇組卻不這樣做，因為老人們在日常生活中說的話就是那個樣子，沒有人會每次都字正腔圓地說話。就算台詞稍微改了，觀眾只要看前後情況就能懂，製作團隊也明白這點，所以保留原汁原味。演技好的人齊聚一堂，就像看紀錄片般，演技自然流露，劇作家很厲害，導演的功力也不在話下。我忍不住想，演員年齡大了就該跟年輕、聰明的導演合作。

電視劇播畢後，洪鍾燦導演說：「這部作品讓我再次感受到拍攝現場是好帥氣的地方，我敢說這是我人生中最幸福的時光。」網路上還找到他說過這樣的話：

「拍攝時讓我大開眼界的是演員們的熱情。事實上大家都年事已高，長時間拍攝應該會很辛苦，我非常擔心他們要是生病了怎麼辦，但身為這些人的導演，我可以說他們的自尊心與熱情超越了年輕人，是年輕一輩難以望其項背的。特別是看到他們研究每一幕並持續挑戰的模樣，讓我得到許多啟發。愈到後半部，登場人物的情感愈濃烈。曾有過隨著各種事件進入高潮，濃烈情感傾瀉而出的場面中，置身現場的我不自覺地快掉下淚，以致無法窺視攝影機鏡頭的時候。那是全新的經驗。」

（二〇一六年九月十日《運動韓國》訪談）

當我為自己無法順利入戲而道歉時，每一次導演都會對我說：「快別這麼說，您一點都不需要感到抱歉。」演員的存在靠的就是演技，但為什麼對我來說這麼難呢？真不曉得為什麼要給我特別待遇？無法順利入戲時，我的鼻樑上會突然冒出汗珠，真不曉得哪來那麼多汗水。

拍完後，我觀察導演的表情，跟他說如果詮釋不到位就再拍一次。不是演戲資歷深的演員就能演得完美，也不是上了年紀的人飾演上了年紀的角色就什麼都能掌握。我很開心能得到年輕導演的協助。

拍攝完，看到剪輯完成的成品，盧熙京劇作家說：

「鏡頭似乎深愛著演員們。」

我很喜歡她說鏡頭愛著演員，而不是演員緊貼著鏡頭這樣的形容。我心想劇作家的視角果然不同啊。是導演和拍攝導演展現了功力，才能呈現出這樣的效果。

所以我很喜歡去拍攝現場，再次見到一起演戲多年的演員們格外感動。我在廣告中與朱鉉演員合作了十五年，真高興能在這裡再次見面。見到他們時，我知道自己臉上流露出喜悅的神情。

我飾演的七十二歲喜慈，即便罹患失智症仍想要獨力承擔。六個月前丈夫過世後，活著這件事讓她心生恐懼。在丈夫的葬禮上，三個兒子說她一個人什麼事都做不來，因此「媽媽應該要比爸爸更早走才對」。喜慈還來不及陷入悲傷，腦袋就被「這是叫我先去死？」的想法占滿，因此她不斷告訴自己：「我可以一個人活下去。」但實際生活卻不盡如人意。

鄰家男人（丹尼爾·海尼飾）一天三次脫掉上衣做運動，邊朝自己眨眼的緣故，增添了喜慈的不安，所以她把門窗鎖得緊緊的。她和摯友晶雅（羅文姬飾）一起去揭開鄰家男人的真實身分，才知道身為攝影師的那個男人看的不是喜慈，而是在她家門前，他餵食的街貓。喜慈誤以為是愛情的眼神不是對著她，是對著街貓，但沉浸於幻想中的喜慈一口咬定不是那樣。聽到晶雅隨口說她該不會精神有問題吧，喜慈跑去精神科想要證明自己一點也不奇怪，結果被醫生診斷為妄想性失智症。

喜慈找了個可以一死百了的地點，爬上高樓的頂樓，但最後放棄了。她自己是無妨，但她怕跳下去會波及路過的行人們。

喜慈的記憶力急速退化，開始認不得身邊的人，感覺自己就這樣一點一點與世界疏遠。知道自己生病的事實後，大家態度的改變令她痛苦不堪，但比那更難忍受的，是隨著失智症逐漸加重，過去的慘痛記憶愈發鮮明起來。一輩子彷彿都活得很善良的喜慈，在失去記憶的同時卻反覆說著「我要悔改」，每天凌晨都會穿著睡衣到教堂去做懺悔的祈禱。

最後喜慈拜託朋友忠南（尹汝貞飾），住進了「不貴又舒適的」失智症療養院。喜慈坐在單人房的床上對忠南說：「就把我丟在這吧。」儘管小兒子跑來，哭著要母親跟自己一起回家，但她沒有半點動搖；她不想子女們因為自己而變得辛苦。

她無法承受被誰看到自己因為失智症而尿床的模樣，也很難忍受在門窗上掛上鎖頭，讓自己出不了門的人生。比起因為失智症而被監視的人生，她試著守護自尊心直到最後一刻。

當想寫出「迎接幸福結局的老人人生」的朴菀說出「忍耐、體諒但又幸福」這幾個字時，喜慈吐露了自己孤獨的心境。

「那是假的，我覺得孩子們很可恨。如果妳不寫我從早開始二十四小時都多孤單，那就把我從妳的書中拿掉。我二十四小時都做了什麼，包括丈夫在內，我靠著這副小小的身軀撫養了四個男人，可是卻把我關在這裡。」

這齣電視劇如實呈現了沒有被美化、原汁原味的人生。

我在演《我親愛的朋友們》時，經常感受到年老是哀傷又淒涼的事。因為老了，老是忘事，子女們也把媽媽當成傻子看待。既無法如願早死，活著又沒有開心的事。看著英國伊莉莎白二世女王（生於一九二六年，二〇二二年逝世）享年九十六歲逝世的新聞，我心想國家大事固然忙碌，她在世時說不定活得很辛苦，不僅子女們因為各種事成為爭議話題，還得眼睜睜地看著媳婦黛安娜王妃不幸身亡。

真不曉得子女們為什麼要那樣訓斥父母。雖然也有人不是那樣，但大部分都是用責備的語氣。在這齣電視劇中，老么民浩（李光洙飾）對我大呼小叫的樣子讓我很難過。《我們的藍調時光》中，兒子東昔也那樣對待身為媽媽的我，每一次我都有很傻的想法出現，心想這些人是不是真的討厭身為演員的我，所以才那樣氣急敗壞。

我從以前就很尊敬劇作家們——當然指的是像金貞秀、金秀賢、盧熙京這樣會寫的劇作家。劇作家們怎麼會無所不知呢？他們又還沒有老過，怎麼會這麼了解上了年紀之人的心境呢？實在無法不尊敬她們。雖然在這齣電視劇中我飾演的是罹患失智症的悲傷角色，但因為是優秀的劇作家執筆，我選擇相信並投入演出。

記得有這麼一幕。電視劇中晶雅的媽媽過世後，我和朋友們一起坐在海邊懸崖上，將骨灰一把一把往大海撒去。拍那一幕時，不知為何，我總覺得應該脫掉鞋子，所以就靜靜地脫下鞋子擺好，赤腳坐在岩石上撒骨灰。

接受某次媒體採訪時，飾演朋友英媛的朴媛淑演員曾就那一幕表示：「如果是我脫下鞋子，就會因為腳丫子太大而顯得毫無魅力，但惠子姊的腳小巧，感覺很女性化。」朴元淑演員就是這樣，個性好又主動積極，拍攝時也率先露出燦爛的笑容跟我說話，不忘打電話給我。朴元淑演員是個守口如瓶、心地善良的人，後來我還去了她蓋屋居住的南海探望她。

飾演忠南的尹汝貞演員，多年前我生活困頓、在外租屋時來過我家一次。她是個具有親和力、善於社交的人。她為了跟我親近才特意找來，但我卻只顧著逗弄寶寶，所以她肯定覺得無趣極了。後來我們在《愛情是什麼》再次合作。

在這齣電視劇中負責帶動劇情開展、飾演朴菀媽媽——蘭熙一角的高斗心演員，在成為演員之前就是個帥氣的人。雖然她在《田園日記》中飾演了我二十二年的媳婦，但其實當時我們並沒有那麼親。我天生就喜歡一個人待著，又經常往返非洲，因此電視劇拍攝結束後，我們私底下互動的機會並不多。我們在合作《我親愛的朋友們》與《我們的藍調時光》的過程中親近不少，我也喜歡上高斗心這個人。

趁著拍戲空檔，她會分享孩提時期的事，我一邊聽一邊掉淚。因為她的家境實在太過窮困，她十歲時，家人把十隻豬崽子包在大包袱裡，要她扛在背上到市場去叫賣，但包袱在中途鬆開了，導致豬崽子四處逃竄，她只好一邊喊「我的豬，我的豬！」一邊跑來跑去，試圖把牠們抓回來。我的天啊！還不是一隻呢，竟然叫一個年幼的孩子帶著十隻豬崽子去賣！我感到不可思議，忍不住掉眼淚，心想：「啊，高斗心真帥氣啊。」

自小就獨自經歷我沒經歷過的事，所以高斗心演員很早熟，在各方面都比我更像大人，是個在人生中有許多歷練、豁達大度的人，我很喜歡跟她在一起。反而更像個姊姊的她，說了許多自己過往的故事，讓我聽了十分感動。

在《我親愛的朋友們》中有個我忘不了的場面。我對跟我演對手戲的朱鉉演員說：「我睡不著。」於是他唱了〈Summer Time〉當搖籃曲給我聽。我太喜歡那一幕了，不禁心想，就算罹患了嚴重失智症，愛依然能成為救贖。愛是唯一的解答。

電視劇中，我與朱鉉演員在年輕時期曾短暫相愛，直到年老、丈夫過世後才重逢。這個男人從教堂接了一些女人能做的活兒來給我，像是黏貼鈕釦與串聖珠。

我非常喜歡朱鉉演員飾演的男人角色。不管是拍攝當時還是後來在電視上看到，我都會想著：「要是人生中有那種男人就好了。」凡事包容，用覺得我很可愛的眼神凝視我，就算我兒子討厭，他仍跑來看我，把活兒交給我。他是會說出「妳嫁給其他男人時，知道我哭了幾天幾夜嗎？」的純情派。明明是過去式的戀人，卻總是跑來保護我、待我十分溫柔，還帶我去旅行。在燒暖炕的房間裡，他用背包在房間中間擋出一條線才睡覺，一邊說：

「人生這玩意真可笑啊。年輕時就算會挨耳光，我說什麼也要緊緊抱住妳，但現在卻睏得抱不了了。」

我非常非常喜歡這樣的畫面。

兩人一起睡在那個房間，起床後早晨一起看著太陽升起。這時我伸出手，但男人認為這女人一向高冷，就安分地沒有採取任何行動。女人說：

「牽我的手。我都拉下臉伸出手要你牽了，你為什麼不牽？」

於是兩人就牽手了。而且因為我表現得很親切，男人高興極了，用跳舞的步伐走向牆邊，在我看不見的地方邊跳舞邊走。

雖然是劇本中的人物，但因為有那樣的男人在身邊，令人感到很溫暖，很安心。我們在人生中追求的或許不是多了不起的東西，說不定只是溫柔地觸摸、分享有趣的對話，以及在困難中互相保護罷了。

雖然喜慈選擇住進療養院，但恐懼與辛苦是免不了的。這個選擇是為所有人著想，但她卻沒辦法忍受和一群生病的人一起用那種方式逐漸死去。最後一集，喜慈逃出療養院。罹患失智症的喜慈在淩晨打電話給晶雅，拜託她來療養院接自己。

「妳曾經說過，就算要死也要死在路上，對吧？晶雅，我也想那樣，而不是死在跟監獄一樣狹窄的房間裡。」

從某種角度來看，我們過的都是在路上的人生，又或者就像這齣電視劇中出現的台詞——我們都是站在名為人生的十字路口的寂寞遊子。儘管喜慈與晶雅大聲宣告「就算死也要帥氣地死在路上」，豪氣萬千地驅車離去，卻因為喜慈尿失禁而不得不半途停下車來。

演出《我親愛的朋友們》時，欣賞其他演員的演技帶來許多樂趣。像是晶雅的角色，每次我都會邊看邊讚嘆想：「還有哪位演員能超越羅文姬嗎？」尹汝貞演員就更別說了，劇中她飾演的忠南對著年輕的教授們說：「你們犯下的罪行中，最嚴重的一條就是你們不懂得自己的價值」時；高斗心演員對著生病的母親破口大罵「您是為了讓我操心才不去醫院的嗎？」，都讓我感受到名副其實的「演技之神」。雖然朴元淑演員在劇中與昔日戀人重逢的場面短暫，但歲月如梭的感慨流露無遺，而朱鉉演員看似演得敷衍含糊，實際上該表現的都表現得非常到位。申九演員是在這齣電視劇初次合作，但我心裡的聲音是：「他真的很厲害。我到現在才初次見到申九演員，看來我還有很長的演戲之路要走。」

「人生本來就是一齣狗血劇啊。」大家如此喊著，並把拍攝自己的遺照當成有趣的事。知道媽媽的朋友們原來過著如此多樣的人生後，朴菀最後說：

「要說有什麼願望，就是希望此時此刻能更長久一些，不留下任何遺憾。」

朴菀問喜慈，為什麼討厭自己年老的樣子，還不化妝就跑去拍遺照，喜慈說：

「朋友們在拍照時發現，此刻是自己最年輕的時候。」

聽說電視劇播畢後，觀眾留言板上湧入許多人封它為「人生電視劇」的讚譽，也有留言說自己看著電視劇成長了。我在演這齣電視劇時也學到不少。俗話說，活到老學到老，神就是這樣體貼。我學到很多，對人生有很多思考，感覺到自己活著。

我是第一次飾演這麼小的角色，但劇本中有太多可鑽研的學問。畢竟是五個女人的人生交織在一起，有許多要仔細揣摩的細節。觀看那些人的人生很有意思，一點也不讓人厭倦。因為五名女人有很多一起拍的戲份，拍攝時大家經常為了講一兩句話而一起等待，我這才知道過去配角和小角色在我演戲時等了這麼久，對此既抱歉又感激。

《PD Journal》的方妍珠特約記者看完《我親愛的朋友們》後，在評論中引用了諾貝爾文學獎得主辛波絲卡的詩（摘自維斯瓦娃・辛波絲卡〔Maria Wisława Anna Szymborska〕的詩〈不會發生兩次〉）。

艱難的日子裡，你何以為了無謂的不安而恐懼？
你存在，因此消逝。

你消逝，因而美麗。

比起「如何生」，「如何死」是人生更重要的瞬間；因為我們所有人活的都是有限的人生。正如盧熙京劇作家所言，我很高興能與上了年紀、與活出有別於年輕人激情的「我的親愛的朋友們」一同演出，也很高興能將「尚未結束」的希望傳達給世界。對於把能演出帶來正面影響的優美作品視為夢想的我來說，無疑是一部令人感激的作品。我再次體認到，人生固然艱辛，能扶持我們的終究是愛。

我想要演出能隨時帶給人們希望，我在演出時也很享受的那種作品。遇見《我親愛的朋友們》對演員來說是一份祝福，讓我再次感覺到我以演員的身分活著的事實。

（儘管 tvN 是以二十到四十歲為目標族群的有線電視台，但《我親愛的朋友們》在有線台與綜合頻道中連續八週占據同時段收視率第一的寶座，創下歷代 tvN 節目中收視率第五的紀錄，成為擴大韓劇素材與多樣性的傑作，拿下韓國放送批評賞電視劇部門大賞、韓國電視劇大賞劇作家獎、YWCA選出的電視節目獎大賞、百想藝術大賞電視部門電視劇作品獎、百想藝術大賞電視部門劇本獎。）

獨自佇立在那邊，野草般的人

我是在《我親愛的朋友們》初次見到盧熙京劇作家。先前看過由她撰寫劇本的《謊言》（表民秀導演，盧熙京劇本，一九九八年KBS2播映的二十集電視劇，由裴宗玉、李誠宰、柳好貞、朱鉉、尹汝貞主演，以名為謊言的象徵性內在語言描繪愛情的作品）後印象深刻。

「沒有人在愛情中是強者。只要陷入愛情，所有人都是弱者，因為會對對方念念不忘，會思念對方，完全無法忍受獨自一人。我們全都是弱者。」

這樣的台詞深得我心。

當時我正好遇見熟識盧熙京劇作家的電視台人士，所以我說：

「請幫我傳達給盧熙京劇作家，說我也想演那樣的作品。」

接著我就把這件事忘得一乾二淨了。在那之後過了二十年，我接到盧熙京劇作家的聯繫。她與洪鍾燦導演一起來到我居住的延禧洞，我們在附近的咖啡廳見了面，那是我們首次見面。

我笑著說：

「我說想拍時不拍，怎麼現在才說要拍？」

然後盧熙京劇作家說：

「這話聽來可能像是在辯解，但是電視劇的版圖改變了。在不談論大人的故事的時期，我只能順勢而為。」

我不明白這番話，多聊幾句後，做出了暫時不要合作比較好的判斷。我說了我的想法後打算起身，這時導演驚慌地拉住我，盧熙京劇作家也想詳細說明作品，所以我再度坐下，聽她說明故事大綱與我所飾演的角色。老實說當時我對我的角色不感興趣，但我凝視著劇作家解釋作品時的臉孔許久，最後決定接演。

我感覺劇作家跟我是很不同的人，也與過去合作的金貞秀、金秀賢劇作家非常不一樣。她看起來過於冷靜，總覺得和我合不來，但我反而決定合作，因為我想與有別於先前的劇作家合作看看。

盧熙京是個獨特的人物。她的個性強烈，從一開始就可看出她不會因為收視率或演員的要求而妥協，我也很喜歡她絕對不寫當日劇本的姿態。

她的劇本中沒有太多表演說明，這對演員來說不太友善，但也表示沒有多餘贅言。沒有表演說明，意味著劇本會隨著演員而有不同的詮釋方式，我因為這點而喜歡她的作品。但根據演員是誰，詮釋各有不同，這也讓我有點擔心，因為我表現出來的就等於我的了解程度。不過，這同時帶給我一種正向的緊張感。

我看著劇本想：「啊，這樣啊，我知道了，所以妳才這樣寫啊。我明白妳想要的是什麼了。」演戲時，劇作家看到我的演技後也說：「好，我知道妳為什麼那樣演了。」

盧熙京劇作家最常寫的表演說明是「心平氣和」、「淡漠」，意思是不要有特別的情感起伏，要演出若無其事的神態，但內心卻波濤洶湧。我很努力將這點表現出來。我持續思考劇作家想要描繪什麼樣的女人，我必須進入那女人的內心，必須發揮想像力。這表示盧熙京劇作家筆下看似單純的台詞中，其實蘊含了登場人物的內心風景。

看著盧熙京劇作家所寫的劇本，感覺到她非常了解我。她看了我的舞台劇，也下了許多工夫研究我。她說曾經看著我這樣想：

「實際見面時明明就很年輕，為什麼畫面上看起來那麼蒼老呢？」

然後她說，應該是我的語速慢造成的，要我把台詞說快一點。這給了我很大的幫助，我領悟到一直以來我說台詞的速度和語調還有很大的進步空間。

我為了研究盧熙京劇作家所做的功課也不少。為了知道她的想法，我經常讀劇本。不只我的角色，我還會檢視其他角色的台詞，細看其他人物的人生。在她的劇本中能讀到許多東西，換句話說，是能有許多發現。

這話聽來或許天經地義，但劇作家愈會寫，我就演得愈好。因為若是寫得不好，無論再怎麼研究、挖掘文字也只會一無所獲。身為演員，一直展現重複的樣貌是令人害怕的，即使只是相似的面貌我也不樂意。我會用盡千方百計，思考碰到這種情況時怎麼樣能有不同的詮釋，觀眾才不會聯想到先前的作品。實際上即便是相同的話，每個人說出來也會不一樣。「是那樣嗎？」說出來的感覺因人而異，我的觀察會反映在我的演技上。

《我們的藍調時光》拍攝在即，主要演員們齊聚一堂練習台詞。練習結束後，我回到飯店房間時，盧熙京劇作家打電話給我，說了重話。

「您要把媽媽演得像少女到什麼時候？每次都把媽媽演得像少女，誰還會用老師您？」

那一刻我心想：「這人是瘋了不成？」我感到豈有此理，自尊心大挫，但仔細想想，那段話裡裝著真相。劇中這個叫姜玉冬的女人是個極為不幸的女人，七歲父母雙亡，哥哥在與朋友玩耍時被蛇咬死，她和妹妹兩人在別人的餐廳擔任廚房幫傭，婚後又在大海中失去了丈夫與女兒。她帶著年幼的兒子成為另一個男人的小老婆，受盡各種羞辱。她絕對不會是那種充滿感性或美麗溫暖的媽媽。

可是我又演成一個討人喜愛的溫柔媽媽，所以劇作家才會那樣指責我。所以，我決定要狠下心。在那之後，就算本來想按照習慣去演，也會想起她說的話。

啊，我看起來又那樣了啊。

盧熙京劇作家是為了我才直言不諱。劇作家寫的並不是那種媽媽，但我照一直以來的方式演，於是劇作家要求我的語氣要嗆辣。可是我老是忘記「嗆辣」這個字眼，所以當導演問說：「盧熙京劇作家說要怎麼做呢？」我就會說：「我會嗆辣。」我經常忘記，導演因而又問了幾次，於是我很努力捕捉那種情緒。因為被說「不能演成像少女般的媽媽」，我演戲時一直將這句話放在心上。

劇作家希望既能讓自己寫的劇中人物活靈活現，又能讓自己欣賞的演員破繭而出，我產生了「啊，這人是在幫助我」的想法，那句指責讓我開了眼界。

拍完《我們的藍調時光》後，盧熙京劇作家傳來訊息：

「老師，您真的表現得很棒，我看著剪輯後的影片不停想起老師您。」

看到稱讚的那封訊息後，我不由得掉下眼淚。因為我是第一次演那種角色，第一次演那麼福薄坎坷的角色，所以十分戰戰兢兢。

最後一集播出後，她打電話來，我說：

「聽到妳那樣說，我本來覺得妳很沒禮貌，自尊心受創，但那句話卻讓我忘不掉。它讓我在演戲上獲益良多，感謝妳。」

劇作家「嘿嘿嘿」地笑了，還說：

「老師，您真的表現得太好了。如果您只按照我說的去演，觀眾就不會覺得那女人可憐了。老師雖然照我說的拿出狠勁，卻又一再收斂，畢竟無法改變老師的天性，最後演成了讓大家有共鳴、擁有憐憫之心的人物。如果您只按我的要求去做，就會變成太令人怨恨的母親了。」

聽完這些話後，我心想：「啊，真是萬幸。」

我是在上了年紀後才與盧熙京劇作家合作。在以我為主角撰寫劇本的金貞秀、金秀賢劇作家減少作品產量時，盧熙京劇作家邀我演出《我親愛的朋友們》。

不是我刻意計畫的，但大家都體諒我，讓我不間斷地工作，對此我滿心感謝。《我親愛的朋友們》有許多演員一起登場，盧熙京劇作家很懂得如何讓演員各展所長。拿我來說，劇作家讓我一個人絮絮叨叨地說了近三分鐘話。喜慈患了失智症後，想起了夭折的兒子，失去兒子的那一刻是心中永遠的憾恨，所以她跑回當年居住的地方，甚至用襁褓包住枕頭，背著四處走來走去。我將寶寶生病後獨自背著他奔走的情景如實呈現，朋友們以為患失智症的我不見了，跑來找我，這時我背著枕頭，突然對好友晶雅嗚咽哭喊：

「壞女人，妳怎麼跑來這裡？妳怎麼敢跑來這裡？妳這丫頭就該被咬死……我打電話給妳，說我兒子感冒發燒了，要妳幫幫我，說孩子吃了藥卻不見好轉，說我很害怕，要妳過來一趟。為什麼妳總是覺得生活辛苦？為什麼成天都覺得辛苦，當我需要時妳卻不在。丈夫的電話打不通，那晚我有多害怕啊，我打電話給妳，但妳只對我說：『我也很辛苦，少來嘟噥個沒完。』然後就掛斷了。我當時就只有妳啊……你們的生活為什麼那麼辛苦？成天都在喊辛苦，讓我無法安心依靠……妳這女人，把我兒子給救回來，壞女人，妳連朋友都不是。我兒子就在我背上死了。」

即便那場戲還有許多人，我仍如在歌劇中唱詠嘆調般獨自說了超過三分鐘的台詞。劇作家會以這種方式打造個人舞台，讓演員們脫穎而出。沒發生什麼事情時，就不會刻意凸顯角色，而是讓她平凡地生活，直到大家開始想：「現在那女人要出場了吧」時，就讓她集中說一大串台詞，盡情飆戲。這就是盧熙京劇作家的魅力，也能感受到劇作家在那個段落盡了全力。拍完背著枕頭到處走動的那場戲後，我說：

「為了寫劇本，讓妳受太多苦了。」

這時她說：

「老師，我在寫那台詞時昏厥了好多次。」

她說自己甚至為了寫劇本而昏厥了。她確實是會為此不餘遺力的人。正因為她獻上自己的靈魂去創作，無數人才會看著那一幕潸然落淚，心有所感。

看到我在《我們的藍調時光》中沒什麼存在感，好幾集都坐在市場的角落，有人說：「把金惠子找去，卻把她晾在那裡嗎？」也有人說：「怎能在電視劇中那樣浪費金惠子這樣的演員？」直到最後一集演到關於我的故事時，我一個人盡可能地使出渾身解數，一邊嗚咽一邊大飆演技，所有觀眾都在那一幕熱淚盈眶。

盧熙京就是這麼可怕的人。不管誰說什麼，都會按照自己的計畫、自己所想的去寫，台詞也十分辛辣，直搗胸口。但她不只是用尖銳的東西去扎而已，最後她還會說：「很疼吧？」並輕撫傷口。雖然不知道她經歷過什麼樣的成長過程，但她把人看得很透徹。這也是雖然她有些冷漠，我仍喜歡她的原因。

盧熙京劇作家會寫出彷彿抓撓觀眾心臟的台詞，看起來很犀利。她聰明、冷靜、個性鮮明，從某方面來看很沒教養，甚至聽說要是演員演得不好，她會勒住演員的脖子或咬他的手腕，是個獨特的劇作家。她會以辛辣的台詞鋪陳劇情，最後又讓人心疼萬分。她是與任何劇作家都不同的劇作家。她是獨自站在遠處、猶如野草般的人，這是我從她身上得到的感受。

幾天前她傳了這樣的訊息給我：

「老師，請您別再那麼辛苦地演戲了。」

於是我回答：

「有誰會對盧熙京劇作家說『創作時別再把自己逼成骨瘦如柴的國中生了』？劇作家還不是每次都把自己累垮。」

認識的人傳了一段影片給我，影片中的公雞聲嘶力竭地啼叫，直到累癱了為止，之後牠又重新站起來。那隻公雞實在太像盧熙京劇作家和我了，所以我也把那段影片傳給她。我們會把身上的一切全都榨乾，奮力嘶吼，然後力虛倒下。但過沒多久，我們又會重新振作，一展雄風。

全然為幸福而生

《我們的藍調時光》（金圭泰、金良熙、李正默導演，盧熙京劇本，二〇二二年 tvN 播映的二十集 omnibus 電視劇，由金惠子、李秉憲、高斗心、李姃垠、車勝元、韓志旼、申敏兒、金宇彬、朴智煥主演）中出現了處於人生終頁或起點的人。這是各自的篇章猶如一部電影般的電視劇，在嚴冬中租下濟州古城五日市集的市場拍攝而成。

因為是以濟州島為背景，我在練習方言上投入了許多時間。正好柳時和詩人在西歸浦法還村的石屋長居一年，我於是在該村出身的高仁順畫家的介紹下，學習了近一個月方言。我忘不了透過石屋窗戶眺望的大海與島嶼、掛滿黃澄澄橘子的橘子樹、晨間將我從睡夢中喚醒的清脆啁啾聲，還有因為天寒地凍，我仰賴小小的暖爐笨拙地以濟州島方言練習說「謝謝」、「來買唷」的時光。大家都是令人感激、心地美好的人。

我所飾演的劇中人物姜玉冬，是個人生被不幸填滿、沒有絲毫空隙的女人。她在小小的田地種植辣椒、馬鈴薯、芝麻等農作物，然後拿到濟洲五日市集去擺攤。

她雖出生於木浦，但在六、七歲時相繼失去了父母，哥哥被蛇咬死，她與妹妹兩人在別人的餐廳做各種粗活，後來透過村裡人的介紹認識了跑船的男人，嫁到濟州島。

雖然生下了兩個孩子，但丈夫因為颱風喪命了。她帶著怕水的女兒進入海裡，成了海女。畢竟是為了討生活不得不如此，但後來就連女兒也在入海捕撈漁獲時被海浪沖走。

這個目不識丁的女人對世界充滿了恐懼。原本她並不害怕丈夫喪命的大海，可是在大海帶走女兒後，她連看都不敢看了，所以當丈夫的友人、擁有數十艘船的船主說要一起生活時，她順勢答應了。那表示她要成為男人的妾，替臥病在床無法活動的正室更換滿是排泄物的尿布，在旁貼身伺候，也得把別人的子女當成親生子女來撫養。不只這樣，她還得忍受村裡的人對她指指點點，說她與丈夫的朋友通姦。她像個下女般住進對方家裡，因為她不希望唯一剩下的兒子像自己一樣過苦日子。這個無知的女人認為只要兒子出入權貴人家、能上學就夠了。

兒子東昔（李秉憲飾）對那樣的母親恨之入骨，所以故意讓自己被那家的兩個兒子痛毆，他這樣做是為了讓媽媽心痛。他總是沒完沒了地頂撞媽媽，挑釁說自己的人生會這麼悲慘，都是拜媽媽所賜。這女人的命運真是坎坷啊。

讀完《我們的藍調時光》的劇本後，我率先想像了姜玉冬的模樣。因為我什麼角色都演過，已經沒髮型可做了。在《如此耀眼》中，我必須與飾演我年輕時候的韓志旼演員看起來相似，所以就做了短髮造型。在那之後睽違三年接演的《我們的藍調時光》，我想設定為有自然捲的女人。我把自己想像的女人模樣告訴劇作家，劇作家也說好。我本來是直髮，為了看起來像個天生捲髮的女人，足足做了八次燙髮，結果髮尾全分岔了。我想像著女人的髮型是中分，因此在當玉冬這個女人時，我在家也都把頭髮梳成中分，用髮夾固定。

玉冬在《我們的藍調時光》初次登場時有個摺疊被子的場面，我希望把每個細節都呈現出來。一般來說，在電視劇中出現的人不會整理頭髮，但我心想我要像實際生活般摺疊被子，把頭髮打點整齊，夾上髮夾。若劇本上有摺疊被子的表演說明，基本上可以不碰剛弄好的髮型，只摺疊被子就好，但早上起床之後摺被子，打點髮型並照一下鏡子，是我把自己當成玉冬後思考無數次所得到的畫面。我不停在家裡練習就算不照鏡子也能整理頭髮、夾上髮夾，因為我必須看起來像個每天早晨都會那樣做的人，我真的重複練習了數十次。

《我們的藍調時光》是採取 omnibus 形式，由許多人擔任主角，因此拍攝電視劇的漫長期間，我必須為了拍攝我出場的畫面而長時間待機。因為不能忘記那個女人，不能忘記她是個不幸的女人，我必須持續鬱鬱寡歡地度日。在家裡幫忙的阿姨（李玉賢女士）有天對我說：

「您自從那部作品開拍後，在家就不曾露出笑容了。」

我回答：

「這女人是個無事可笑的女人。」

因為要演那女人，我在現實中也變成那女人活著，那女人進入我的體內，等待輪到我拍攝的日子。

什麼事都不做，也是在飾演那女人。即便不說一句台詞，只是靜靜地坐在市場角落，也必須感覺到那女人才行。不是非得說台詞才能知道那女人的處境與心思。就像不經意地坐在路邊的奶奶，就算不發一語，也能感覺到那位奶奶只是在歇腳，還是因為心中有擔憂才停下步伐。玉冬就算只是靜靜地坐著，一句話也不說，我也希望能讓人感覺到玉冬的心情。我持續思索她內心的想法，演員不能因為沒有台詞，就什麼也不想地坐著。如果心離開了她的情緒狀態，就擺不出那張表情了。

為了不忘記姜玉冬，不需要拍攝的期間，就算待在家我也必須保持那女人的狀態，因為我就是那女人，我必須以那女人活著。要是有許多台詞，我就能用台詞來表現，但就算只是靜靜地坐著，也必須以那女人的狀態存在。

人們可能會認為我沒有半句台詞，只是坐在市場裡就輕鬆拍完一幕，但並不是這樣的。好的演員就算窩在角落，觀眾的目光也必定會被吸引過去。因為要凸顯主角，我不能太顯眼，但仍必須有存在感。

當兒子東昔態度惡劣時，我應該帶著什麼樣的想法、以什麼樣的表情面對，對此我下了許多功夫。

這女人究竟是帶著什麼想法活著的？

這無法靠我的頭腦知道，演員不可能活過各種人生，但演員並不是非得經歷過所有情況才能演得好。

「不知道該露出什麼樣的表情，這就是那女人的表情。」無論如何也無能為力之人，就是姜玉冬。可是，我至今都只演過「能露出某種表情的角色」。換句話說，就是我能理解的角色，但這卻是我完全捉摸不到該如何演的情況，是那種既不能夠回嘴，也不知道該往哪看的表情。

在市場演戲時，我感到痛苦萬分，當粗魯的兒子走向我時，我該怎麼做呢……

我該怎麼做？

這正是姜玉冬的寫照。

可是妳希望自己怎麼做？

我這樣問自己。

這女人就只有無能為力。當兒子跑來大吵大鬧時，她既不能讓自己鑽進地底，也不能直衝天際。她既不能死，也不能活，她是只有一具軀殼坐著的女人。儘管我始終追求完美，希望留下有許多優美台詞、令我永生驕傲的作品，但我對這個角色無論如何都制定不了計畫。

演員並不是演技好就行了，在影片中呈現出來的畫面也很重要。玉冬已經是癌症末期，為了表現出罹患癌症末期的女人，我在拍攝電視劇的幾個月裡飯吃得極少。因為這不是靠化妝能表現出來的。盧熙京劇作家也對我說：

「您別化妝，您不需要化妝。」

她的意思是要我不靠化妝，就表現得像癌症末期患者一樣。我知道自己飾演的是癌末患者，所以食不下嚥。本來體型就嬌小瘦削，我又足足瘦了三公斤，加上濟州島的烈陽曝曬與海風吹拂，我變得跟海女一樣黝黑。

有一幕是兒子東昔背著我上漢拿山的場面，我擔心李秉憲演員背我時會很吃力，於是更吃不下。要是連這都做不到，就無法成為演員，有些部分是無法靠妝容來彌補的。

另一幕是丈夫忌日，要去祭祀的場面。姜玉冬已經夠貧困了，還和海女們一起製作食物，一包包扛過去。畢竟她是人家的妻子，應該這麼做。祭祀過程中，元配的子女和我兒子東昔打起架來，因為他們看不起妾的兒子。這時我說了先前從沒說過的話：

「把我替你們母親更換十五年、幫你們父親更換十年尿布的錢拿出來！只要給我那個，就把我們東昔拿走的錢還你們。」

劇中有一幕是我氣沖沖大吼的場面。我平常一次也沒大吼過，練習時也沒吼得那麼用力。有一次我在練習大吼，結果我家的小狗們紛紛跟著狂吠。老實說我只有在演戲時才會大吼。

把那句台詞吼完後，我的腦袋突然一片空白，想不起接下來的台詞了。那一刻我有了「現在我不該再演戲了嗎？」的想法，只好拜託導演。

「很抱歉，我吼完那句之後就什麼也想不起來了，請盡快幫我提示下句台詞，因為我得維持臉上的表情。」

我講得非常真摯，導演就這麼做了。在我喊完「把錢拿出來！」之後，我停在原地，等導演提示我下一句台詞，然後我再次放聲大吼，就這樣靠後製剪接拍完了那一幕。

這時飾演兒子東昔的李秉憲演員對我說：

「我們這樣的年輕人也是，像這樣吼完一次，腦袋就變得一片空白，什麼也想不起來。老師拍攝了一整天，現在都凌晨三點了，該有多疲倦啊。」

儘管這句話令我感激涕零，內心卻忍不住自言自語：

「但這樣還是不對。之前我演過更累人的，只不過當時我還年輕。」

雖然這樣說有點誇張，但練習過一百次的台詞為什麼會想不起來呢？大吼之後就想不起來嗎？這經驗太嚇人了。

逼近最後拍攝的前一天，我在拍到凌晨三點半時摔在大理石地板上。因為地板很滑，所以又有人摔在我身上。拍攝結束後，早上回到家一看才發現有嚴重挫傷，瘀青了一大塊。摔跤時一點也不覺得痛，當大家問我有沒有事時，我慢條斯理地回答「等一下」後，評估自己應該沒有哪裡骨折，便繼續拍攝，畢竟不能因為我而延遲時程。

尹汝貞演員有次在訪談上說，過去曾在拍攝時虛脫無力，實在無法再演下去，結果我往她嘴裡放了巧克力之類的東西，要她站起來，說如果妳演不了，這裡所有人都得等妳，要她加把勁演完。尹汝貞說，她如果是隻狐狸，金惠子就是匹狼。

演員必須把該做的做完再倒下，工作人員有什麼罪呢？我們是領到豐厚片酬的人，但工作人員卻必須為了我們熬夜。演員必須打起精神，無論如何都要想辦法站起來。我這輩子第一次有那麼嚴重的瘀青，但就算兒子要我去醫院我也沒去。我說休息之後就會痊癒了，要兒子幫我多買點貼布回來。我貼上貼布，沒去醫院，讓挫傷自行癒合。我摔在大理石地板上，沒有骨折已是萬幸。

我就這樣以基於各種原因而日漸憔悴的狀態拍完最後一場戲。最後「玉冬與東昔」的故事尤其打動觀眾們的心。玉冬乘船前往故鄉木浦，得知母親是癌症末期後，堅稱母親死後會後悔的兒子東昔決定同行。儘管兩人之間過去累積的情緒爆發，但最後一次旅行卻是一趟和解與療癒之旅。透過在木浦共度的時光，東昔得知了自己過去不知道的關於母親的各種事情。

告別自己在木浦留下的一切，玉冬一回到濟州就和東昔去了漢拿山。這是為了完成即便生活在濟州，為討生活忙得暈頭轉向，至今一次也沒去過漢拿山的玉冬的心願。拍攝那天，天氣幫了忙，片片雪花隨風漫天旋舞，後來導演們都說，光是我和李秉憲演員以漢拿山為背景佇立的模樣就構成一幅畫。

攀爬被積雪覆蓋的山路，途中坐下稍事歇息時，兒子問：

「覺得這輩子什麼時候最美好？」

玉冬說：

「現在。」

「罹患癌症生病的現在？」

「不是，是跟你一起爬漢拿山的現在。」

玉冬固執地說要爬到白鹿潭，這對癌症末期患者來說是天方夜譚。東昔說自己會爬到白鹿潭拍照回來，要母親先下山在咖啡廳等待，然後將母親託付給幾名下山的年輕人。每次被媽媽氣到而爬過數十次的漢拿山，這次卻是為了媽媽而爬。玉冬看著東昔拍回來的影片，向濟州做了道別。

從漢拿山回來後，玉冬在凌晨起身替兒子東昔煮了他喜歡的大醬湯，再分別替家裡養的貓狗準備糧食。她的臉上帶著喜悅與安詳，獨自躺下，永遠沉睡了。

兒子來到母親家裡，看到母親一動也不動，他走向母親，明白母親已經走了。我在這一幕感受到李秉憲演員是發自真心在演戲。他將臉埋在我的頭上哭，不知道哭得有多傷心，我的頭髮都濕成一片。

這在劇本上是沒有的，劇本只有我躺著，李秉憲演員進來，美味地吃了一勺大醬湯，接著說：「媽，妳在睡嗎？我來了，妳醒一醒。」可是因為我沒起身，他就來到我面前，將耳朵湊近我的鼻子，他並沒有立即哭出來。劇本上沒有寫得那麼詳細，只寫著把耳朵貼近，在我身旁躺下，靜靜地撫摸我。李秉憲演員捧著已經死去的我的臉，擱在自己胳膊上，摸摸我的額頭，摸摸我的鼻子，再摸摸我的頭，彷彿在理解「原來我媽媽是長這樣啊」，將媽媽的臉整個摸了一遍。摸完後，他緊緊抱住我，像孩子般痛哭不止。這在表演說明上是沒有的，似乎是知道李秉憲演員會發揮得很好，所以才沒事先寫出來。雖然有些場面會寫得很詳細，但這一幕並沒有寫。演員是以演技說話的人。

我心想，為了要他在最後這麼做，所以李秉憲演員才會在先前的戲份中表現得那麼惡劣。在這之後，李秉憲演員說出了旁白：

「沒說一句我愛妳，沒說一句對不起，我的母親姜玉冬女士在煮了一碗我喜歡的大醬湯之後，回到她初次來的地方。我抱著過世的母親痛哭一場後才明白，我並沒有一輩子怨恨母親這個人，而是希望能像這樣抱著她和解；這才明白我過去是想這樣久久抱著我的母親，像此刻般盡情大哭一場。

這段旁白之所以令觀眾心痛，是因為李秉憲演員的演技中充滿真心。

拍完最後一幕，李秉憲演員問我：

「老師，我哭的時候把您抱得太緊了，沒有感到不舒服嗎？」

我記得自己說：

「怎麼會不舒服？我也感到很悲傷啊。」

李秉憲演員飾演的角色太可憐了。那是個對我充滿怨恨的角色，可是他在最後卻說：「我並沒有一輩子怨恨這個人，而是希望能像這樣抱著她和解。」

我看著李秉憲演員在《我們的藍調時光》中演戲的模樣，感覺到：「不愧是李秉憲，這人真是心思細膩。」他是個講究禮儀、性格不沉悶、準確地知道自己該做什麼的人。年輕演員們會聚在一塊聊個沒完，但李秉憲演員不會。我在與他合作時感覺到這人不是普通的演員，他是演技精湛的演員，演員就該這樣。

《我們的藍調時光》的主題是「我們並不是為了在這塊土地上受折磨、為了不幸才出生的，我們全然是為了幸福而生」。但願觀賞《我們的藍調時光》的所有人都能變得幸福。

雖然只是個像配角般的小角色，但我為了這個角色，以姜玉冬這個女人的身分，以這個擱下夢想與希望、因為沒死所以活著，背負著無能為力的人生的女人，就這樣活了好幾個月。

（《我們的藍調時光》創下十四・六％的最高收視率，是tvN歷代電視劇收視率第七位，帶給眾多觀眾深刻的共鳴。）

我的摯愛

一名男人在社區的小型商店公布欄上貼了徵求女傭的紙條，偶然看見紙條的女人前往男人的家說要應徵女傭，但男人看到女人的穿著打扮後拒絕了。

男人外表孤僻，又以性格惡劣出名，根本就沒人想來他家，最後他只好聘用那名女人。性格乖僻又刁鑽的男人始終不把女人放在眼裡，孤兒院出身的他，從小只知道工作，凡事也只想到自己，是個不擅長與他人溝通的木訥男人。他靠著成天捕魚或砍柴去賣錢，以及在孤兒院工作等粗活來維持生計，所以需要有個女人來替他打掃和做飯。

不明的先天性障礙導致女人的身軀佝僂矮小，加上關節炎，動作很不順暢。幼年時期的她只透過窗戶與世界溝通，長大後也無法有社交活動，在嬸嬸家寄人籬下。

雖然她很想住在家人過去居住、由母親留下來的房子裡，但偷偷將房子賣掉後的哥哥給了生活費，把無法自立的她託付給嬸嬸。無依無靠的她十分孤單，用歪斜的身體在舞廳來回踱步與作畫是她僅有的樂趣。

她的一舉手一投足都讓嬸嬸看了礙眼，也嫌要照料她很麻煩。她對嬸嬸或哥哥來說都只是個包袱，是個比在地面上滾動的落葉還不如的女人。某天得知家被賣掉後，她對哥哥感到滿腔怒火，嬸嬸漠視自己的態度也令她生氣。

儘管她渴望脫離嬸嬸家並在經濟上獨立，但身體有殘疾的女人求不了職，因此她走了很遠的路，不由分說地跑到男人的家。男人的家是間孤零零的破屋，猶如倉庫般佇立在荒涼海邊的原野上。

看到女人穿著新鞋一瘸一拐地遠道而來，男人不將她放在眼裡，說：「妳走路的模樣還真罕見。」女人說自己只是走路不便，其實「足以勝任五個女人的工作量」，但男人把瘦如竹竿的女人送回家。後來，男人聽從孤兒院院長的忠告，「決定先讓她工作看看再決定」，於是又去帶女人回來。

女人向嬸嬸道別後，帶上畫具等寥寥幾樣行李，跟著男人去了他家。

男人習慣獨居，從來不向他人分享情感，也因此他的粗魯言行對女人的心造成了傷害。他對著在陌生的家中做事還很生疏的女人大吼：「這個家中的順序是我、狗和雞，下一個才是妳！」儘管如此，女人仍認真地準備餐點，做打掃等家務。

女人發現了油漆桶，做完家事後在剩下的時間裡開始在家中的置物櫃、牆面、窗戶、男人丟棄的木板、階梯等處作畫，只要是能作畫的地方就畫。雖然只使用簡陋的畫具，但作畫為她帶來純粹的喜悅。她畫起隨處可見的冬日景色、馬兒、鳥兒等周圍的風光，就這樣為魚販灰撲撲的家、為她的人生穿上了繽紛色彩。

直到來自紐約的女性為了鮮魚配送的問題找來男人的家，偶然看見女人在家中牆面上描繪的雞。那位女性顧客很滿意女人的作品，以豐厚的報酬委託了一幅尺寸更大的畫作，要求她寄送至紐約。

女人先前曾有過死胎的悲傷經驗。寶寶是嚴重畸形兒，一出生隨即夭折，她的家人埋葬了寶寶。她將這個故事告訴了男人，兩人就這樣一點一滴地了解彼此的存在與創傷，互相敞開心房。後來，在孤兒院舉辦了簡樸的婚禮後，男人以手推車運載耳朵上插著花朵的女人，穿越田野回到家。

隨著欣賞自己畫作的人愈來愈多，女人更加認真作畫。她對金錢不感興趣，只是熱愛畫畫。她把在家外頭工作的男人也放進畫作中。那些畫作經過人們口耳相傳，她成了名氣響亮的畫家。

新聞報導刊登了她與她的畫作，她的名氣大到美國總統也來向她購畫。各家報社爭先恐後來採訪，她上了電視節目，男人與女人的家擠滿前來買畫的人。「早上起床時外頭就人山人海，工作結束回來還是人山人海」，男人認為平靜的生活被破壞了，不滿與日俱增。最終兩人之間的衝突加劇，眼見關係即將宣告破裂，女人離開了男人的家到外頭生活。

這時女人從嬸嬸口中得知，自己生下的孩子並非出生就夭折，也不是畸形兒，而是她的哥哥判斷她無力撫養孩子，收了錢把孩子送給富有人家領養。聽到這真相，女人受到莫大衝擊。

男人感受到失去女人帶給他極大的失落感與懊悔，再次去找女人。自尊心強又木訥冷淡的他，發自真心向她傾訴情意。男人帶著女人，讓她即使只是站在遠處，也能看到健康活潑的女兒。

初次向她買畫的女性，問她能不能教自己畫畫，女人笑著說：

「那是誰也教不來的，想畫就去畫呀。」

那位女性看著畫問：

「這棵樹是紅色的，但這邊的樹木卻是綠色，有什麼原因嗎？」

女人說：

「嗯……因為看起來很美。我想將美麗的事物都放進畫裡。」

男人則說：

「是誰說可以在牆上畫妖精的？」

女人說：

「那不是妖精，是鳥兒。」

「不管是鳥兒還是妖精，我問的是誰允許的？」

「是你說要把家裡裝飾得漂亮些，在我看來這樣很美。」

先天性障礙加上罹患關節炎、肺氣腫，女人的健康狀況逐漸惡化，後來背完全駝了，腳踝也虛弱無力，連好好走路也無法。儘管握著畫筆時手指會疼痛，但她仍在凜冽寒冬中持續不懈地作畫。最後，女人終於倒下。在醫院，男人自責地對女人說：「我過去為什麼認為妳是有缺陷的人呢？」聽到這句話，女人握著男人的手說：

「我得到了愛，我得到了充分的愛。」

她如此說著，最後闔上了眼。

回到家後，男人在充滿女人畫作的家中淒然地凝視每件物品，發現女人將初次在商店看到的徵人紙條保管了一輩子。電影就這樣落幕了。

這是加拿大電影《彩繪心天地》（*Maudie*，艾斯琳．瓦許〔Aisling Walsh〕執導，二〇一六年上映的作品，由莎莉．霍金斯〔Sally Cecilia Hawkins〕、伊森．霍克〔Ethan Green Hawke〕主演，以加拿大人喜愛的女性畫家莫德．路易斯〔Maud Lewis〕的實際生活為背景改編而成，曾獲得國家影評人協會女主角獎）的故事大綱，描述習慣獨來獨往的男人與女人在小小的家中如命運般相遇，相濡以沫的故事。電影從頭到尾展現出色彩獨特、溫暖的畫作，光是說明內容完全無法傳達出演員們讓人心痛的名演技與美麗的場面。

這部電影，請您務必要看，聽說是導演籌備十三年的嘔心力作。住在世界上最小的房子裡，滿心歡喜地說出：「我別無所求，只要有枝畫筆就足夠」的畫家……因為內心猶如晶瑩晨露，有雙看待世界的美麗之眼，才能說出只要手上握著畫筆，眼前有扇窗戶便足夠的人。

如果是能讓人再次回顧幸福的涵義，促使我們思考是什麼救贖我們的角色，我也想演上一回。我暗自心想，儘管如今我已逾八旬，但還是能把六十五歲的角色詮釋得好吧。儘管因為踏入演員之路而沒能順利畢業，是否因為我就讀的是梨花女大生活美術學系，才會對這樣的電影情有獨鍾？

夢想之人

倘若至今仍有人沒看過《住在清潭洞》（金鉐潤、林賢旭、李尚美導演，朴海英、李南圭編劇，二〇一一年至二〇一二年JTBC播映的一百七十集電視劇，由金惠子、吳知恩、李甫姬、李相燁、顯祐、禹賢、趙冠宇、徐丞賢、崔武成、朴順愛、黃晸珉主演，以搞笑手法描繪惠子一家人與寄宿者住在首爾清潭洞即將都更的老舊二樓建物的生活樣貌），您必須趁現在看一回。JTBC有個編輯成短片後上傳到網路的系列，我經常點來看。

「沒看過的人會扼腕的情境喜劇。」這句留言一點也沒說錯。有人寫：「還會有情境喜劇在心中留下這麼濃烈的餘韻嗎？」更有人寫：「聽說金惠子小姐會看留言，真希望她能看到這則留言。」只要是跟我演的作品與演技有關的留言，我都讀得很認真，同時忍不住想：「怎麼會把我寫得這麼精準呢？」留言中不是只有閒扯的字句。

《媽媽發怒了》中，女主角金韓子丟下丈夫、公公與子女，在外頭租了套房，當時有人在留言中寫了這樣的內容：

「世界上有哪個女人不是那樣生活的？已婚的女人還不都是那樣過。真是自以為是，我也是那樣過日子的啊。」

要是我傾注一切所呈現的演技無法獲得認可，我會像孩子似的內心非常受傷。但另一方面，讀留言時可以看出那個人是基於什麼樣的狀態寫出那段話。大概因為我是演員吧，我在這方面的直覺很敏銳。實際上，留言的人也像是在心理劇中出現的演員。大家都是根據各自的心態、性格、面臨的處境，以留言這個形式暗中說出自己的台詞。

所以讀留言讓人獲益良多。有人不把留言放在眼裡，但我不是這樣。留言不知道能讓人有多少感受啊，既可以知道我看起來如何，也會看到讓我醍醐灌頂的有用留言。我一邊看留言一邊驚嘆，感覺自己應該要努力活得更好。透過觀眾們隨手寫下的留言，我得以用演員身分窺探人類心理，從中學習。那些罵我、說難聽話的留言，我也努力當成是在心理劇中其他演員說的台詞。

雖然我抱著十分灑脱的心情讀留言，但有一次無法淡然以待。那是電影因應《非常母親》上映十週年舉辦「與觀眾對話」活動時的事，是奉俊昊導演一同出席的場合。聊到拍攝電影時的插曲時，我說：「拍攝時飾演兒子的元斌演員事前沒有告知就觸碰了我的胸部，後來才知道是導演下的指示。」說時遲那時快，網民一窩蜂地指責奉俊導演，批評他缺乏性別意識與性別敏感度。

後來正如製作方公開澄清的，我的記憶有些差錯。當時導演有先對我說：「斗俊（元斌飾）可能會把手放在媽媽的胸口。」我回答：「放在上頭有什麼關係？反正母子之間兒子本來就可能會摸著媽媽的胸部入睡啊。」

問題在於有群人不接受澄清，猛烈責難，以落井下石為樂的人也加入了。《非常母親》是奉俊昊導演曾說「我不是媽媽，老師應該會更懂得劇中媽媽的心情」，我們聊了很多才拍攝而成的電影。拍那一幕時，我化身為生下智能不足的兒子、心煩意亂的母親躺了下來，腳上的襪子沒脫，因為萬一兒子出了什麼狀況就得隨時跑出去。我是帶著那樣的心情演戲，但人們以「導演和男演員聯手欺騙女演員，對她進行性騷擾」的觀點謾罵，所以我對奉俊昊導演十分愧疚，對整體情況也非常害怕。原本想說笑的一句話卻被放大，演變成讓人嚇得魂飛魄散的狀況。因為太過痛苦，後來我被救護車送到醫院。有時，我感覺世界與人們仿如怪物。我對元斌演員也感到非常抱歉，元斌演員只是在那一幕盡可能忠於自己的角色罷了，難道我的性別意識與性別敏感度也不足嗎？

事過境遷，我認為我們所有人都圍繞著那個事件演了齣心理劇。我們成為那齣心理劇的加害者，也成為冤枉的犧牲者，這就是「人生電視劇」。儘管夢想著徹底擺脫這齣心理劇，但有多少人真能獲得自由呢？不過，包括那些宣稱自己的主張才是正確的留言在內，只要把所有稱讚與批評都想成是在演心理劇，就能減少被惡意留言打擊的程度。

電視上播放著新聞。

「以五十年為週期接近地球的哈雷彗星再次接近地球。隨著哈雷彗星接近太陽會急遽變亮，在離地球最近的星期五晚間可以在任何地方看到它亮如火球的模樣。為了能在更近處觀賞下次要再等五十年才能看到的哈雷彗星，全國各地天文台已擠滿事先卡位的人群。」

住在清潭洞破舊漫畫屋建物裡的人們紛紛估算起自己的年紀。

「五十年後再來的話，我就七十八了。」

「我們下次看到時已經變成駝背的老爺爺、老奶奶了耶。」

「我是一百。」

「我是八十九，還算是有希望的。」

這時弟弟金禹賢（禹賢飾）看著我說：

「姊姊很難看到兩次了。」

我說：

「這是第二次，我已經看過一次了，」

「啊，因為週期是五十年，所以姊姊五十年前看過了。」

受到彗星接近地球的影響，電波會被干擾，手機和電視都會失去訊號。有人說，當彗星通過時許願會成真。這天，壓根沒人用的漫畫屋公用電話突然鈴聲大作，我嚇得接起電話，話筒中某個小女孩說了聲：「喂？」那聲音分明在哪兒聽過，但我向電信局詢問，卻說那是支毫無功能的公用電話。

午後，公用電話又響了。

「喂？」

是早上那個小女孩的聲音。

「妳是誰？妳是怎麼打到公用電話的？」

「只要投錢進去就好了呀。」

「我不是那個意思，妳現在不是打到公用電話嗎？」

「我是打到爸爸的工廠耶。」

「這是公用電話，妳打到公用電話了。」

「公用電話要怎麼接電話？」

「我的意思就是這樣，妳是怎麼打的？」

「我只是打到爸爸的工廠啊。大概是那個吧，有什麼彗星經過，所以很多電話會受到干擾。就是說隔五十年才來的彗星，二〇一二年會再來的……」

「二〇一二年會再來？」

「對，說五十年後會來，所以是二〇一二年會再來啊。」

「現在是幾年？」

「不是一九六二年嗎？」

「妳說現在是一九六二年？」

「對，怎麼了嗎？」

「小孩子竟敢說謊。妳在一秒內回答我的問題，不要思考，要在一秒內回答。現在的總統是誰？」

「沒有總統啊。」

「説謊也不打草稿，哪裡有沒總統的國家？」

「沒有總統，只有議長。朴正熙議長。大嬸，我沒錢了，請趕快換我爸爸接電話好嗎？喂？喂？」

接著電話就掛斷了。這時惠子看了一眼印在漫畫屋公用電話上的號碼，總覺得好像在哪兒見過「751—6061」這個號碼；小女孩口中的電話號碼。兒時父親任職的工廠電話是「51—6061」——那個小女孩不是別人，正是兒時的惠子。

小時候的惠子是會擔憂令臥病在床的媽媽辛苦、年幼的弟妹們受驚嚇，所以連哭也不敢哭出聲，經常悄悄地肝腸寸斷的孩子。她是會找個地方躲起來哭的孩子，需要有個能夠盡情哭泣的角落的孩子。

下則新聞開始播報。

「睽違五十年返回的哈雷彗星預計在今晚徹底離開地球。近期因哈雷彗星引起的通信與電波障礙，也預估以今晚十一點為基準完全解除。」

兒時的惠子再次站在公用電話機前祈禱。

「誠心祈求就會成真，誠心祈求就會成真，爸爸，請趕快接起我的電話，拜託。」

那晚漫畫屋的黃色公用電話再度響起，我慌忙地拿起話筒。

「喂？」

「是首爾工業所嗎？我爸爸金哲根，我爸爸在那裡吧？請幫我轉給我爸爸聽好嗎？」

「惠子啊，妳在做什麼？」

「請幫我轉給我爸爸，好嗎？」

「惠子，爸爸不是過世了嗎？」

「爸爸不是在那嗎？為什麼爸爸不接電話，老是大嬸接呢？」

「惠子啊……」

「大嬸，我不知道該怎麼活下去。媽媽好像快死了，我好害怕，我不知道該怎麼活下去。」

受到哈雷彗星妨礙電波的影響，電話發出了滋滋雜訊聲，我大聲喊叫兒時的惠子。

「喂？喂？」

幸好電話再次接通。

「喂？喂？」

「嗯，好，惠子，妳聽著，妳會結婚，生下漂亮的女兒。妳會住在首爾富人居住的清潭洞，過得很幸福，真的很幸福。妳相信大嬸說的話，這些都是真的，還有妳會成為一名詩人。」

「詩人？」

「對，詩人，妳將會成為詩人。不，已經是詩人了。妳的妹妹甫姬會成為演員，弟弟禹賢會成為漫畫家。是真的，這都是真的，還有，妳到了六十歲時會說人生不枉走了這一遭。是真的，妳很幸福，相信大嬸說的話。」

「真的嗎？」

「是真的，妳真的很幸福，真的很幸福。」

「可是妳怎麼知道的呢？」

我哭著說：

「因為我就是妳。」

「什麼？」

「因為我就是妳。」

「喂？喂？」

「惠子，我就是妳！」

接著電話就徹底掛斷了。

時間，時間，時間是什麼呢？時間是真的會流逝的嗎？此刻也是，此刻也是，當時的那個時間現在去了哪裡呢？彷彿層層堆積在某處，此刻彷彿依然活著的兒時的我……我想為兒時的我打氣。

我將雙手攏在唇邊，大聲對著遙遠幼年時的我說：

「惠子啊，好好活著啊！」

兒時的惠子突然聽見了那聲呼喊，沿著巷子跑下去了。

昨天我在重溫這最後一集時又哭得很傷心，兒時的惠子太可憐也太令人心疼了。雖然這是齣愉快的情境喜劇，但《住在清潭洞》中也有這種感人肺腑、令人心痛的場面。怎麼會想到要讓彗星登場，還以公用電話與過去的我通話呢？朴海英劇作家真是個奇才，與過去的我通話的那一幕太令人拍案叫絕。

我在這齣電視劇的樣貌骨瘦如柴。要是臉蛋柔和一點就更好了，但當時家中裡裡外外發生了些不幸的事，基於各種原因讓我感到非常吃力，是這部作品拯救了我，它讓我活著並重新站起來。痛苦的我帶著一身皮包骨進入這齣電視劇中，好不容易才繼續活了下來，也才能演好。劇中的金惠子是個爸爸在任職工廠時身亡、媽媽也離世，獨自帶著兩個弟妹，從小就吃了許多苦頭的女人。

儘管畫面上的我如馬骨般嶙峋，讓人看了頻頻皺眉，但那個惠子的眼中寫滿了痛苦。兒時的惠子令人憐惜，即便我看著自己，也心痛得掉下眼淚。我演那一幕時，心想那種事確實可能發生。與過去的我說話，給她勇氣與希望，這種事怎麼會沒有呢？

我很喜歡這樣的電視劇，它讓即將倒下的辛苦人們開始編織夢想，但不是荒誕無稽的夢。如果還有這樣的電視劇，我還想再演，這不是為了我的名聲，而是我想要演為置身於絕望的人們注入希望的作品。

《住在清潭洞》裡的角色都是前途無望之人，沒有一個是過上好日子的人，他們都是被現實所逼，隱藏真實面貌、在有「富村」之稱的江南區清潭洞生活的魯蛇。妹妹甫姬（李甫姬）因為臉蛋標緻而拍了電影，後來嫁給企業家，但不過一年就失寵了，只好在惠子家中過著寄人籬下的生活，淨做些不切實際的夢想，像是該怎麼做才能有漂亮衣服穿？哪裡有多金的男人？惠子偶爾會覺得是自己哥哥，有著一張蒼老容顏的弟弟（禹賢）雖然是漫畫家，卻一本漫畫也沒出版過。他在姊姊的使喚下過著打掃廁所、把客人借走的漫畫書登記在帳簿上的生活。因為生活困苦，所以女兒（吳知恩飾）把手提名牌包和尋找多金、家世好的男人當成目標。

和禹賢共用一間房的寄宿生崔武成（崔武成飾）是首爾大學畢業的清潭整形外科醫生，卻因為實力欠佳，被整形外科室長輕視。他把薪水全拿去奉獻給在美國留學的子女與太太，是個口袋裡沒有半毛錢的窮酸邊緣人。歌手趙冠宇（趙冠宇飾）自稱是演藝經紀公司社長，帶著幾名偶像志願生寄生在惠子家的半地下租房中。他暗戀無名演員甫姬姊，自稱是她的經紀人，卻連請練習生吃頓飯的錢都沒有。

金惠子的狀況也與乞丐無異，這輩子從沒住過首爾的她，在年逾六十後有了住在清潭洞的機會，自此四處宣告：「我，住在清潭洞。」她偶然進入百貨公司VIP顧客才能加入的文藝俱樂部，在聚會中的一票有錢女人面前大吹牛皮，把自己是漫畫屋老闆說成「經營書香咖啡廳」，擺起清潭洞貴夫人的架式，但實際上她只是接手了哥哥的漫畫屋，同時經營寄宿家庭，住在即將都更的破舊二樓建物裡罷了。

經營漫畫屋之餘，她憑著粗淺的日語實力，做起兼職工作，替為了看韓流明星而來到清潭洞的日本觀光客做導覽，隨便指著這戶或那戶人家介紹道：「這是『勇樣』裵勇浚的家，那是元斌的家。」日子過得貧窮，但她努力裝成富人，想過得跟其他清潭洞居民一樣，實際上卻是個「雀學鶴步，自曝其短」的人物。

外表雖然落魄，但惠子從小內心就有一顆閃閃發亮的星星——用美麗的眼光看待世界的星星。她自小不幸如影隨形，但依然沒有忘失那顆星星。儘管在他人眼中是個「她那樣是要怎麼生活？」的孩子，內心卻守護著這顆閃閃發亮的星星，每天每天都閃爍著希望。她是個永不失去希望的孩子，努力攫取在心中不為他人所見的星星。我覺得那太令人心疼了，說不定其實那顆星星根本就不存在。孩子咬牙努力不讓那顆星星消失不見，但那顆星星可能根本就是窮。在心中懷抱著現實中不存在、荒誕無據的星星，無論別人怎麼說「沒有那種東西」，惠子仍堅持「不，我相信有」。

那不知道有多難哪。雙腳浸泡在污穢的水中，內心卻珍藏著美得讓人屏息的星星，在這齣電視劇中出現的人都是這樣的。因此，如果問我想再演的電視劇是什麼，我一秒也不需要思考，會直接說是《住在清潭洞》。

劇中的金惠子是個做事不經大腦的人，現實中把那樣的行為舉止叫做「少根筋」，不過沒關係，正因為做事不經大腦思考，才能在現實中活下去，以假裝少根筋，假裝成傻子的方式活下去。那個角色正是我自己。我演過很多齣電視劇，但《住在清潭洞》的金惠子就是我，金鉐潤導演深知這點，才會把那個角色交給我。

有時我會冒出不必要的固執，惹得人抓狂。《住在清潭洞》拍攝差不多進入尾聲時，我惹火了金鉐潤導演，轉頭就回家去。雖然準確想不起來是什麼情況，但大概是導演不斷逼我，於是我說了些不像樣的話，惹得他勃然大怒。凌晨一點來了電話。金鉐潤導演是連剪輯也不假手他人，自己在家獨力剪輯，很特別的人。現在是不是還這樣就不知道了。

接起電話後，導演說自己剪輯到一半，看到我笑的畫面，稍早那些不快就一掃而空，氣完全消了。那句話令我感激再三。

金惠子會寫詩。雖然日子過得困苦，雖然人生無解，她始終想成為詩人，明明連詩為何物都不懂。她心思細膩的程度難以言喻，無處宣洩所以寫起了詩。她看到百貨公司文藝俱樂部會員的有錢夫人上了年紀但保養得宜的皮膚後，寫了〈不同香氣〉這首詩。

她身上散發出好聞的香氣

散發出剛摘採下來，帶著柔軟細毛
甜滋滋水蜜桃的香氣
想必是一生所吃下的食物
造就了一個人的肌膚氣味吧
我嗅了嗅自己身上的味道
得去洗個澡了

附近的流氓說有人劃傷了他停在漫畫屋前的車子，又是破口大罵又是脅迫，要求賠償修理費，金惠子於是用詩意的語言訓誡他：「你別再用那種彷彿嘴裡叼著髒抹布、滿嘴髒話的語言了。」

「雖然你的車子彷彿風吹拂草地般，悲傷地留下了稜角所劃下的痕跡，但你的語言傳到這側，會在這側善良的人們心中帶來暴風驟雨、扔下巨石。你要上哪去尋找不知去向的教養？在你化為一把灰燼湮滅之前，在你臨死看到透明約旦河的點點光芒之前，但願你能找到。」

流氓一時慌了，說了「靠，我還是第一次被罵到有點感動」後便倉皇跑出去了。

金惠子讀了曾在外國留學的有錢夫人推薦的、康德寫的《純粹理性批判》後，對硬是丟下《月刊漫畫》後寄來催款信的人說：

「你聽好了，人類身上有一種就算是壞人也能準確判斷是非對錯的先天性構造，因此你有辨別對錯的判斷力。可是你被不聽他人說話的成見束縛，為了維持壞人的一貫性，三番兩次放了不該放的《月刊漫畫》。你的行為違反人類普遍的認知構造，我們才會在這裡僵持不下。你聽得懂我在說什麼嗎？怎麼不說話？」

對方悄悄地說了句「我明白了」，約定不再放書。

她也給想把受損的橘子放進客人的紙袋的水果商販一記當頭棒喝：

「希望你能把人類的尊嚴記在心上並做出判斷，所有人類都具有理性判斷的能力，所以當阿姨您發揮為了利益、偷偷將這狀態不佳的橘子放進去的理性能力時，就同時也有把它挑出來的理性能力。因此，您做出任何判斷或行為時，不要把彼此當成手段。當成目的，守護彼此的尊嚴，不正是客人與老闆之間需要的嗎？」

漫畫屋客人抱怨廁所沒有衛生紙時，金惠子說：

「您做了錯誤的判斷。判斷分成分析判斷與綜合判斷，分析判斷不一定需要經驗。比方說廁所需要衛生紙是事實，但這件事實不代表廁所非得要有衛生紙，因此透過經驗的綜合判斷是絕對少不了的。」

客人一邊扭動憋急了的身體，一邊賠不是。

重溫時仍覺得她是個太討人喜愛的女人。為了隱藏自己寒酸的身分而編出一大堆荒誕無稽的謊言，之後再以其他謊言來圓謊，也難怪她會如此兀自慨歎了。

「我為了求生而脫口說出的謊話，每次都像要置我於死地般變成海嘯捲回來，這樣下去我真的會沒命。假如人一生中能說的謊有固定的量，我在搬來清潭洞的這三個月已經把這輩子的謊話分量都講完了。我希望從今而後不要再從我體內說出任何謊話了，拜託。」

明明一無所有，卻不想被宣稱家裡遭竊的有錢夫人們比下去，於是信口開河說自己家裡也被洗劫一空。與警察一同回家進行調查的途中，她在警車上懇切地祈禱：

「上天啊，就是現在了，現在就是地球滅亡的時機了，請在這一刻了結吧，我再活下去要做什麼呢？拜託，就在這一刻了結，求求祢。」

因為深知無法憑一己之力度過眼前的狀況，而祈求今日即是世界末日。但她依然活著，而且因為沒有失去夢想，她一點也沒有愁眉苦臉。

住在富人區，連從垃圾桶撿來的衣服也是名牌。金惠子看到法國製的滑雪服後開心得不得了，就穿出去了，沒想到看到附近的狗兒穿著一模一樣的羽絨服後大感掃興，所以就給了弟弟，接著又換他穿上後神氣活現地走來走去。只因是名牌就把狗的衣服拿來穿的絕妙構思有哪個劇作家寫得出來？這黑色幽默真是神來一筆。

一開始拍攝這齣電視劇時，我熟悉的面孔只有飾演妹妹角色的李甫姬演員。初次見到的演員們個個演技精湛，讓我接連驚豔，我對其中一名女演員說：

「您的演技太出色了，真令人讚嘆，知道世界上還有演得這麼好的演員，太令我意外了。」

那位演員馬上回擊：

「我也是這次才首次知道有老師這樣的演員。」

對方一臉正經說完後就頭也不回地走掉了。我當時的想法很單純，說出來的話卻傷了她的心。我頓時有些驚慌，再次學到即便是發自真心也得小心言語。《住在清潭洞》是讓過去身為井底之蛙的我見識到新世界的作品。

看似傻瓜卻單純得讓人掉淚的人們，《住在清潭洞》中出現的人物都是這樣，他們全都是現實不適應者。我太喜歡這樣的設定了。世界上多得是這樣的人，做著不切實際的夢想的人。因為寫得趣味橫生，即便荒謬不合邏輯，也沒有誰是陰沉憂鬱的。處境艱難，卻絲毫不嚴肅。我想要的就是這樣的世界。

儘管在聰明人的眼中看似蠢得可以，這些人彷彿在說：

「是啊，我就是個蠢蛋，可是我很幸福。你們認為我是失敗者，但你們無法奪走我的夢想。我討厭像你們一樣，眼珠子在現實中轉來轉去，也討厭腦子轉得很快。我看起來有點傻，但不是真的傻。我想活在夢想中，不想從這場夢醒來。」

趙冠宇經紀人和金惠子是同類人，做的都是些不符現實的事。他成天待在就連好好躺下也嫌狹窄的地下租屋看漫畫，當自己是什麼經紀公司的社長作威作福。以世人的眼光來看就是個瘋子，可是他成日唱歌給一群歌手志願生聽，感到很幸福。聽完他現場演唱的歌曲〈在花田〉後，大家都大受感動。

雖然沒什麼好東西可吃，但人並不是只靠食物過活，也要靠夢想餵養才行。《住在清潭洞》的人們是靠夢想生活的人，只要不到餓死的程度就好。就算表面上看起來窮酸潦倒、瘦得不成人形，他們依然幸福。

《住在清潭洞》這齣電視劇是一首詩。金惠子做的事、趙冠宇做的事都像一首詩。現實中無法實現，才會生活在夢中；只要進入現實，一切就會粉碎湮滅，所以在現實與夢想間的某個點活下去。他們是生活在現實與夢想的中間點的人，因為擔心夢會醒來，才會選擇在中間點不踏入現實。偶爾他們會頓時清醒，然後搖搖頭，竭力不從夢中醒來。他們是一邊作夢一邊生活的人，是不願從夢中醒來的人。

我認為這樣的人是存在於某處的，活在現實與夢想的中間點的人。要是那些人全數消失的話，世界會過於蕭瑟。但，那種人是不會消失的，他們消失不了，一旦面對現實就是死路一條，因此不會消失，他們也沒有尋死的勇氣。故事先設定好人物不從夢中醒來，在夢想中把生活過得趣味橫生，同時也顯得淒涼哀傷。

神自有安排

傳聞金惠子對作品非常挑剔，事實上假如第一印象就不滿意的劇本，我就不會接演，我相信直覺。後來很自然的，大概會以三年或四年的間隔演出一部作品。

無論是電視劇還是電影，我選擇作品的標準，都是有人看我演的作品會感到幸福，或即便淚如雨下，仍能感受到人生的歡喜，哪怕只有一個人也好。如果不是這樣，我就不想演。無論是什麼樣的故事，我都想演出對活著這件事拋出意義的作品。

跟每個人一樣，踏入演員之路初期，我也有過經濟拮据的時期。丈夫家境貧困，我們曾與公婆一起租房，住在西大門永川的最高處。我娘家很富有，父親說想替我們準備一間小房子，但丈夫感到過意不去，婉謝了父親的好意。年齡差距大，又是嫁給鄉下的窮小子，因此兩個姊姊十分反對我的婚姻。但我是不管什麼家世背景的，只憑喜歡丈夫這個人就出嫁了。

一次，某導演對我說：「怎麼能只吃想吃的糕點呢？」勸我只要有邀約就接，我毫不猶豫地回答：

「我還是只吃我想吃的糕點。」

我太挑作品了，所以有人勸我說：「反正電視也稱不上是藝術嘛。」

我聽了非常不是滋味，斬釘截鐵地說：

「把它當成藝術全心去投入都覺得吃力了，怎麼能打從一開始就說不是藝術呢？我沒辦法那樣。」

廣告我也只接喜歡的。「即便現在得挨餓，以後我還是只吃我想吃的糕點」是我的固執與想法，不吃不想吃的東西，忍耐一會兒，直到想吃的糕點出現時再吃。一路以來我都是這樣選擇角色的。

儘管我飾演的角色中沒有罪大惡極之人，卻有令人難以忍受的。因為我是真的必須以那女人過活，必須成為那個女人。當然有些人就算不成為那個角色也能演，將演技實力發揮得如魚得水的演員所在多有，但我就算一時無法成為那個人，即便使出渾身解數幾十次、幾百次，也非得成為那個人不可。或許有人會覺得這聽來像是奇怪的迷信，但這就是我，怎樣也改變不了。

演日日劇時，遇到悲痛欲絕的場面，如果演得太肝腸寸斷，觀眾會看得很膩，所以我盡量演得鬆一點，但那樣更難。即便是家庭主婦，碰到悲傷瞬間襲來時還是會情緒激動得哽咽，剛開始我也是那樣做，後來才知道不能那樣演。我意識到雖然是足以令人昏厥的情緒，但考慮到晚間八點或十點舒適地收看電視劇的觀眾，就不能把那份煎熬全表現出來。那樣演會顯得過於突兀，觀眾也會看得很吃力。

因此，把自己當成角色入戲的同時，還必須調整悲傷的表現程度，避免讓觀眾產生「啊，拜託別再演了……」的感受。畢竟人生是要在承受辛苦悲傷的瞬間，調整情緒才能繼續向前走。我認為，人生猶如扮演某個角色，人生就是「向世界展現自己」。

我曾在某個節目上說過這樣的話：

「那是吵不來的事。」

我對自己說過那句話沒什麼印象，是後來其他人告訴我的。事實上那是我平常經常掛在嘴邊的話。要是有人推薦我演什麼樣的角色，我多半會表示自己不常接演作品並拒絕。不行的就是不行，那是吵不來的。我是最了解自己的人，就算眼前有演出機會，要是我認為會非常痛恨自己，就算是給我鉅額的報酬我也不拍。

曾有過這樣的事。有次某導演捧著一大束花來到家裡，什麼話也不說就這樣靜靜坐著，接著遞出一本劇本。

我說：

「我應該不會演這部作品，您就別費心了。」

一方面也是因為三天後有要前往非洲的行程。那位導演說「我明白了」後便放下劇本離去，他回家後傳了訊息給我。那時大概是春季吧，他附了張櫻花照，訊息是這麼寫的：

「走出老師家門，路過牆下時看到櫻花太美了，就摘了一小段枝椏帶回。」

我傳了答覆：

「我願意接演那部作品。」

因為在被我拒絕後，回去的路上從我家探出牆外的櫻花枝椏摘下一小段帶走的那份心情太詩意，我能明白那樣的感受，所以就接演了。如果導演擁有那種感性，應該能夠一起打造出亮眼的作品。那就是《春日的微笑》（金根洪導演，金英賢編劇，MBC於二〇〇五年播映的兩集電視劇），但我飾演的不是主角，而是讓前妻的兒子入籍，撫養他並相依為命的繼母角色。聽到醫生說兒子唯有接受心臟移植手術才能活命，我扶著醫院的垃圾桶無法站穩的模樣，以及纏著兒子反覆喊著「也把我帶走吧」無數次的模樣，至今仍記憶猶新。

我不常與不認識的導演合作，與完全不認識的人合作的情況就只有奉俊昊導演。他說大學時電影社團的辦公室就在能看見我家的弘益大學附近，有一天他從辦公室往外俯瞰，湊巧看到我穿著拖鞋走到外頭。他基於好奇心跟在我後面，只見我經過弘大前，轉進遠東廣播公司的方向。當時我接演的電視劇拍攝團隊就在那條巷子內。他說看到我以去附近超市的步伐走去，並立即投入拍攝，拍了一、兩小時後，我說了句「大家辛苦了」，接著又以同樣的步伐走回家。奉俊昊導演說那令他「大受衝擊」（《Cine21》訪談）。

導演說當時看著我心想：「想跟那位演員合作的話該怎麼做呢？」他看我演了許多典型順從型的母親角色，不知為何覺得我應該很厭倦那種媽媽角色，於是製作了電影《非常母親》。

《非常母親》描述的是一名為了兒子不惜殺人的母親，奉俊昊導演曾在某次訪談中表示：「我認為能詮釋出那種極端母愛的演員只有金惠子。」他說自己想跟從小看到大的金惠子合作電影，但在思考「假如演的不是一貫的模範母親形象，跟她一起拍電影的話能夠說出什麼樣的故事？」之際瞬間有了靈感。他表示，在故事之前先有演員，電影《非常母親》的起點是金惠子。

奉俊昊導演初次來到我們家，看到位於三樓的我的房間窗外有電線後，他說：

「如果可以，真想替您把那條電線收起來。」

當時我心想：「啊，這男人真帥氣。」我也非常痛恨硬生生擋在窗戶中間的那條電線。他怎能一眼就看出這點呢？

他說了許多讓我深受啟發的話。無論年紀多寡，只要說的是對我有幫助的「建言」，我就會努力吸收、接受。我非常感謝。

《非常母親》拍攝結束那天，奉俊昊導演遞給我一張紙，對我說：

「老師，三年後我一定會拍這部作品。」

那張紙上畫著下部作品的分鏡圖。後來雖然過了十年，但我一次也沒問起關於那部電影的事，我沒問：「為什麼不拍那部電影？」

不久前奉俊昊導演找上門來，因為是事過境遷的往事，雙方聊了起來，他說：

「老師，那件事我一直惦記在心上。」

我說：

「沒關係。」

我要他不要有壓力，因為他沒有義務替我準備舞台。人的想法可能改變，環境也可能不允許，這就是人生。我說：

「我什麼都忘了，奉俊昊導演對我來說就是個好人。」

「我太想跟老師合作了，才會把半生不熟的事先說出口，甚至還畫了分鏡圖給您。可是兩年後，現實中發生了跟我原本想和老師合作的那個故事一模一樣的事，我太洩氣了，所以沒辦法拍。」

他說的沒錯，因為沒辦法拍新聞上已經報導出的事件。我笑著說：

「能這樣見個面就夠了。」

神賦予我挑選角色的眼光。我討厭平凡無奇的東西。雖然我的相貌平凡，也在一帆風順的環境下長大，但平凡無奇的角色並不吸引我。光是想到枯燥乏味的人生就令人窒息，我可不想人還活著，卻過著像已經死去的人生。在描繪苦痛與愛憎的電視劇中要有摔落、爬起的曲折劇情，演技才會活靈活現。

我曾朗誦過一首詩，收錄於《正念之詩》（柳時和譯，守吾書齋出版）中，出自艾倫・巴斯（Ellen Bass）之手，名為〈重要的事物〉。

熱愛人生

在你絲毫沒有自信能承擔時
在你珍惜地握在手中的一切
猶如著火的紙張在手中化為灰燼
而那餘灰噎在你的喉頭時

熱愛人生
當悲傷與你同在
以熱帶的暑氣逼你窒息
令空氣沉重如水
用鰓呼吸比用肺呼吸
要更舒暢時

熱愛人生
即便悲傷彷彿成了你身上的一部分
令你重如千斤

不，比那身軀更龐大的悲傷
重重地壓著你
當你想著
如何憑一己之軀承受得住時

你就像以雙手緊捧著臉般
死命抓著人生
對那張既無迷人微笑，也無魅惑眼神
除了平凡別無其他的臉說：
是啊，我會接受你
我會再次愛你

是啊，我會接受你，我會再次愛你……我就這樣等待著能刺激我、令我心潮澎拜、心跳加速的角色。但如今我的年紀都幾歲了，誰還會為了刺激我而特意打造角色讓我嘗試呢？每當我想著「這是最後了」時，令人感謝的是，神總會給予我新的角色。此刻我也很好奇，什麼樣的作品會是我的告別之作呢？神自有安排，因此我會翹首等待。

人生電視劇

《女》（蘇元永導演，李德在劇本，一九九五年MBC播映的十六集電視劇，星期一、二播出，由金惠子、崔佛岩、申恩慶、鄭燦主演，描寫誘拐孩子後傾注母愛撫養她，最終仍失去一切的女性與女兒的故事）中的民淑（金惠子飾）有個叫做容雪的女兒（申恩慶飾），據說是生下女兒那天，窗外撲簌簌地下起鵝毛大雪，所以就以容顏的「容」加上「雪」字替女兒命名。但事實上，卻是盛夏時在鏡浦臺海水浴場誘拐與父母同行來玩耍的孩子後撫養長大的。

民淑是悲劇的主角，沒有丈夫的她雖然事業有成，卻因無法生孩子而被迫離婚，造成難以抹滅的創傷，扭曲變形的欲望也跟著擴大。因為太想要有孩子，她從海邊偷了個小女孩來撫養，比世界上任何母親都要無微不至地照顧她，但紙終究包不住火。善良的女大生容雪在得知以為早已過世的父親還在世，深愛的母親是奪走自己親生父母的誘拐犯後，陷入了極大的痛苦。

當容雪問起自己的身世時，民淑說了謊，說容雪是從孤兒院領養來的。

「孤兒院有許多孩子在玩耍，其中有一個孩子，我和她四目相交的瞬間，我的心臟撲通撲通跳個不停。我的女兒就在那兒啊，我的孩子就在那兒啊，我遺失的女兒就在那兒啊。」

這是一齣把女兒得知隱藏多年的祕密後，母女之間的人類心理刻畫得很出色的傑作。與《田園日記》的典型母親形象天差地遠，誘拐犯的形象對觀眾造成衝擊。那是我住在西橋洞的時候，從未合作過的蘇元永導演幾次拜訪說要拍那部作品，後來我答應了。每次在電視台見到時，蘇元永導演都給我一種很有男子氣概、個子高大、木訥寡言，只說重點不說空話的印象，因此當他一臉嚴肅地提出邀約時，給人一種信賴感。拍攝這部作品時，導演的表現也可圈可點。

最重要的是，他讓我飾演誘拐別人孩子的角色令我大為吃驚。說實在的，我一點都不覺得這不適合正在飾演《田園日記》的母親角色的我。我很感謝能演到這樣的角色。身為演員，我的體內不知道藏有多少天馬行空的想像，聽到導演邀請我演出意想不到的角色時，不禁心想：「看來這人發現了我的另一面啊。」

誘拐小孩來撫養的真相揭開後，女人執迷不悟地以另一個謊言來掩飾謊言，直到面臨威脅時，她立即摘下平時溫柔的臉孔，猶如袒護幼犬的母狗般齜牙咧嘴，表現出可怕的發狂狀態。奉俊昊導演曾說自己看這齣電視劇時，「彷彿被附身般的瘋狂瞬間」令他印象深刻。將母愛的雙面性極大化的作品於焉誕生。

最終女主角被女兒拋棄，為此付出代價變成瘋女人，在鏡浦臺的海邊徘徊不去，朝著只出現在自己幻影中的孩子張開雙臂，喃喃自語道：

「容雪啊，妳還記得嗎？媽媽就是在這裡生下妳的。那天也像這樣從天上撲簌簌地落下鵝毛大雪，下起這麼美麗的白雪。媽媽就是在下雪不止的日子，在這裡生下了妳。」

我原本已經徹底忘了這齣劇，不久前蘇元永導演聽到《我們的藍調時光》是在濟州島拍攝的消息後傳來訊息，告訴我在《女》最後一幕出現的大海就是在濟州，我才想起來。那是拍成電影也很適合，很有電影風格的題材。

我與飾演女兒的申恩慶演員也在《媽媽發怒了》（二〇〇八年）再度合作。以我的性格，只會在電視劇內維持關係，不會與人多聊什麼，但就算不清楚為人如何，也能看出她是個演技非常出色的演員。她直率、聰明，台詞一次也沒出錯。儘管隱約聽過關於她私生活的事，但我別的不懂，演員本來就沒有非得是窈窕淑女，我不在乎那些。她一次也不曾對我無禮或做出錯誤行為，是個將自己被交付的角色詮釋得十足亮眼的演員。她曾在某次訪談時表示自己夢想成為演員而不是明星，並說：「我想效法金惠子老師。我看電影《非常母親》時想，老師年事雖高，但仍勇於冒險與挑戰的模樣真是帥氣，我期許自己上了年紀後也能持續挑戰。」我不禁暗自為她加油：「務必要出人頭地啊，申恩慶。」

從另一方面來想，演員無論在哪方面都必須活得像個僧侶。哪怕內心有火焰來來去去，平時也不該做出讓人嚼舌根的舉動，我打從一開始就是這麼想的。即便內心住著一百個男人，也必須活得像個神父或修女，因為必須在戲劇中呈現一切，讓所有的火花在戲劇中徹底燃燒。若是私生活與戲劇糾纏不清，演員的神祕感就會消失，飾演的角色就不會有生命。演員必須守護自己飾演的角色，以及往後要飾演的角色。

儘管在其他作品中也是，我在演出《女》的時候聽到許多人評論「金惠子用眼睛演戲，用眼神傳達言語與情感」，說畫面裡的深邃眼眸蘊含了一切。有人說，看到我以猶如小鹿般的眼神詮釋誘拐犯的內在演技後飽受衝擊，也有電影線記者形容我是眼神中蘊含多面性的演員。

奉俊昊導演曾如此描述我的雙眼：

「我曾多次在近處看金惠子演員，她的眼睛真的好神奇，散發出柔和的眼神。以前看純情漫畫時，女主角的眼中不是都會有銀河嗎？感覺就像看到漫畫的真人版。眼睛在整張臉上占據的面積真的很大，拍著拍著會不由自主地靠近，因為不停往前靠，最後還得用特效除去。眼眸太過清澈，連攝影導演都會反射在瞳孔上……電影史中有特寫歷史，金惠子演員是足以在歷史上寫上一頁的人。特寫鏡頭拍的是臉，但也意味著眼睛。在視覺上，她的雙眼具有令人臣服的存在感，是個光憑眼神的深度和表情，就能讓許多台詞變得不必要的演員。」

從小，大人們就說我像印度的小女生一樣，一雙大眼睛宛如黑曜岩，以「印度人」來稱呼我，我也因此備受疼愛。父親格外疼愛在三十七歲時生下的我，總讓我坐在他膝上，一邊說著「我們的可愛女兒（양념딸），漂亮的可愛女兒」一邊往我嘴裡放好吃的東西（「양념딸」是「獨生女」的方言，原指「沒有其他兄弟姊妹、獨一無二的女兒」，但這裡應該是「可愛的女兒」的意思）。

我的父親金龍澤畢業於日本明治大學，並於美國芝加哥西北大學取得經濟學博士學位，美國留學期間曾擔任北美留學生總會會長，後來往返於中國上海進行獨立運動時，曾被日本警察逮捕入獄。

父親在十七歲時與大自己兩歲的母親結婚，生下兩女，之後就獨自去留學了。父親啟程去留學那天，大人們都在，母親站在廚房門前，兩人一次也沒有眼神交流。父親向所有大人都打了招呼後，來到廚房向低著頭的母親說：「給我一碗水吧。」母親趕緊慌張地舀起一碗冷水遞給父親，這時與父親短暫對上了眼。

每次聽到這段往事，我都會浮現一種無以名狀的悲傷而心痛。父親要一碗水是在向妻子表達愛意，母親抬頭仰望父親則是在回應父親的愛。

在那漫長的留學生活中，父親怎可能心中只想著母親呢？想必他也結交了女友，看父親的相簿時會發現許多他與時髦美國女學生拍的照片。父親經常讀詩給我聽，至今仍未忘懷的，是詩人韓龍雲的〈你的沉默〉。

「惠子，這裡的『你』會是誰呢？」

小學時父親問我。

「不是說心愛的人嗎？」

記得父親對我說：

「嗯，那也沒錯，不過不一定是指人，也可以是我失去的國家。」

我一邊思考著為什麼「你」指的是國家，一邊聆聽父親的說明長大。

父親非常愛動物，我們家有鵝、有猴子、有鴨、有貓也有狗。有一天父親還撿了只有三條腿的狗回家，把那條膝蓋以下沒了一條腿的狗身體清潔乾淨，養在家裡。我們家還有獨眼貓呢，所有動物都關係和睦，處得很好。

成為演員後有天我去拜訪孤兒院，院長很高興地迎接我說：「您父親擔任社會部次官時真的幫了我們孤兒院很多忙，現在換女兒來訪了呢。」還說：「真是有其父必有其女。」父親擔任社會部次官時有多少救援物資進來呢？真是包羅萬象什麼都有，甚至還有紙娃娃，全都寄到孤兒院。

父親從美國留學歸來後很晚才生下我，因此我與大姊相差十九歲，與二姐相差十七歲。大姊名叫金順坤，二姊是金靜坤。兩位姊姊是「坤」字輩，不曉得為什麼只有我的名字是取為「惠子」，我並沒有變成「金惠坤」，而是以「金惠子」的名字立足於世。

父親曾於美軍政時期擔任財務部長（現今正式名稱為財務部長官），六二五戰爭後李承晚政府時擔任社會部次官，因此住在寬敞氣派大官邸的我們家每天人來人往。不僅是政治人物，連故鄉的親戚們也紛紛來投靠，幾乎是賴著不走。父親是個天性善良之人，誰都沒趕走，畢竟那年頭大家都很貧困。因此每天都會有人說：「只要去那戶人家就能蹭到吃的」，只帶著一張嘴就跑來我們家。

所以我的願望是能獨處。我會養成即便成了演員後，也時時待在我房裡的習慣，或許就是受到那時期的影響。不管認識或不認識，來蹭飯的人實在太多了，令我厭煩透頂。我就不能一個人生活嗎？那曾是我的夢想。從小我就因為擔心有人會進我房間，總會鎖上房門才去上學。

我下面還有個相差五歲的弟弟，名叫金建坤。光是聽到弟弟的名字就令我心痛。每當我鎖上房門外出，弟弟就會舉起拳頭打破玻璃，擅自打開我的房門。他想在我房裡翻找什麼，但門鎖上了，覺得我很討厭，所以故意那樣做。放學回來的我啜泣著把玻璃復原，隔天重新鎖上房門去上學，然後弟弟又會用拳頭將它打破。

金建坤上小學時，有天父親帶了個男孩回來，是在外頭跟別的女人生下的孩子。不知道是什麼樣的女人，只知道是已婚但後來變成孤身一人。我們才不想知道那麼多，這對我們所有人來說都是晴天霹靂，即便事過境遷也忘不了。兩個姊姊在竊竊私語，我的內心害怕極了。我無助地望著兩個姊姊和媽媽，一切都令我恐懼，那是我們家的悲劇，原本四個兄弟姊妹的我們變成五個。

我帶著悲傷生活著。從那時開始，胸口彷彿有個龐大黑影占據。這個祕密無法向誰言說，我與朋友逐漸疏遠，也討厭有人來家裡找我，只希望自己能早日死去，所以跑了許多趟鄰近的藥局，慢慢蒐集安眠藥。比我更受打擊的是弟弟金建坤，原本以為自己是萬花叢中一點綠的獨子，卻突然蹦出一個男孩，還只差一歲。

這樣的父親太令人心寒了。生下兒子後馬上又在外頭讓別的女人懷上孩子，直到孩子到了入學年紀，才把他帶回來入戶籍。建坤該有多震驚啊？那要如何用言語道出呢？大概是這樣他才會瘋了。建坤一句話也不說，只是靜靜地注視自己突然冒出來的弟弟金成坤，一次也沒跟他打架，也絕口不說對那孩子的不滿。

我們居住的官邸有張形似風琴的西式書桌，是在外國電影會出現的那種，有張圓蓋，只要打開就能在裡頭擺上幾本書、坐下來寫寫字。那孩子在裡面藏了隻幼貓，建坤不經意打開蓋子時，裡頭的貓咪突然跳出來，嚇得他放聲慘叫。一想到這，就覺得所有人都是不幸的。儘管如此，建坤從沒說過那孩子什麼。年紀雖小，但他什麼都懂，知道這是大人的錯，不是那孩子的錯。那孩子從小又有多孤單、受到多大的創傷呢？那張書桌原本我一直留著，直到太過老舊才扔掉。

兒時受到衝擊後，金建坤就很討厭結交朋友，他一個朋友也沒有，只跟年紀相仿的兩個外甥玩耍。我們姊弟年紀差距大，媽媽生了孩子，大姊、二姊也生了孩子，所以建坤與外甥只相差一歲。那個年代就是那樣的。

金建坤是個臉蛋宛如希臘雕像的美男子，當時通過考試進入名校慶北高中，可是從高中時期開始性情大變成了流氓，無論和誰打架都不曾輸過。儘管他在家裡一句話也不說，但在外頭曾因為有人挑釁，就把對方打得鼻青臉腫進醫院，偏激的程度難以用言語形容。他是用這種方式來紓解壓抑多時的情緒。

他曾是慶北高中的傳說，因為他從高三才開始讀書，竟考上首爾大學。在這之後老師們就對不讀書的學生們說：「你們是要像金建坤一樣，高三時咬緊牙關讀書並考上首爾大，老師就不干涉你們。」他是個頭腦非常聰明的孩子。

當時我已嫁人，住在娘家附近。我和丈夫在廣播中聽首爾大學公布榜單，聽見「考生編號〇〇號金建坤」時，高興得大聲歡呼。接著一分鐘都不到就聽見外頭「砰」的一聲巨響，原來是建坤想盡早將自己上榜的消息告訴身為姊姊的我，一個箭步跑來，等不及要我打開大門就直接翻牆。

推門出去一看，只見建坤大口喘著氣大喊：「姊姊，我考上了！」我也張開雙臂抱住建坤喊：「我們也在廣播中聽見了！」兩人緊緊抱著彼此哭了起來。我可憐的弟弟金建坤，高三時他在自己房裡讀書時連鞋子也不脫，他嫌脫鞋麻煩，在院子穿著鞋子就直接進房。他也嫌如廁麻煩，所以就打開窗戶往外頭撒尿。當時他已經瘋了，我們卻沒發覺，只當是誤入歧途的孩子重回正軌用功讀書，對此高興不已。我們也不知道他曾經是流氓，只當他是個問題少年。

建坤剛從大學畢業，父母就要他傳宗接代，讓他早早步入婚姻。建坤沒有半點想結婚的心思，可是在父母的期望下，他和自己常去的社區體育館認識的女人結了婚。新婚旅行回來，金建坤搭著計程車回家時，對身旁年紀相近的兩名外甥說：

「戲演完了。」

後來他假裝自己回家，在路上獨自去漢江投河，那年他二十七歲。那是在我演出電視劇《皇女》時，當時我人在梳妝室，有人打到演員室唯一一支電話說要找我，接過才知是警察局打來的，因為在漢江的死者是演員的弟弟，所以打電話到電視台來。

掛上電話後，接下來要拍我死了的場面，但我閉著眼睛躺著，眼淚卻撲簌簌流了下來。導演喊NG後重拍，但怎麼拍，我的淚水始終流個不停。我怎麼樣都無法鎮定情緒，導演就陪我一起去漢江。到那裡，遺體已打撈起來，用麻袋蓋住擱放在江邊。

警方要我確認是不是我弟弟。我弟弟眼睫毛細長、鼻子如雕像般直挺，可是我沒辦法看他的臉，我看著露在麻袋外的腳趾頭。腳趾之間夾著泥沙，大拇趾上長了細毛，腳趾甲上卡了泥沙。我屈膝跪坐，不停哭著替他擦去那些泥沙。他是在說完「戲演完了」之後死的，「你們想要傳宗接代是吧？我懂了，我就依你們的意思，但現在戲演完了。」金建坤在說完這句話後自行落幕了。怎麼會有這樣的人生呢？那般俊俏的弟弟，在辛苦度過青春期後，內心放掉一切的弟弟。經歷了這樣的事我竟然還能活到現在，沒有瘋掉。金建坤就這麼死了，幾個月後建坤的妻子生下了遺腹女。孩子的媽不久後再婚了，我的父親與母親說那孩子是建坤的女兒，把她捧在手心上極其疼愛。

我的房間內掛了一幀黑白照，是我六歲時和父親、母親還有一歲的弟弟一起到照相館去拍的照片，母親的臉上可以看到我的模樣，那是張彷彿「人生電視劇」的主角們登場的海報。

擔任社會部次官後，父親四度挑戰參選國會議員，都不幸落選。父親原本就是學者型人物，不是當政治人物的料。我沒想到原本聰慧賢明的父親會變成那般愚昧的人。最終，家道中落，我們失去偌大的宅邸，父親在即將面臨拆除的恩平區六坪破舊木板房中度過晚年。那時我已走紅，想買間公寓給父親，但不管我怎麼勸說，父親都執意拒絕。

「我住在這裡已經心滿意足了，惠子啊，我們很好。」

在那之後，某天夏日午睡時，父親含笑走了。畢竟七十有七了，身體多少有些不適，但我從來沒想過父親會過世。父親是在睡夢中走的，大夥都說在睡夢中離世的福氣是與生俱來的，但我只感到傷心欲絕。父親過世前不久曾來我家作客，直接躺在沙發上撒了尿。明明身體沒什麼病痛，卻做出猶如嬰孩般的行為。當時我好像是說：「爸爸怎麼這麼丟人，幫傭阿姨不知道看了會說什麼，請趕快起來吧。」父親只是像個娃兒般笑著。記得當時的我，相較於擔憂「我爸爸，帥氣的爸爸為什麼會犯下這種失誤？是不是哪裡不舒服？」反而是覺得丟人。我還記得自己哭著替父親沐浴淨身的情景。父親藏在西裝底下的身軀瘦得不成人形，是個皮膚鬆弛、滿布皺紋的老人。

每年要掃墓時，都由我負責召集所有人。大學畢業後在首爾擔任公務員，如今也年過七旬的么弟金城坤，以及在沒有父親的陪伴下好好長大的金建坤的女兒；大姊的兒子居住在美國，所以我們會帶著已經過世的二姊的兒子，還有我兒子一起去父親安息的墓地。我站在墓地前凝視那些臉孔，我的眼中盛裝了他們的人生、我的人生，我帶著這樣的眼神演戲。

撰寫《我們的藍調時光》劇本的盧熙京劇作家曾在某次訪談中說：

「金惠子老師說話時，會像這樣瞪圓雙眼聽別人說話，我看著老師心想：她真像隻狐獴。老師就像是受到些許驚嚇似的抬起頭、挺直腰桿，對著四面八方不停張望。」

說不定她說的沒錯。不知道被什麼給嚇著了的我，瞪圓眼睛朝著無法理解的世界東張西望，那雙眼睛後頭盈滿了晶瑩的淚珠。

我所守護的我

包括調味料「大喜大[7]」在內，我從一九七五年開始拍攝第一製糖（現今公司名稱為CJ第一製糖）的廣告，為期二十七年。我之所以能長年擔任廣告代言人，不可否認是因為我飾演《田園日記》（一九八〇年）的媽媽角色，但這支廣告卻是在《田園日記》開始前五年就拍了，某種程度可說是接演這支廣告把我帶向《田園日記》的媽媽角色。最重要的是，我認為這是我高攀不起但神給予我的大好機會，我為此竭盡全力。

接演第一製糖廣告期間，我暗自承諾不接其他廣告，也遵守這個約定直到最後。我只接演同一家公司的廣告。我是不管什麼都盡量只做一件事的個性，也盡量只投入並專注在一件事上。我認為一切藝術都不是靠與生俱來的天分就能成就，若想投入被交付的角色，就必須持續不懈地努力，沉浸到就算身旁有雷電劈下來也渾然不覺的程度。無論是醒著或睡著都必須時時惦記在心，心無旁騖才行。雙眼猶如被金錢與人氣蒙蔽而做這做那的，並不符合我的性格。因為只專心做一件事才能給人信賴感。從這一點看自己，我會覺得金惠子是個不錯的人。隨著大喜大的廣告概念推陳出新，一年會拍上好幾次廣告。

「大喜大（다시다）」的命名是從「垂涎欲滴（입맛을 다시다）」而來。創造出「對，就是這個滋味。」這句流行語後，大喜大的廣告大受歡迎，接著其他廠商紛紛邀約我接演類似的產品廣告，並提出更優渥的代言費。我說：

「即便是收費代言，要是先當了這家公司的代言人，隔年又跑去擔任競爭對手的代言人，就等於是在欺瞞消費者。」

我就這麼拒絕了。

拍攝大喜大廣告期間，記者經常會問我：「吃飯時會使用那個產品嗎？」我當然吃過，要是不好吃，我就不會當代言人了。每次推出新產品時，我就會加入食物裡吃，我認為自己覺得不好吃卻要別人吃是說不過去的。

後來第一製糖推出名為「BEAT」的洗衣粉，我必須接演廣告。我果斷地說我

7 譯註：다시다，此處採音譯。

不接，因為我認為這對環境有害且會污染水源。「我不拍這種，我不會拍的。」我拒絕了。我認為人們會全然信賴我的形象，認為它是好產品，所以不能讓大家去購買不好的產品。相關人士花了一整天時間説服我，説只要用極微量的洗衣粉就會有洗淨效果，而且這是第一製糖製造的產品，大可放心。隨著時代變遷，洗衣粉終究是必須有的，如果只要一點點就能洗大量衣服不是很好嗎？他們用這樣的説詞説服我，我無法再推辭。

第一製糖的調味料廣告代言合約期滿後，也接連幾次收到其他廠商請我擔任調味料廣告代言人的邀約，但對我來説有些事比金錢更重要，就是守護我自己。我在這一點是非常機靈的。儘管我有時看似傻、不切實際，但我明白要是不守護自己，形象就會在一夕之間崩毀。從某方面來看，與其説我機靈，説我在那方面「直覺」很準更為貼切。我是非常潔身自愛的。

接演第一製糖廣告到了第二十年時，我寫下國內最長壽專屬廣告代言人的紀錄，也榮獲兩次廣電廣告最大榮耀的韓國放送廣告大賞。多虧了長達二十七年擔任廣告導演的尹錫泰導演，這件事才可能成真。討論起韓國的電視廣告，就少不了在文化上理當成為鎂光燈焦點的這位，他在廣告界是最厲害的導演，亦是我國影像廣告的傳說。〈唯一之選〉、〈我愛你，LG〉、〈讚哦〉、〈我們的東西是很珍貴的〉、〈得替爸爸家安裝熱水器了〉等全是他打造的廣告。他是把重點放在人道主義與人身上的第一人。就像說起「大喜大」就會想起金惠子，提及「金惠子」就會想起大喜大，有人說大喜大能大獲成功的第一功臣是「金惠子」，但並不是因為我一個人多厲害，那支廣告才成功，而是尹錫泰這位天才導演打造了我的形象。

還曾有過這樣的事。我去拍廣告時，明明只拍了一次，尹錫泰導演卻叫我可以回家了。我吃驚地問：「您是怎麼了？」導演說沒辦法再拍出更多東西了，因為我詮釋得過於完美，沒辦法比現在做得更好了。明明只拍了一次，導演卻若無其事地那樣說，所以我也就回答：「我知道了。」但是立即走人又有些奇怪，於是坐了一會兒才出來。這意味著導演的瞬間判斷與感覺都很敏銳，絕對不是拖拖拉拉、猶豫不決的人。我喜歡跟這樣的人合作，神也總是為我送來優秀的人，讓我與他們一起工作。

不知是哪一年，大喜大的銷售成績相較於其他年下跌了一些。大喜大賣得好，各種類似產品也爭相出籠，銷售量自然不比從前，當時調味料的競爭非同小可。可是公司的人卻跟我講東講西，透露了他們的心思。畢竟是做生意的人，見到競爭對手一下子用這位代言人，一下子又用那位代言人，於是產生「我們要不要也換一下？」的念頭。

所以我說：

「您是想和我終止合作吧？我知道了，就這樣做吧。我不當了，以後也不要找我合作。若要再找我合作，就請支付我要求的代言費，到時別說二話。」

隔年他們用了其他代言人，銷售量似乎更差了。他們聯繫我說要重新合作，按照我要求的酬勞繼續請我擔任代言人。從某方面來說我是個可怕的人，表面上看似純真愚昧，但某些直覺非常敏銳。這不是金錢問題，而是自尊心的問題，我有把握他們會回頭找我。

我擔任了足以登上金氏世界紀錄的二十七年廣告代言人。最後一年，尹錫泰導演說這似乎是最後一次拍攝廣告了。拍攝結束後，我去見了第一製糖的會長。在此之前或之後，我都不曾在接演廣告時與公司代表見面，或出席同一個場合。那是第一次也是最後一次。一直以來，無論是多高層的主管來找我，我都是說「我先走了」就出來了，可是那時我主動前往第一製糖的公司大樓，要求和會長面談。聽到我希望見面，對方意識到我大概是有什麼重要的話要說，就支開身旁所有人，只剩我和會長兩人單獨見面。

我說：

「我知道您很忙，所以長話短說。太可惜了，我至今完全沒有接演其他廣告，二十七年來只接這家公司的產品廣告，如果能夠湊足三十年感覺會更圓滿，那樣不是更好嗎？」

那位會長非常鄭重地說：

「聽您這麼說，我深有同感，過去讓您太費心了。我非常明白您的心意，也聽懂您的意思了，我也持相同看法，我一定會促成這件事，感謝您專程跑這一趟。」

簡單聊完後我就出來了，但最終還是做出了終止合作的決議。其實在談話時我就感覺此事不會如我所願，畢竟人是有直覺、有感覺的。那是在公司相關人士經過漫長會議後，基於各種現實考量才做出的決定，要修正已經拍案的計畫想必有難度。這件事我完全理解，我只是想，我全心全意奉獻給這個廣告，如果能湊足三十年不是更好嗎？我怎麼想都覺得很可惜，才沒跟任何人說就獨自跑去。

那是世界上極為罕見，大企業與演員之間的美好關係。有報導說第一製糖不單純把我視為廣告代言人，而是賦予我相當於專務的職等，那並不是事實。這可能是出於第一製糖期望給予我那般待遇與尊重的意圖所寫的錯誤報導。我不過是個演員，也喜歡「只是演員」。光是想到「身為專務的我」就忍不住覺得好笑。身為拍攝「故鄉的滋味，大喜大」廣告的金惠子，我感到幸福、感覺美好，也心懷感謝。多虧了尹錫泰導演與第一製糖，使它不只是單純的調味料廣告，它半世紀以來為人心注入了溫暖情誼。

那是多年前的事了，某政黨的知名政治人物來了電話，大費唇舌不斷褒揚我，約我見面，我開門見山表示有話就用電話說，結果對方要我「出來競選國會議員」，還說我充分具備為國家與國民服務的資格。於是我顧不得禮儀就說：

「我這人啊，不懂得說話，是個只懂得照劇本說話的人。我父親四次競選國會議員都落選，整個家庭因而支離破裂，我是對『國會議員』這幾個字深惡痛絕的人。」

見我如此斬釘截鐵，對方似乎受到驚嚇，趕緊說「我會成為您永遠的粉絲」並安靜地掛斷電話，之後每到選舉期間仍動不動就聯繫我。大概是因為有些成名演員去當國會議員，我才會收到這種邀約。

一九八八年還發生過這樣的事。代表執政黨參選國會議員的前任文化廣播社長向我求助，以MBC專屬演員的身分工作二十年的我，基於「報恩」之意前往造勢場地，卻碰上騎虎難下的局面。我壓根不是為了「執政黨議員」才去的，卻被貼上該黨支持者的標籤。那成了刻骨銘心的經驗，自此之後再也不願與政治有任何瓜葛。

身為演員的我對演戲以外的事漠不關心。我雖有演戲天分，但不希望大家認識我、有了知名度就去其他領域瞎攪和，我想做的只有演戲。無論是演員或政治人物都是為了帶給國民希望，但我認為透過演戲帶來的希望比政治更大，我對當演員的喜愛遠遠勝過當政治人物。

但身為國民的我也會為國事憂心。雖說一方面是因為年紀大了較難入睡，有一天我真的因為擔憂國家而夜不成眠。國民的水準逐日提升，但政治人物怎麼成天那副德性，真是無知膚淺得可以。他們認為只要不擇手段煽動國民分裂，獲得其中一方的選票就行了，他們怎麼就不明白國民看到他們那種模樣會極度反感呢？只要稍有想法的人就不免對這個國家的未來憂心忡忡。

我們在討論誰做得好、誰做得不好之前，會先考慮到這些人是否真為國家著想，這些人是否有管理哲學。他們面不改色地說謊，佯稱不知道自己幹了哪些好事，接著同夥群起擁護那些謊言。他們口口聲聲說要拯救經濟，實際上是大家各分一杯羹、搞垮國家的人。目睹那些行徑，宛如在看一齣最低劣的電視劇。

演員要有出色的劇本才能發光發熱，這些人不管是劇本或演出陣容都一塌糊塗，彷彿在看三流電視劇似的。像在看既無哲學也無意義的東西，讓人鬱悶極了。即便是新手劇作家也不會寫成那樣。身旁既有祕書又有親信，拿國家的錢支付薪水的輔佐官就足足有九名的這些人，每天都在寫糟糕透頂的電視劇，每天都在說糟糕透頂的台詞。我雖是個只懂演戲的國民，仍忍不住納悶他們怎能無知到那種程度，怎能毫無想法到那種程度，讓看的人替他們感到汗顏。從他們四處露臉的樣子就看得出來，盡是既無廉恥心也不懂羞恥為何物的人。

問題就出在沒辦法不看那齣電視劇，因為這攸關國家的命運與國民的未來，更何況他們還是拿猶如血汗的國民稅金作威作福，就更不能坐視不管了。拿自己的錢吃飯、胡言亂語是個人自由，沒辦法說別人的不是，但他們是把國民的錢當成自家水在用的人，是不想再看到卻無法不看的人，這是國家的宿命嗎？

傑出的電影、傑出的電視劇是為人們帶來共鳴與感動的藝術。它必須迷惑觀眾才行，可是左右國家命運的人說的台詞卻只令觀眾羞愧。他們並沒有帶來感動與希望，而是煽動大眾、撒謊，對自己所為矢口否認。就連還不成氣候的藝人與所謂的劇作家都來參一腳，挑撥離間、煽動分化。這些人還會拿喜劇來做比喻，但那根本是在褻瀆喜劇。他們是飾演邪惡喜劇的人，身為國民，這真的很傷人自尊。

即便如此，這個國家沒有垮台令我感激涕零；看似即將滅亡，仍能發展運作，是國民勤奮生活才得以如此。早晨看到上班通勤的路上塞車如此嚴重，大家依然每天上班，不分日夜地認真工作。多虧了這些人的力量，是這份心團結起來才支撐起國家。

過去從事政治的人都是有頭腦、有知性與哲學的人，他們在經歷日本殖民期的政治、戰爭的同時萌生了愛國心。可是最近的諮詢會或國政監察卻幼稚得讓人看不下去。那些人絕對不是為國家著想的人，而是無法睜眼直視的下流鼠輩。政黨政治不應該是幫派政治啊，這讓人完全笑不出來，只感到悲哀。

人該有本。出身貧苦卻不忘做人的根本，這樣的人才應該出來參與政治。我認為國民的心會持續變得虛弱，大家會看著政治人物不斷疑惑：誰是正確的？該怎麼做，這個國家才能屹立不搖地往前走？我就是這樣。但愈觀察那些人所為，只會愈令人懷疑「若是我坐上那個位置也會變成那樣嗎？」只有我這樣想嗎？有眼有耳的人看著所謂的政治人物的所作所為會有許多省思。我們是怎麼建立起這個國家的，這些厚臉皮的人卻只想著要維持同陣營的權力而破壞這個國家。就算是讀到小學畢業的人也不會是那種程度，這些人是我這一生中見過最無能、素質最低劣的人，他們是機會主義者，厚顏無恥的演技足以拿下大鐘賞。

身為國民，這個國家會演變成什麼樣子？有時我直至深夜兩、三點無法成眠，一邊搜尋新聞一邊擔憂。不，有可能建立比現在要好上許多的國家吧？肯定有可能，我們只是還不知道罷了，我如此想著。

不單單是政治，以我的經驗看來，人生就是一齣喜劇。無知之人在演完低劣喜劇後死去，知性之人則是演完成熟洗鍊的喜劇後死去。以終生為演員的眼光來看時，那些自以為是、假裝聰明、假裝真誠的人，就跟三流演員沒有兩樣，心思都是會被看穿的，兩者並沒有多大差異。

直到謝幕為止

在電影《彩繪心天地》中作畫的主角莫德．路易斯（莎莉．霍金斯飾）說：

「我喜愛窗戶，飛過的鳥兒與蜜蜂，每次都是不同的。」

我經常透過三樓的房間窗戶望著隨風搖曳的樹葉，每天樹葉搖曳的身姿都不同。我會靜靜坐著凝望以與昨日不同的姿態搖曳的樹葉。或許在他人眼中像是在度過無意義的時光，但我喜歡樹葉將身體交給微風後舞動的模樣。

某個風起的日子，我往窗外看，細小玲瓏的草葉隨著風雨不住晃動。那時我正好播放巴哈的音樂，隨著風雨從這側倒向那側，又從那側倒向這側的模樣，看起來猶如配合巴哈的音樂舞動似的。我經常擁有那樣的瞬間，每一次都會感受到幸福盈滿胸口。在《如此耀眼》中，有一幕是兒子對罹患失智症的我如此問道：

「媽媽什麼時候最幸福？」

我回答的不是什麼富麗堂皇的幸福，而是日常瞬間的幸福。

每天晨間我會給鳥兒餵飼料。雖然五點半就會習慣性地睜開眼睛，但不能給得太早，所以就等到七點再打開陽台門出去，為鳥兒撒下米粒，也在漂亮的碗盤內裝滿水。一群麻雀會事先在樹上等待，然後趕緊振翅飛下來。只要呼吸稍微用力一點，牠們就會瞬間飛走，因此我關上陽台門走進家裡，屏息靜靜地觀望。我也曾試著數鳥兒的數目，最多的時候數到十七隻，凌霄花的枝頭上也有，大夥兒全都駐足以待。要是我晚點才出去，牠們就會唧唧喳喳地發火，要我趕緊給牠們放飯。

也有兩隻鴿子跑來湊熱鬧，牠們個頭大，一隻鴿子就把十隻麻雀的飼料給吃光了。我覺得牠們太囂張，喃喃自語道：「小鴿啊，別吃了，快走吧。」不過牠們彼此之間不會爭吵，就算鴿子來了，麻雀們也不閃躲。要是下午我被吵得受不了，出去陽台一看，會發現早上沒來得及趕上的麻雀跑來了。牠們唧唧啾啾地叫個不停，大概是想著，早上沒吃到飯，叫個幾聲，人類就會給飯吃了吧。

除了每天報到的麻雀與鴿子，最近連喜鵲也飛來了。我說：「好好享用，拉屎就到其他地方去好嗎？」我悄悄地對新來的喜鵲說：

「別擔心，多吃點。」

最近山上的喜鵲一下子暴增許多。

不知為何，在我們家孵化的山雀飛到一半卻墜落死了。我看了心裡很不好受，便用繡球葉包上幾層，找個庭院的角落埋了起來，又擔心狗兒們會扒開，特地到前山撿拾了大大小小的石子放在上頭。鄰近的山雀彷彿都齊聚一堂似的，許多隻飛來在樹頭上觀望。原來要是孩子夭折了，鳥兒也會聚集起來哀悼啊，我既吃驚又心懷感謝。

我們家的牆很矮，為了讓狗兒欣賞外頭的世界，擺了張可以跳上去的椅子，因為狗兒喜歡觀望路過的人。有時我坐在那張椅子上時，經過的小學生們會問道：

「哪一隻是雲朵？」

他們是為了向我搭話才問的，我告訴他們：

「牠是雲朵，牠是多來。」

我很喜歡跟年幼的孩子們說話。回顧過往，我好像總是與過於機靈的人保持距離。我會和狗兒、來來去去的小學生，與那些純真的存在對話，所以我有很多小學生朋友。孩子們會在牆外主動攀談，向我打招呼。

有回我帶雲朵出去散步，忘了帶鑰匙，幫傭阿姨正好外出了，我進不了家門。那時是嚴冬，天氣冷極了，我抱著雲朵坐在家門前的階梯上。把雲朵抱在懷裡之後，感覺沒那麼冷了，小小的生物和我分享彼此的體溫，就這樣幾乎坐了半小時。後來路過的鄰居青年見到我，轉回頭問我：

「您是因為進不了家門嗎？要不要我翻牆過去替您開門呢？」

「謝謝你。」

大家都認得我這件事有時令人不便，但有許多時候也令人感激。

家前有棟多年的灰色磚房，我以那戶人家為背景種植了紫玉蘭。我去印度孟買時，曾見到紫玉蘭以印度的青灰色天空為背景綻放得嬌豔欲滴，美不勝收。我忘不了它的姿態，因此種了紫玉蘭。它開花時實在太美了，可是那戶人家換了主人後重新整修，換成紅磚房，這下慘了。幸好三樓我的房間窗戶外、在最高的枝頭上綻放的三朵是以藍天為背景，依然出落得十分美麗。

人也跟花草樹木一樣，會隨著背景時而嶄露頭角，時而黯然凋謝。我了解到特別是如紫玉蘭一樣主色鮮豔的花朵，在它的後頭或旁邊有什麼相當重要，人亦是如此。以紅色磚牆為背景矗立，自然就看不見紫玉蘭的花朵了。

現在居住的房子蓋好沒多久時，柳時和詩人替我找來一棵櫻樹，種在廚房窗戶能望見的地方，因為從那兒看出去的風景有些寂寥。那棵櫻樹倒也特別，它不像其他櫻樹長得挺拔高大，而是長到大約我身高的兩倍左右就不再長了，反倒往兩旁一點一點伸展枝椏。所以每年春天我都會坐在餐桌前，望著如喜訊般盛開的櫻花。花朵，無論春夏秋冬哪個季節看到，都猶如一封喜訊。

到了春天，庭院的堇菜會在矮處慢慢蔓延開來，牆前的迎春花則是早早露出澄黃明朗的臉蛋輕輕搖擺。杏樹與櫻樹長出了圓呼呼的嫩芽，彷彿一伸手觸碰就會迸裂似的。我在西橋洞與延熙洞住了五十年，除了拍攝之外幾乎足不出戶。因為討厭離開這裡，要是有誰約我在江南見面，我甚至會突然討厭起那個人。從位於三樓的房間窗戶望出去，四季盡收眼底。

我將詩人莉澤特．伍德沃思．里斯（Lizette Woodworth Reese）所寫的〈對人生的小小讚歌〉這首詩貼在牆上，偶爾朗讀出聲。

活著是喜悅，藍天是喜悅
鄉間小路、滑落的露珠是喜悅
天晴後雨，雨過天晴
生之路即是如此，直至我們的人生終結為止
唯一該做的，是無論位處高低

都努力茁壯，靠近穹蒼

我很喜愛杏花綻放時。大樹上綴滿小小的花朵，站在遠處觀賞，會透出淺淺的粉色。先是帶給人約莫兩、三天的幸福，之後隨著我們沒察覺的微風嘩啦啦凋謝。就連幾乎感受不到重量的小巧鳥兒坐在上頭，也跟著一屁股滑落，彷彿比雪花更輕盈、指甲般大小的蝴蝶成群翩翩落下。緊接著是紫丁香上場。為了讓枝椏探出牆外，我種了許多紫丁香，想讓經過的人們感受到幸福。行人時而會摘下一段枝椏帶走。

兒子曾經帶回一隻拉布拉多犬回來養，可是狗兒的身軀龐大，在庭院來來回回時把花朵都給踩死了。傷心的我哭著把這事告訴了柳時和詩人，詩人說：

「請把那孩子當成是會到處走動的花吧。」

啊，原來要這樣啊，我得把那孩子想成是花啊。我因此轉換了心態，心情也好轉了一些。可是有花會拉出這麼大一坨屎的嗎？對此，詩人什麼話也沒說。

我原本就不喜歡華麗大床。畢竟是我一個人要躺的地方，所以訂做了一張小床使用。那是一張底下可以收納、很樸素的床。自家車開了十五年，後來不再開了，許久前就一直停放在車庫。就算有人想開也只會衍生出更多修理費，因此誰也沒去開那輛車，外出時我都靠計程車移動。

沒有車，我也不以為意。在他人看來，從自家車下車看起來才有派頭，但我就算搭計程車也不覺得有問題。看到我從計程車下車時，大家的確都會受到驚嚇，然而我想以我的作風、坦蕩蕩地活著。裝做自己不是的樣子，反而更累人。

只有在練習戲劇時，碰到不太理解或台詞背不太起來時，我會專注其中。我認為，被認可演技精湛，是身為演員的最高榮譽，此外別無所求。當我與這世界告別時，人們會以我演出的作品來談論我，不會用我穿過什麼衣服、以什麼車子為交通工具來評論我。當然，人們也不會以我擁有多少資產、有多成功來評價我，而是以我付出多少愛來評價我。

上了年紀這件事真是奇怪，怎麼會所有人都遇上呢？世界上最美之人、最不起眼之人、富人、窮人都逃不了，所以每當想到「啊，這就叫做上了年紀啊」時，多少會感到有些哀傷，也有些喜悅。

大概是夜裡無法安然入眠吧，有時不安感會悄悄襲上心頭，也有心生寂寞的時候。撇開年紀不談，這是任何人在人生中都會碰上的情緒，但我會告訴自己：「此時一定有人正惦記著我，在創作劇本、構思作品。」藉此擊退那份不安感。

雖然不知道往後會演出什麼樣的作品，但我希望能品行端正地活到生命的終點。我在書桌上的月曆上寫著：「端正地活到最後一天。」當我感到疲倦、嫌麻煩，以至於披頭散髮地躺著時，會想起「不，就算沒人看見，我也想展現端正生活的樣子給自己看」，然後振作起來。我想要這樣。

我認為演員就連貼身衣物也要搭配得宜。我可不想哪天突然發生意外或死了，醫院或別人在替我打理身體時丟了自己的臉。每當我嫌麻煩時，就會用這種想法來督促自己穿戴整齊。

好萊塢有部叫做《紅樓金粉》（*Sunset Boulevard*，比利・懷德〔Samuel "Billy" Wilder〕執導，一九五〇年上映的電影，由威廉・荷頓〔William Holden〕、格洛麗亞・斯旺森〔Gloria Swanson〕主演，描述一個住在掛滿昔日風光照片的昏暗房子裡的老演員，與年輕貧窮劇作家的故事）的電影。有天，度過華麗非凡的年輕時期後隱退的女演員接到來自好萊塢的電話。女演員懷著自己馬上就要拍電影的期待，投注了一大筆錢做臉部美容，接著去電影製作公司，後來才知道製作公司並不是要她演出電影，而是需要她名下的古董車才聯繫她。那名女演員擁有世界上獨一無二的珍貴車款，製作公司需要那輛車。

上了年紀雖是件淒涼的事，但身為演員，沒有什麼比活著期間不斷有事讓我奉獻自己更讓人幸福的了。經常有人問我會不會想重返年輕時期，那聽起來就像在問我想不想重新經歷一切的煎熬與痛苦，因此我總笑而不語。

幾天前，我在整理庭園時摔了跤，連忙抓住一根紫丁香的枝椏。我被石頭砸出一個大傷口，那一刻我卻不自覺地說：「上天啊，謝謝祢救了我一命！」要是我沒及時抓住紫丁香枝椏，恐怕就要摔成重傷了。

我竟然說，謝謝祢救了我一命，是我的心變了嗎？我說的不只是「謝謝祢」，而是「謝謝祢救了我一命」。那一刻我對自己感到訝異，我作夢也沒想到自己口中會說出那樣的話來。我這輩子都想著要死，過了八旬卻想活了。

摔在地上時，紫丁香的枝椏被我扯斷了，我顧不得疼痛，趕快去拿了塊碎布，替紫丁香的枝椏緊緊包紮好，要它振作精神。

「真對不起，你不知道有多痛呀。謝謝你救了我，你也一定要活下去。」

每見一次，我就說上一次。

我從許久前就開始想，如今只剩謝幕了，因此演出《我親愛的朋友們》、《如此耀眼》還有《我們的藍調時光》時，都帶著「這是我的告別作？」的念頭使出渾身解數。我時時抱持著搭乘末班車的心境站在鏡頭前。我很討厭聽到「元老」這兩個字，那聽在我耳裡很悲傷。元老指的是什麼？不就是如今在這圈子老了的意思嗎？

我心想如果有拍得好看的照片就要拿它來當遺照，希望當人們最後望著我的臉時，是一張有演員風範的美麗照片擺在靈前。如果那張臉能向聚集的人同時傳達出悲傷及我認識此人的喜悅就好了。所以每當拍出好看的照片時，我就說要拿來當遺照。畢竟人都死了，不能放太年輕的照片，要盡可能用近照。

如今是連說出「帥氣地死去」的年紀都早已過了，那該怎麼辦？只能飾演更優秀的角色了。所以說，必須要能聽到「直到離世前都很帥氣」這句話才行。因為不是由我創作劇本、由我執導，而是要有人想著「希望這位演員能飾演這個角色」並選擇我才行，因此我總會未雨綢繆地做準備，下意識地翻開書本閱讀。

如今是有了失誤也沒什麼機會挽回的年紀了。每天我都會回顧並反省自己，希望能以演員之姿為人生劃下圓滿的句點。每當人生碰上關卡，我會輕輕安撫自己：「這樣就該心存感謝了。」

演員呢，人沒死就該演戲。因為任何人都無法代替我的角色。吊著點滴出現在拍攝場地的次數不計其數，即便在結冰的路面上摔斷了腿，也在醫院完成錄影。成為大眾時時懷念的演員是我的心願。除了演戲之外一無所知的我，演戲、為非洲的孩子擔任義工，光是這兩件事就讓我忙不過來了，兩件事我都希望好好收尾。

人家說逐漸老去的人別談年老的話題，但我很喜愛詩人金南祚的這首詩，是題為〈與自責玩耍〉的詩。

為自身的疲乏
感到自責
為像皮膚病般的怠惰與安逸
感到自責

為消磨
如此甜美的時間
感到自責

為不冷不熱的溫度

稀釋後的緊張
比絕望更沒個性的空虛
感到自責

為月曆上
只剩自責的日子相連
在熟悉的單行道奔馳的
自責喜好
感到自責

為有限的歲月
忙著與自責玩耍
而夜以繼日
因而，忙碌地
自責

有天我到院子去，看見開出了橘黃色的玫瑰。我吃驚地問道：

「你是什麼時候開的？」

因為藏在樹木之間，我並不知情。

「你什麼時候開的？看到你的臉，彷彿有話想對我說似的。你說說看，你想對我說什麼呀？」

我們就這麼相望許久。

接著夜晚到來，我透過三樓房間的窗戶，坐著凝望夜幕落下的風景。淺色調的黑暗緩緩加深，後來連樹木、花朵也將身體交給黑暗。儘管如此，它們並未完全消失，若是細看，能看見隱約的光，是如此柔弱，又如此強悍。

來喚醒我的人實在很多。演戲以外的時間，我是個懶散、無精打采的人，但每一次都會有帶給我啟發與刺激的人出現。這些彷彿告訴我「金惠子，起來吧！」的人，是讓我提振起精神並採取行動的人。活久了就明白，每碰上一個關頭，原來是透過「那個人」才活下來的啊，也才領悟到「啊，真是太巧妙了，神應該不會只看著我才是啊，怎麼能在每個曲折都為我送來恩人呢？」不是我刻意計畫的，但替我著想、讓我不間斷工作、讓我有理由活著的那些人，真不知道有多教人感激啊。

本以為人生只要有足以記住的一天就足夠，沒想到能有許多美麗的記憶閃閃發光。我由衷認為自己活了令人感謝的一生。我真是個備受祝福的演員啊。雖然不知道人生的終點是何時，但餘生仍會盡我所能地誠實與美好。我如此向神祈禱，關上了窗。

金惠子

將一生奉獻給戲劇的演員，不僅擄獲了觀眾的心，更擄獲了時代的心。她往返於現實與虛構，將一切的希望、傷痛與欲望演繹得令人驚豔，因此成為受全世界稱頌、讚嘆的明星，但這也將她置於同等龐大的孤獨與虛無之中。而那份孤獨與虛無又成了地基，讓她在螢幕上以其他面孔誕生。

代表韓國的演員金惠子，生於首爾，畢業於京畿女子中學，後於梨花女大主修美術。自學生時代就夢想成為演員，在看了安東尼．昆主演的電影《大路》後便將女主角潔索米娜這樣的角色存放心中。一九六二年就讀大學期間，她入選KBS公開徵選演員第一期，然而，對自己的演技感到失望的她很快就中途放棄，逃亡似的跑去結婚生子，全心全意育兒。

但她對演戲的渴望並未輕易消逝，二十七歲時憑藉舞台劇再度步上演員之路，在韓國具代表性的劇團「實驗劇場」重新學習演戲基礎，經歷熱切渴望與接受訓練的時期，後來在「民眾劇場」、「自由劇場」等擔綱主角，躍升為「舞台劇界的仙杜瑞拉」，被一九六九年創立的MBC挖角，正式演出電視劇，演活了無數角色。

曾演出《田園日記》、《沙城》、《冬霧》、《女人為何而活》、《愛情是什麼》、《媽媽的海》、《女》、《你與我》、《紅玫瑰與黃豆芽》、《媽媽發怒了》、《住在清潭洞》、《我親愛的朋友們》、《如此耀眼》、《我們的藍調時光》等百餘齣電視劇，擔任舞台劇《猶大！在雞鳴之前》、《南薩哈林斯克的天與地》、《十九與八十》、《雪莉・瓦倫汀》、《奧斯卡！寫給上帝的信》等戲劇主角，電影作品有《晚秋》、《美乃滋》、《非常母親》、《偷狗的完美方法》。

她在挑選作品時，是以儘管現實充滿痛苦、令人絕望，但其中是否仍能得見一絲希望曙光為基準，期盼能在演戲時感受到自己活著，也令觀看者得到救贖。以一九六六年榮獲第二屆百想藝術大賞舞台劇部門新人演技獎為始，之後陸續拿下MBC演技大賞、KBS演技大賞，並於馬尼拉國際電影節、釜日電影獎、洛杉磯影評人協會獎多次獲獎，創下百想藝術大賞中四度拿下電視部門大賞、四次最佳女主角獎的輝煌紀錄。

Essential YY0947

感謝人生 생에 감사해

作者

金惠子(김혜자)

韓國代表性女演員。出生於首爾，畢業於京畿女子中學，在梨花女子大學主修美術。一九六二年透過KBS第一輪公開人才招募，步入演員之路。她因出演《猶大！在雞鳴之前》、《南薩哈林斯克的天與地》、《費加洛的結婚》而被譽為「舞台劇界的仙度瑞拉」，並受到一九六九年開播的MBC青睞，開始在電視劇中擔綱。

曾演出包括《田園日記》、《冬霧》、《我親愛的朋友們》、《如此耀眼》、《我們的藍調時光》等百餘齣電視劇，以及《晚秋》、《非常母親》等電影。

從第二屆百想藝術大賞戲劇部門最佳新人獎開始，接連獲得MBC演技大賞、KBS演技大賞、馬尼拉國際電影節、釜日電影獎、洛杉磯影評人協會獎等獎項，並四次榮獲百想藝術大賞電視部門大賞，四次獲得最佳女演員獎。

譯者

簡郁璇

替作者說故事的人，希望能一直過著與書作伴的日子。譯有文學小說《鳥的禮物》、《災難觀光團》、《歡迎光臨休南洞書店》、《阿拉斯加韓醫院》、《地球盡頭的溫室》，以及繪本《我》、《心泉》、《不用擔心我》等逾百部作品。

臉書交流專頁、IG：小玩譯

封面設計　張添威
版面構成　楊玉瑩
版權負責　李家騏
行銷企劃　黃蕾玲、陳彥廷
副總編輯　梁心愉
初版一刷　二〇二五年三月二十四日
定價　四七〇元

ThinKingDom 新経典文化
發行人　葉美瑤
出版　新經典圖文傳播有限公司
地址　臺北市中正區重慶南路一段五七號十一樓之四
電話　02-2331-1830　傳真　02-2331-1831
讀者服務信箱　thinkingdomtw@gmail.com
FB粉絲專頁　https://www.facebook.com/thinkingdom/

總經銷　高寶書版集團
地址　臺北市內湖區洲子街八八號三樓
電話　02-2799-2788　傳真　02-2799-0909
海外總經銷　時報文化出版企業股份有限公司
地址　桃園市龜山區萬壽路二段三五一號
電話　02-2306-6842　傳真　02-2304-9301

國家圖書館出版品預行編目(CIP)資料

感謝人生/金惠子著；簡郁璇譯. -- 初版. -- 臺北市：新經典圖文傳播有限公司, 2025.03
344面；14.8×21公分. -- (Essential；47)
譯自：생에 감사해
ISBN 9786267421741(平裝)
EISBN 9786267421734
862.6　　114002604